进入黎明的漫長旅程

唐棣 著

北京联合出版公司
Beijing United Publishing Co.,Ltd.

图书在版编目（CIP）数据

进入黎明的漫长旅程 / 唐棣著. -- 北京 : 北京联合出版公司, 2016.11
ISBN 978-7-5502-9123-2

Ⅰ. ①进… Ⅱ. ①唐… Ⅲ. ①短篇小说—小说集—中国—当代 Ⅳ. ①I247.7

中国版本图书馆CIP数据核字(2016)第265024号

进入黎明的漫长旅程

作　　者：唐　棣
选题策划：儒意图书
出 品 人：唐学雷
出版统筹：柯利明　林苑中
特约监制：夏　莱
责任编辑：夏应鹏
特约编辑：郭凤岭
特约校对：马竟芳
营销统筹：蕊　蕊
营销推广：曹木青
责任印制：张军伟
装帧设计：马　楠

北京联合出版公司出版
（北京市西城区德外大街83号楼9层　100088）
北京市十月印刷有限公司　新华书店经销
字数200千字　880毫米×1230毫米　1/32　11.25印张
2017年1月第1版　2017年1月第1次印刷
ISBN 978-7-5502-9123-2
定价：39.80元

目录 / Contents

01	序
001	进入黎明的漫长旅程
033	择日拜访
051	夜的门
083	马河淹死了一只苍蝇
101	马舟街少年逸事
113	雾码头
129	云下的日子
141	后窗
171	在清秋与初春时

185 有故事的人

201 三人行，必有传奇

229 葡萄、美酒与月光

245 第四堵墙

269 塔诺是一个乐园

299 小南方的话题

311 满洲里来的人

329 附录：站在人物这边

——电影《满洲里来的人》创作日记

345 后记：小说的皮囊，小丑的天真

序

认识唐棣是从他的电影开始。一部《满洲里来的人》，观后不禁赞叹：“可谓集审丑之大成，把人性可能企及的邪恶通过跳脱诡异的镜头掰开了揉碎了然后再血淋淋脏兮兮地砸到观众脸上，堪称邪典奇葩。可惜没拿到龙标，幸亏没拿到龙标。”然后是待字闺中的《巫山一夜》，看罢剧本便送了他一个英文片名“Ado to Undo”：建构只图解构，折腾皆为不再折腾，见光就不怕见光死，怎么理解都行。一瓶未曾品尝的老酒，在彼此的秘窖中珍藏多年，相约巫山共同开启，结果却是ado to undo。

唐棣说，这个剧本有小说原型。于是，便要求看小说，然后再惊，不知是在看小说，还是在看电影，还是在读诗，还是在欣赏一幅幅老旧褪色的摄影作品？恰如其处女作电影，小说也给人一种颠覆性的邪典冲击：时空，场景，人物，情绪，叙述，对白，散乱，跳跃，而其散而有序、乱而有致、拼接艺术般的意象组合却向我们展示了构建生活本身的碎片图景，其所拼缀的正是我们人生的瞬间，无以数计的瞬间，在其间，我们每一个人都能或多或少地找到我们自己。从小说的场景调度和时空处理，我们屡能窥见其电影感悟。读之，像诗，像文，更像画；品之，则能在其或文或诗的字里行间，在其如诗如画的意境之外，领略到作者灰、冷、暗的悲悯情怀。正是被这种诡谲的诱惑引领，我们会努力去求索小说中意欲挑战我们智商的时间关系、空间关系和人文关系，主动进入作者的主观视野。

于是我们会欣喜地发现，作者以其颠覆的形式、另类的笔触和边缘化的内容，有边有锋，边锋毕露地向我们所揭示的小宇宙，皆为我们能够同情以至于移情的小地方、小人物、小心思、小情怀和小视野，其所披露的是人性隐秘花园中的隐秘龌龊、隐秘猥琐和隐秘淫邪，并据此而试图挖掘出深藏于其中的青涩与纯真，凌厉，凛洌，戳心，彻骨。这难道不是剥去了温情脉脉面纱之后的人性的原貌和生命的原点？

回望原点，探求原貌，是一种痛，更是一种真，是无奈，更是无助。唐棣一改粉饰青春的传统溢美文风，“敢于直面惨淡的人生，敢于正视淋漓的鲜血”，以其怀真抱素的勇猛，还青涩青春以本来面目，使其悔不当初的困惑与混乱跃然纸上、晓谕行间。从这个意义上而言，唐棣便堪称一位敢越雷池的文苑猛士！

周铁东

2016年8月28日

至少，生活还可以给他们，隐秘的绝望。

进入黎明的漫长旅程

STORY. 01

透过咖啡馆的窗口，就可以看得到那道夹缝了。夹缝向上延伸，两侧正对阳台隔着这道狭长的区域几乎都无法开窗。

去往咖啡馆有很多条路。申东海喜欢从这条最危险的路上穿过。以前，他都会一直抬着头，就怕什么东西突然从随便哪个阳台上落下来。后来，两侧住户为了安全起见，纷纷用铝合金网把窗口罩住了。

现在是下午三点十五分。有人冲到面前时，申东海在咖啡馆对面的街上，正用手去掸着衣服上的灰土。

他微微睁了一下眼睛说："反正，走过去，就是海了！"

拿明信片问路的人，把疑惑表现成愣愣地折回车里，一路仍在四处乱看，他一句话也没说，就开车离开了。之后，路上只剩申东海独自晃荡。海上没有帆船，天上没有海鸥，这就导致几乎分不清天地。海边的沙滩上竖着一把暗红色的遮阳伞，伞的边缘露出一条褐色的小腿。剩下的空旷是浅灰基调的一种蓝色在飘荡——墙上的这张风景画下坐着一个人。

“你这人好奇怪。”敏丽又从柜台边的过道走了出来，一边走，一边说，“那里多危险。”

桌子上摆着一个屏幕刚黑下来的手机。

“没事吧？”

他坐在那里有一会儿了。他看到她的手在胳膊上摸索，刚才小孩撞了她一下。一串小孩的跑动声又从身后传了出来。

她还是一边走一边说：“就觉得——危险。”

短信内容包括一个地址和一句话：“这周在海边同学会，一定来。”

他抬头：“这周得把小说交出版社了。”

敏丽说：“写得比以前好多了。”

“对了，不一样是怎么样？”申东海看向窗外，“这么晚了。”

三年前，咖啡馆老板老陆（以前是矿区的勤务警察）突然有一天走到桌前时说了一句：“今天，先别走。”

申东海合上电脑，想着空空荡荡的房间，心里不是滋味：“这么晚了，这周得把小说交出版社了。”

申东海和他谈的最多的是女人乏味、爱情无聊、生活虚无。突然之间，就在眼前，三个主题，一并灰飞烟灭。

现在的老陆抱着新出生的孩子跟他说话。申东海在同一张桌上写作第三本也许根本卖不出去的长篇小说。他有点心不在焉，或者说，他觉得还接受不了他的转变——老陆已经没法理解他那种有点说不上来的古怪心情了。

视线穿过玻璃窗随一个身影来到门口。风有点冷，老陆不时把毯子往小孩的脸上盖。六分钟三十秒后，一个女人随老陆进门，前后十五秒。为了使桌子显得不那么拥挤，申东海把电脑包从桌上拿到了玻璃窗的台子上。

“我看，雨要来了。”老陆看向窗外。

天气预报说这几天有雨，可一直没有下起来。

“我看过你的书，写了一个女人……”

申东海的书很难买到，即使有的书店在卖，也少人问津。

对方继续说：“是写一个伤心的女人躲在卫生间，你说她的心被抽水马桶，轻轻地，抽走了。”

现在也觉得这句话有点土了，当初是编辑托了托眼镜说：我觉得吧，有点虚假。

本来就是虚假的。那次，他硬着头皮去磨第一本书拖欠的稿酬，好容易把房租交上，房东脸色由阴转晴，还送了他一瓶酒，他当晚大醉，这段往事说明他自己这几年没什么变化。

“那你从哪买的？”申东海的声音懒懒的，没喝几杯酒。

她愣了一下。平时的这个时间点，总有几个大学生在店里聊天。天要下雨，人就走光了。

老陆站起来，身边的敏丽抱过孩子，转身在申东海身边坐了下来。他们喝酒时，老陆老婆和敏丽是最好的朋友，高中同学，在一旁叙旧。

申东海偶然听到敏丽说起初恋，插了一嘴：“想过见一面吗？”

老陆老婆说：“见不到了，他出了车祸。”

“我问的是想不想见，”申东海有点醉，“想见见不到和不想见的感觉不一样。”

“听同学说的，好像一直单身，忽然就死了。”

门在风吹下晃动，老陆的老婆赶紧找了一个凳子挡上去。

这夜，老陆没了申东海印象中他们说起女人时的厌恶，和襁褓里的孩子一样依偎在老婆身边。敏丽酒量好，拍着申东海的肩膀，就说：“嘘——别问了。喝了这杯，我告诉你个秘密。”

申东海一饮而尽。

“你受得了他和我最好的朋友上床吗？”

老陆嘴上嘟囔着什么，他们的爱情的结晶躺在一个摇篮里叼着奶嘴大睡。

敏丽站起来。

“外面好像下雨呢。”申东海拽住一只冰凉的手，“很快会停的。”

我是说，那个下雨天和别的下雨天没有什么两样。申东海往路边的一堆杂物上吐了一口痰。回头看敏丽，本来还有点不好意思。不过，敏丽似乎完全没有注意到他的表情，他的表情又特别迅速地被掩饰起来。

第二天醒来，敏丽有气无力，后半夜几乎都在呕吐。吐完，申东海毛糙地抱着她做爱，直到她忽然捂住嘴，小肚子开始痉挛，他松手放她去厕所。敏丽高潮时的样子有点奇怪。他从没有做过这么长时间，一边做一边想上学时候，为什么就没有做过？两具身体黏合在一块，随着小腿高高的摆动，是一种迟来的欢愉把他们点燃了。他一时觉得这个松软的女人和之前的女朋友不一样。

他没有提早离开，而是闭着眼睛等待着什么从昔日苏醒过来。

从这个伤感的早晨开始，他们开始相处了。

“他说过，我要是有一天离开他，他就让汽车撞死自己……”她哭了。

“你这人，很奇怪。”申东海意识到自己在掩饰着什么。

第二本小说连同他的十五本处女作小说几乎把敏丽那个小书橱

填满了。当申东海问她为什么买这么多本，敏丽只说，就想拥有它们而已。新书的版权依旧给了原来的编辑，虽然那个小出版社的书没什么宣传，卖得很少。编辑对他不错，他实在不想再触霉头了。

这次是他们分手后第一次在咖啡馆见面。

敏丽还是觉得他很奇怪，你们这些人就是奇奇怪怪的。她这么一说，申东海往往没什么话可说。敏丽去了厕所，他才松了一口气，这天有点阴沉。

老陆不在店里，让他们帮忙照顾一下孩子和店。看着外面冷冷清清的街道，他在想，这个季节给人带来了一种奇妙的感觉。毕业后，同学们有了各自的生活。有联系的不多。申东海只是有时候给在同城工作的李振打个电话。他介绍当时开黑车的敏丽跟李振认识也是在一个冬天，那个初冬比现在这个时候冷得多。李振还在钢厂做推销员，他们见面时，李振的鼻头特别红，也穿得很厚。聊起来才知道，他到处找门路，每天要跑很多乡下小城。

“敏丽弄了一辆车，可以拉着你去找客户。”申东海说。

“东海老和我提你们大学时的事，以后需要车，就找我。”

小半年里，李振一直跑业务都租敏丽的车，有时申东海给敏丽打电话，敏丽就说，在和你的老同学去乡下的路上呢。然后，李振也通过电话，匆忙地跟他说几句。开车就是这样子，每天都在路上。一晃老同学忽然有一年多没见。

“李振那边如何？”申东海在一年快过去时，得知敏丽也好久没载着李振跑业务了。

敏丽和平常一样开车，在路上，她从不主动给客户打电话。

申东海知道这一点，又问：“出什么事了？”

敏丽接了一个送货的工作，天天忙着在两个城市送货，好久没见到他。申东海打电话去问，他们约在一个小餐厅。

李振那天喝了点酒，鼻子也没那么红了，他说这么下去不行，你看，我特别累。不如自己开厂子，然后说了些没用的话，谈话就草草结束了。那是一个冬天。最后，他想起什么似的：“啥时候结婚啊？”

两人在小餐厅外漆黑的街道里，哈着热气，牙齿磕碰的声音微微响起，嘴上吸着烟，一直走，一直走。

电话是李振打来通知今年同学会的。还好，大学同学会让他下了一个台阶。事实上，如果不是因为同学会，也许他们就不再联系了。短信地址发过来是大学期间郊游过的海边。电话里说是一个女同学非说没有看过冬天的海，才这么决定的。申东海在电话里笑了笑，就说：“我有个小说要写，可能……你知道我还有一个李作家的签售会要参加，你把地址先发给我……”

大学同学会定在海边的东海餐厅。这家餐厅是他们大学郊游，大家经过时都想进去大吃一顿的地方。可当时都是学生，就在大窗户前朝里看了看，就走开了。敏丽等他一起出来走走时，他也没有动地方，而是说，我等老陆。

敏丽从玻璃窗外走入街的深处。申东海喝了酒，是凌晨从咖啡馆出来的。他在门口把防盗栏也顺便拉下来时，小鹿早趴在桌子上睡着了。

作为父亲的老陆不是一个他表现出来的那样的人。他们刚认识不久，喝点酒，敞开心扉一聊，就知道他们都差不多。他害怕让自己太了解自己。第一本书出来之后，他打电话去问编辑，有没有安排一些活动。编辑说，现在文学不景气。申东海有点不开心，好容易写完这本书，不宣传不就卖得更少了吗？本来，主要是想问稿酬的事的。

下午，他去了Black & Blue书店。老板知道他的新书出版，一进门就殷勤地过来招待他："申作家来了。我订购了一些你的新书。何时办签售会？"

他们站在书店的书架前，申东海一边说话，一边在上架的新书前定睛观看。

"您是作者？"

突然走来一个女读者拿着他的新书。

老板让出一个空位："是的，这是一本好小说。"

申东海临出书店门，为那个女读者签了名。老板站在门口看着他，申东海回头示意，应承着。

申东海接到电话时，几乎想不起一个星期前的事。房东的催促搞得他有点心不在焉。申东海来早了。本来，就没什么事，一时半会儿也没想到新书的内容。早早从出租房出来，在门口还看了看不远处房东的家。看着看着，似乎感觉到什么，远处传来了一阵开门声。申东海赶紧猫下腰，迅速地从阁楼的台阶走下来。他到街口的时候，房东家的小孩背着书包走到了他身后。申东海假装没看见。小孩看了他一眼，也假装没看见。两人之间似乎在做一个游戏。红灯变绿灯，他们并排过马路，又走过一片酒吧、小商店、花店、一个专卖进口食品的礼品店，最后在一个岔路口分开了。申东海走着走着，就笑出声。在书店门口站了一会儿，想吸烟，就下了阁楼。申东海用脚把烟蒂在地上踱灭，迅速地从身后右边台阶走了上去。书店在一个阁楼上，他站在楼下抽烟的时候，不晓得上面来了这么多人。书店在签售之后安排了一个交流会，在书店边上的一个小的放映厅。申东海给最后一个拿着他的书进来的人签完名，独自坐在一张竹椅子上，四周人不多，又想点一根烟。对面是观众席。

“我是个特别不主动的人，我也不知道读者喜欢什么，但总有一些东西感动我，让我想到过去，或者现在，周围朋友，这些东西组成了我的一些素材。其实，是故事找到了我。”

主持人把话筒给了一个大学生模样的女孩。女孩之前看过他的小说，奇怪他一直用第一人称写作，还有申东海刚才说的话也让她觉得是不是有真实的影子。

“我听说过您的一些八卦，我主要指男女方面……”她得到的答案是那只是看上去真实的故事。

“这就是真实与虚构的神秘关系。”申东海说。

“您还记得您写过多少女人吗？我记得有评论家说，您笔下的女性描写是失败的。”

申东海说：“但我也想，懂女人。”

“我就觉得您写得挺好。我来念一段：海上没有帆船，天上没有海鸥，几乎分不清哪里是天，哪里是地。海边竖着一把暗红色的遮阳伞，伞的边缘露出了一条褐色的小腿。大家觉得呢？”主持人赶紧缓解冷下来的气氛。

女大学生后排的一个女读者接过话筒，迟疑一会儿：“我想问的是您为什么爱写坏女人的故事？这本小说，我刚才翻了一下，您看这段：‘回学校办事没找到人。离开时在教学区见到了老师。他特别热情，说要拍个短片，请我去办公室，那天也好冷。你们就在办公室做那事吗？太孤单了。过后几天，也都不开心，晚上经常喝醉，一天很晚了，在路上闲逛，就去了旅馆……他说他喜欢我，我就陪他睡了。’我觉得您似乎对这样的女人情有独钟。”

申东海反问："这是坏女人吗？这是女人而已。"

"请问你有孩子吗？"女人越说情绪越激烈，"假如，你的女儿也做了这样的事呢？"

"她只是表达了她的爱，她只是把爱情更加具体化了，而不是去说一些没用的话，这就是她理解的爱。我没有孩子。"

"爱的本质是不断地上床？我觉得申作家这么说，也不会是个好男人。"

"我不希望我的生活和小说有什么特殊联系。"

"你是一个诚实的人吗？"

"我觉得，不是。"

"您说真实与虚构的神秘关系到底指的是什么？我也是一个曲洋大学毕业……"

"什么意思？"申东海又说，"你不觉得她既诚实又善良吗？"

女读者半天没有说出话来。对面的申东海反而放松了，他示意台下，开始点烟，然后故作平静地看着台下的三四个读者。

"您为什么要写这样一个故事？"

"不是每个作家都知道自己写出了什么，和未来会写出什么。"他这么想就这么说了。

一个男性读者说："您的新书写了一个男人跟很多女人的故事，这个男人的原型是您自己吗？"

申东海幽默地说："我很羡慕他。"

那个和他是校友的女人突然站起来瞪了他一眼，走出放映间。放映间的门摆动，一会儿过后，申东海才转头："没问题，那就结束吧。"

这个文化区平时有很多文化人出入，也是很多文人聚会的场所。走出书店，申东海就怕遇上什么熟人。于是，赶紧走了下去。

"学长？东海学长吗？"申东海从楼梯口就发觉身后一直跟着人。

他在停车场外的马路边站住，打量起了这个女人，在记忆里对应这张脸。刚才那个问问题把他搞得很尴尬的女人的脸总是出现，申东海的脸色有些不好。

"见到你好高兴。我是你学妹，也是灯塔写作小组的。清——秀——"

"李……李清秀。你变胖了。"

"我听说你婚后住西城啊。"

"我来这边给我儿子找一个作文老师，没想到遇上你。你有熟悉的朋友做这一行吗？"

两人向小停车场的侧门走去，边走边说："对了，我遇上过几个同学，他们说您很了不起，做副主编。善雅姐你们特别相配。"

有时是周末，有时是工作日下午，有时善雅出差也会把他带上，一路上他们在陌生人面前就像一对情侣似的。申东海是不是喜欢她？很多时候，比如写作完成或者想那事的时候他们会一拍即合。而他在敏丽身上发现了这两件事之外的更多的东西。当用“副主编”的说法无法打发敏丽和他自己时，敏丽说：“咱们分开了，你就去找你的善雅主编好了……”

申东海冲到街上。随便去哪里都可以。他终究没有。很久没有见善雅了。听说跟她丈夫去国外了。我要抓紧创作，作家总不能太安逸啊。没必要对学妹再多说什么了。他们走到停车场的侧门门口。学妹又跟他说了几句话，然后看着他。申东海有点烦：“你刚才说什么？对不起，我走神了。”

“没什么，刚才看见一个同学，不晓得为啥，气冲冲地和一个学姐走了。”

“人和天气一样总在变。”申东海自己的事还想不过来呢。

“学长，这是怎么回事啊？真叫人想不通，当初那么要好的朋友现在见面就是特别别扭，上去说话别扭，不说话也别扭。”

申东海没法解决她的疑问，因为这个疑问他也有。他们是在街口分开的，女人说了再见，申东海朝她微笑，她向着与他正好相反的方向走去。

几辆车从东向西驶来，车身上也会带着一些雪迹。你坐上车了吗——你坐汪明的车——我让汪明接完你，再接曲惠——你们从城里过时——我让马东的车与你们会合——大部分同学离海不远。除了出差在外的，同学会的人数这次凑得挺齐的。汪明在电话里特意问李振：申东海这次来吗？我好多年没见这个家伙了。听说他现在是大作家了，我当年申请加入灯塔文学社据说就是这小子没有批准，我得质问他。李振说：总是变，还不知道。汪明的电话里传出曲惠尖锐的嬉笑声：不来，我就把他的八卦都说出去！大家笑得特别开心。

二十五个人的样子和大学时代都有了些变化。他们陆续来到了东海餐厅。餐厅外面的小停车场很快被塞满了。

“还记得吗？”李振到得最早，他负责接待，他站在餐厅门口，指着那个广告牌。

“怎么忘得了，那次我们就说过一定要进去大吃一顿。”汪明说，“尹姝还在这里看了半天呢。”

李振看了看手机又合上。

“尹姝都来了。大男人婆婆妈妈。”

曲惠示意李振给申东海再打一个电话。

“外面，太冷了。”

“冬天的海边聚会多有意思啊。”

随后到的几辆车里的人陆续发出这种感叹。

“咱们系这次人数最全了。尹姝，你来了，你知道我们多想你吗？”

尹姝不知所措。

“尹姝，尹姝……现在你好点了吗？”

对面的一个女同学忽然说。这是尹姝第一次参加大学的同学会，以前都是以各种理由不来参加，她不知道这个女同学知道了自己什么。曲惠和李振离得最近，她用胳膊肘在李振大腿上按了一下。李振差点叫出声。赶上大家开始互相交谈，声音挺乱。李振掏出手机看了看，收到一条短信是申东海发的信息：“很快。”

“我追过你呢。”一个男同学突然说。

尹姝还在发呆。

“说真的呢。我一直想问你啊，当初是不是你装糊涂，你就告诉我吧。”

尹姝看了看旁边的人。

“唉，你叫人好尴尬呀。什么破问题。”李振出来打圆场。

对方好像真的很想知道似的，看了尹姝好半天。

申东海推门进来，低着头，举着一瓶酒，连说：“对不起，本来今天还有个签售的活动，我偷跑出来的。”

“我们在说大学时候的事呢。你也追过尹姝，没错吧。”一个女同学用故意羡慕的口气说。

“是啊，大美人嘛。”东海说。

尹姝有些不好意思。

“你干什么，干什么！”一个男生在怒斥。

“不要这样。”另一个声音在说。

几句吵声之后，才听得见身边的女人的哭声在餐厅里淡淡地飘着。大家都不说话了。刚才还乱开玩笑的人们，盯着女人对面，一个端着杯子的男人。这时，尹姝抬头，一把扶过女人。女人靠在她肩膀上小声抽泣。

“都他妈过去了……”男人说着，气愤地，一仰头，干了一杯酒。

“非刺激她？”汪明对男人说，“过去还有什么可说的！”

申东海站起来，身体有点生硬，而后小心翼翼地打圆场：“好了，好了。大学时最爱喝的酒，我今天带来了。”

“没事吧？”他把酒打开给大家依次倒酒。谁都想让气氛快点缓和下来。

“我——不喝！”女人拿起衣服，冲出餐厅。

“你就没长大过。不去哄哄？”曲惠还是老样子。她好像特别了解这对男女。虽然她现在是两个孩子的母亲，说起话来还是那么尖声尖气。等申东海倒完酒，又说：“数你长得漂亮，会写诗。”

“一点没变。我记得东海和曲惠很要好呢！”

男的从尹姝前面走了过去。尹姝的位置对着门口，她一指就说：“往那边去了，你还不快追。”

“就是没长大。”曲惠忽然转了话头，“我特别气你。”曲惠大大咧咧地说，“我那时真想给东海生孩子，把你气跑。”说着自己又咯咯笑起来。

“东海，你在大学时就想成为作家吧。听说你做了主编，就没时间写小说了吧？”

“还是想写作。上本书卖得还可以，出版社那边就约再写一本，出版也不景气啊。”

尹姝说：“你的东西灰暗，人物都特别让人悲伤，有点不像现在的你。”

申东海看了看自己的衣服，一套特意为聚会准备的新西装，抬起头应付式地说：“我很阳光？”

大家一边喝着酒，一边等东海说话。

我是说遇到什么事大家都会拿曲惠开玩笑，大学时候就是如此，曲惠是个特别开朗、心里不藏事的姑娘，但她深深地爱着申东海。不过，只有同宿舍的尹姝和她透露过这件事。

早在秋天时，李振知道了尹姝家在冬海公园附近。那个下午，他提早半小时从公司出来。两人也没约，他只是心血来潮去看看。

告诉他这个地址的那人只是说了个大概，以为能找到，把车开到这里时却发现找不到一座桥。这时，一个遛小狗的大妈从公园出来了，大妈就牵着小狗走到了一个公交站牌下，狗在四处闻着。李振摇下车窗，大妈正说着话，他以为老人在打电话，可是老人手上什么也没有，除了一根牵狗的绳子。

“大妈，这是跟谁生气呢？”

“跟它，真是狗改不了吃屎。在家好吃好喝，到外头就捡垃圾吃。”大妈看了他一眼，还是气鼓鼓的。

“别跟狗生气了。大妈，这附近哪有座桥啊？”

“关门了，别去了。你这都几点了。”说话还是有点生气。

“我就问那个桥。”

“在公园北边，下午七点那门就关了。去也白搭。”

“那桥附近有个小区？”

“什么小区，那有好几个小区呢。你说的这个叫什么名？”

“大妈，我就是忘了名了，才跟您打听桥。说是从桥上过去，出了门向左走。”

小狗有点着急了，不断发出叽叽的叫声。

李振赶紧说了声：“谢谢。”

“我也没告诉你啥，不用谢了。”她说话的腔调还是有点生气，又说，“小伙子啊，你就是开过去了，也进不去公园的门。”

越往公园方向开，越觉得有意思，然后电话响了。李振正好跟这个人再问一下具体的地址。

“到公园门口了。说是七点关门，我看不到桥。嗯，东海花苑是吧？知道了，刚才遇上一个大妈特别有意思，改天跟你说，我开车呢。”

大学时代一次聚会晚了，李振送过尹姝回家。原来的大厂房、旧小区，还有很多田地都被公园占了，挖成了人工湖，他开车在那个公园外圈绕了至少一个半小时才看见岔路。两旁都是水，一眼看不到边。李振到了小区按回忆找到了那个门口。尹姝不在家，他按了半天门铃，倒是对门邻居忽然把门打开了。

“你是她什么人？”

“大学同学。”

“同学啊，你好好劝劝他们，再这么下去非得离婚，总是听见半夜吵架。”

李振在街口遇上了尹姝。尹姝不好意思地歪身看了看街道尽头的家门，说：“咱们，对面坐？”

两人在一家冷饮店里说话。

“没想到吧？我也没想到公园这么大！”李振说。

尹姝说着看了看对面有人拐进了她家那条街：“跟一片海似的。”

“怎样？”

“平时还好。”

这个女人在大学时是系花。每个男同学都想将来能娶了她。李振觉得申东海不喜欢尹姝，所以也去追。有一次，李振拿着鲜花去尹姝宿舍外面等她时，撞见了申东海。当时，申东海在很远的地方，李振认出了他。可他没有说话，只是躲了起来。之后，李振放弃追求尹姝。

“你跟申东海有联系吗？你们当时多好。听说你们在那次去海边郊游时都去了旅馆。”

“你能相信我说的吗？”

海边的餐馆里布置了长桌。尹姝坐在李振和申东海中间。有时，申东海会隔着远远的距离，喊着向一个人打招呼：“你小子来了。”

对方举起酒杯，嘴上说了什么是听不清的，二十五个人的说话声掩盖了很多细节。申东海觉得真好啊。二十五个人说着曾经的故事，故事里的人有的离你很近，有的离你很远。

“那个，还有东郡老师拍过一个短片在学校特别有名。”

“我有个疑问……”

对方等了一会儿，尹姝没有抬头。

“尹姝最诚实，你说。”

“说什么？”

大学毕业后，尹姝第一次近距离看申东海。他第一本书在Black & Blue书店签售，她就来了。没打招呼，买完书，就走了。那本书写的是一个小镇青年的爱情故事。本来，尹姝又忐忑又兴奋，躺在床上看书。可是看完这本书，她发现小说里一点自己的、他们的故事都没有。也许，他们真的没有开始过。又有点失落。学校传闻，东郡老师那个短片里的女人的脚来自尹姝。也听说他们有过一段情。

“她跟东郡老师恋爱了是吧？尹姝你说。”这个人有点喝醉了，指着对面的一个女人说。

尹姝点头。

“尹姝，你这人！”女人笑着举起了酒杯。

周围的人举杯起哄。

“哎，你记得那个胖胖的孙铭吗？现在做了办公室主任。我有一次去一个公司看见了他。”干了一杯之后，女人说。

“孙铭？那个学弟？”汪明有点诧异，“想象不出来。”

“尹姝，我说过那孙铭不是个好东西……”当年，曲惠跟她是同屋。

李振赶紧咳嗽，不料显得那么大声。申东海好像会错了意，仍在一个劲儿敬酒。

“对了，曲惠，我给你说个有意思的事……有一个老太太……”

其他几桌的人都喝得挺多的。

大家包下东海餐厅，整个一天都是他们的。喝醉了就可以躺下，睡觉。李振越说声音越小，他喝了不少酒，几乎是申东海敬尹姝一杯，他也跟着喝一杯。整个过程比他说的那个事还有意思。场面热烈，没什么人注意到他们这几个坐得最靠边的人。

其间，电话响了。

“申学长，我是李清秀啊……”

申东海喝不了多少酒，头有点晕：“啊？你是谁？”

“咱们不久前刚见过。我想告诉您，我给儿子新找的作文老师知道我和您认识，他不相信呢。”

申东海没回话，听对方说：“难得相遇，我是想找时间咱们见个面。”

“学长可以跟他说句话吗？”

申东海走到靠窗户的位置。他有点蒙，电话里又传来一个男人的声音。

“你好，我是申东海，我……”

“是您啊，我特别喜欢您的小说……”

挂掉电话时，他骂了一句，没想到声音那么大，因为餐厅里的声音低了下来。阳光还是很强烈的。莫名其妙啊。

尹姝坐着，没别的同学热烈。她不喝酒，不是酒量不大，只是反感了，这让她想起她的丈夫，那个酒鬼。尹姝大学毕业被他迷住了。尹姝开始相信的东西，从他们结婚后，一个接着一个都变成了谎言。

申东海看了看手表，下午两点三十五分。两旁人看样子都醉了，趴在桌上睡觉。尹姝随他走出餐厅。海边有一条石子路。光线强烈，走在这里依旧很冷，海风簌簌吹着，下午的海边一个人也没有，远处连船影也没有。申东海觉得尹姝一下变得容易接近了。大学时代的那个高傲的女人即使是约会，也都不愿跟他走在一块儿，总是一前一后。

现在，他们竟然并排走在这条路上。尹姝没说什么，就觉得现在的生活不顺，申东海的眼里闪耀着希望。申东海需要一个女人，这个女人身上有他怀念的那种感觉。

我是说，交叉路口紧接着就出现了——左边是通到大海去的；右边是一条方砖铺就的小路，与他们脚下的这条石子路几乎形成了一个直角。申东海朝方砖路上望了望，然后理了理被海风吹乱的头发。

他们在那次郊游偷跑出来约会的小旅馆还在，只是重新装修过，名字一样。申东海深吸一口气。然后，脚跟在烟头上旋转一圈。冬天的海水特别蓝，水上没有帆船，沙滩上没有人，倒是有一把被人遗弃的遮阳伞还插在那……曲惠坐在聚会小酒馆外的长椅上吸着烟，一根接一根。她看了看表，五点十三分。

海滨小城的下午七点半钟，尹姝的电话也响了。对方有点醉，说想带她一段路。

尹姝说："下午孩子发烧了，我已经在家了。"

对方补了几句："孩子怎么样？严重吗？"

尹姝说话一直比较慢，这次也是，对方说完就等着她说。

电话挂了，正在亲吻她的申东海，忽然停住，看着她，像看一个怪物。

"你撒起谎来也像真的。"

"你少来！你可一直是个骗子。"

"可你，不是我。"

半杯水就放在桌上。这个不年轻的女人和敏丽最初带给他的感觉几乎一样，甚至更好一些。这是初恋的爱吗？尹姝抱着申东海的身体，朝天花板露出满足的笑容。这就是爱吗？申东海的头在过程中一直深深地抵在枕头里。我爱你，我爱你，我爱你。

"你还像个孩子。"尹姝抚摸东海的头，小声嘀咕，"真难想象你会……"

东海忽想起签售会上的一幕，闭着眼算了算时间。

房间产生了一种短暂的凝固气氛。直到尹姝的喘息声潮水一般翻涌而来，与弥漫在房间里的唯一的低微声融化在一起，一切才重新流动。

“你以前，不这样。”尹姝看上去很疲惫了，她说着话，就那么看着东海。

“我们以前？”东海没有理解对方的意思。就是说，他不相信她对自己性能力的判断是来自真实的回忆。

“你他妈就是个畜生！”尹姝翻过身去。

申东海的确忘了。

他问：“你孩子多大了？”说着，看了一眼墙上的钟表。他们几乎听到了晚上八点二十八分的时光一秒一秒走过去。

“喂，问你呢。”

“跟你有关系吗？”

他不想面对自己的猜测。希望除了现在的缱绻，什么都是假的。这时，来了电话。

“尹姝？不知道。我临时有急事，我的书出了问题，我在路上了。”

申东海一边说，一边抚摸尹姝的头。

“好像是尹姝的孩子发高烧了，真叫人担心。我喝多了，下午说了什么不该说的，对不起啊。我也没追上那丫头。我今天就回城里了。”电话里是聚会时吵架的那个男同学。

在小旅馆二楼，走过床和一堆衣服，来到这个窗口，这天阴沉，从这里可以看见的公园里行人稀少，礁石和亭台、远一点的大海有些暗色调。

申东海看向窗外，他说：“那是个公园……”

“你没想过你也会有孩子吗？”尹姝像说错话一样，赶紧转移话题，“海边有什么？”

“有几个女人——你前面说什么？”

“算了。”

“我记得我有一次看见他带着孩子开始逛公园了。你跟东郡老师的事情传得满城风雨。”

“回学校办事，离开时在教学区见到了老师。他特别热情，说要拍个短片，请我去办公室，那天也好冷。”

“你们在办公室做那事？”

“太孤单了。过后几天，也都不开心，晚上经常喝醉，一天很晚了，在路上闲逛遇到孙铭，就去了旅馆……”

“孙铭连个男人都还算不上！”

“他喜欢我啊，喜欢我，我就陪他睡了。”

让人哑口无言啊，申东海看向窗外。尹姝正俯身从地上捡起那件西服，衣服里掉出一个商标牌，落到了淡木色的地板上。

从旅馆出来是第二天清晨。申东海站在门口的街上，看手表。七点多了，深冬的天还是有些黑。

两人在一间餐馆坐下，申东海点了包子和米粥。他们显得默契，尹姝熟练地给东海放好碗筷。东海看着她，一转头隔着玻璃看见了两个路口远的旅馆里，走出来的一对睡眼惺忪的人，是昨天在餐厅吵架跑出门的女同学，女的张大了嘴看着自己。申东海不晓得怎么办，干笑着，跟远处挥手。

“吃点早餐吧。”申东海把他们两人让进了餐馆。

“昨天，喝太多了……包子看起来不错。”

汪明搓着手，脱了外衣，坐下来。女人们凑到了一块儿，没有说话。吃着吃着尹姝的电话响了，她说着：“妈妈很快就回去了。乖女儿，那个雨伞在厨房柜子里，左边，你看看，第三个……”站了起来，“没有？我想想，要不就是在下面的抽屉里。唉，你这么大了，就不会好好找找吗？”

走到了门外的她，在清晨的海滨街道上对着电话喊，声音有些失控了。申东海继续吃。汪明看了看女的，说吃好了。

“那我送你们。”

申东海还没吃完，又站在门口开门，女人们的手插在彼此的臂弯里，三个人一起走到餐馆外面的街道上，牙齿冷得直打战。两个男人忽然伸手，握了握。

“那，那明年再见。”

他们哈着热气，汪明搓着手，女人小幅度地跺着脚。

一辆出租车从海边驶来。尹姝为了快点离开，或者是受不了男人们此刻的虚伪，一边很快地上车，一边跟他们说：“我有急事，先走了。”

当察觉到一辆车朝东而去，越来越远时，已为时太晚——这是申东海的感觉。

天彻底亮了。申东海吃了一半的早餐冒着淡淡的热气。想到和老同学刚才还在一起吃饭，想到尹姝几乎是逃走了，都没有来得及告别，他嘴里赶紧塞了一个包子。

头晕了好一会儿。回神看见服务员站在他旁边。

那个人影模模糊糊的。他指了指搭在椅子上的衣服。申东海才意识到电话铃声响了好一会儿。

他掏出手机，对着来电显示的名字愣了一下。然后，嘟囔了一句：“去你妈的！”

同学聚会后大家回到了往日的生活中，彼此也没了联系。这期间，下过几场雪，小城处处是白色与裸露的地面的灰色。过年那段时间，尹姝焦头烂额，几次掏手机又装回口袋。

海边一夜，申东海的话还是点燃了她的心。这天，从民政局的四十三级台阶上走下来，走的过程中，她一时不晓得要做什么，也许是灰烬还未散尽。

时间尚早，尹姝不知不觉沿小路走进了公园。这时起了点风，进门不远是一座桥。桥下对着开阔的湖，有一把黄色椅子，湖面结着冰，有的地方积着雪在飞。

一个男人走上冰面，辽阔的湖上就他一个人。本来，尹姝想喊一声“危险”，可人家不知道吗？

电话号码拨了出去。耳边传来的忙音和那天清晨在出租车上听到的一样，长久地、悠远地响着。

后来，想起什么，猛抬头，看过去，那个人已不见了。

择日拜访

STORY. 02

他们在两天后的一个下午见了面。一个人坐在窗边，目光盘旋，手戳远处，一些扭曲的街道搭在一块块房屋之间的灰色过渡上。

“电话里，你可没说这里这么有意思！”一个突然而至的电话把窗边的另一个人，也就是李海鸥，搞得有点不知所措。他不习惯跟人联络，沉默寡言，情绪几乎不见波动。大学毕业时，所有人都哭了，互留电话，彼此难舍，他就像置身事外一样。

“你们这里真是有意思。”大学同学张滨来了之后，除了重复这句新话，就是重复大学时候的那句老话，“我想问你是不是有病啊？”

半个小时前，两人走进一个码头附近的咖啡馆，选了个靠窗的位置坐下之后，张滨就把目光投向了落地窗外。毕业后，李海鸥选择来这个岛城工作时，同学们就很好奇。当时，这里一片荒凉，没什么可看的。风景在他来之后第二年慢慢建了起来。还有，蛇餐让小城声名越来越响。所有知道这里的人也都开始叫它“蛇城”，而它也越来越像——盘曲逶迤的小路、蛇巢般怪异的建筑、大大小小的蛇形路灯，等等（城市的规划者似乎有意往这个古怪的方向塑造它）。

朋友的造访是一种逃避，李海鸥想。

“她失踪有一段时间了。”张滨的目光依旧在四处搜寻什么。

李海鸥劝说：“会回去的。”

“为什么会回来？”

张滨的话和李海鸥要问的密切相连——“为什么走？”他觉得不该把整个场面搞僵。还好，这时一声尖锐的叫喊引得大家纷纷掉转脑袋，气氛算是有了改善。一个女孩从树林跑进了咖啡馆里，还来不及掩饰自己的暧昧神情，女孩已站在众目睽睽之下。

李海鸥对外界发生的事，反应都比较奇怪。或者，你可以像大学同学张滨一样，认为他是一个性格古怪的人。现在，他一个人住在这个岛城上。这是他学生时代形成的习惯。那时，他在学校外租了一间房，直到毕业也没让人去过。

“我订好了宾馆。”李海鸥说，“给——地址。”

张滨见怪不怪：“好啊。这就是你，老同学。”

这就是他，张滨以为了解他，可紧接着，他就不这么想了。李海鸥放下杯子，向后挪开椅子，起身时不忘掖了掖衣角，在一连串的动作之后，他就朝着刚进来的那个女孩走了过去。张滨看见他在女孩耳边说了几句，女孩眨了几下眼睛，似乎想了一下，就和他一同走出了咖啡馆。临走出咖啡馆时，还跟愣愣的张滨，做了个“再见”的手势。

现在，张滨觉得几年过去，他也不是原来的他了。李海鸥在他心目中是一个不大懂得爱情的人。大学四年也一直没交到女朋友。而他自己就不同了。

“你叫什么？”李海鸥把视线从张滨转向女孩。

女孩想了一下，说：“随便，就叫我露西吧。”

露西的腿没来得及落地，一条蛇就从她眼前“嗖”地一闪。她又把抬起的腿，直接向前迈了一步。她差点摔倒。心就像触电，呼吸困难，真的，真的。太多人慕名来小城，李海鸥吐了一口烟，悻悻地说：“这地方越来越像蛇了。”露西听不到想要的回答，扭过头去，也就不说话了。他们被一辆出租车载着奔驰在弯曲的山路上。司机问去哪里。当露西说出地点时，他轻声笑了起来。

路通向山顶蛇庄。蛇庄并不是养蛇的地方，那是一个高档疗养区，招揽着四面八方的有钱人。它以令人毛骨悚然的“龙凤汤”而扬名万里。李海鸥曾听人描述它的制作过程，那时他刚来小城不久。据说制作这道汤需要一条眼镜蛇和一只母鸡。从铁桶里揪出一条重约0.5公斤的眼镜蛇。大厨逮来母鸡，它闻到眼镜蛇的气味，羽毛立时根根倒立，呆若木鸡。眼镜蛇闻到母鸡的气味，颈部瞬间膨胀。片刻，猛然张开嘴，用力咬向母鸡。鸡惨叫，鸡冠由红变暗，半分钟后，便耷拉着脑袋栽倒在地。趁母鸡体温尚存，大厨忙提到厨房放血、去毛。眼镜蛇也在这时被活活丢进锅中。熬煮一宿，鸡肉蛇肉混为一体，“龙凤汤”就做好啦！这道汤对小城的人来说只是说说，并非人人见过。李海鸥觉得这不过是传说。小城人很少去山顶，多数人只在山下生活。城市外围是海，海上飞着不同的海鸟。海鸟不时从蛇庄的上空掠过，留下持久的鸣叫。李海鸥当年坐在海边看着山顶的群鸟想，自己被分配到这个地方来，多像其中的一只啊。而山顶是一个充满诱惑的地方。

这是李海鸥第一次上山。与身边表情冷漠的露西相比，他的激动溢于言表。路程逐渐缩短，司机扭头看他们几次，然后每次都会露出那种诡异的表情。李海鸥明白这家伙在想什么。不知行驶了多久，车在一个欧式的大门前停下来。当时，李海鸥正接张滨打来的电话。

“蛇城还有没有什么有意思的地方？”

李海鸥知道他的意思，然后说有一条街。碍于身旁有人，也并没具体说是哪条街。他早就听人说过，沿着码头边那条弯曲的路走十分钟，便会看到一个蛇形的路灯，那里就是了。匆忙放下电话的李海鸥抬头时，露西正看着他。

“是你刚才那个朋友？”她说。

一片草地，向东拐两个弯，几盏蛇形路灯会出现在你眼前。林中藏着一座白色的洋楼。李海鸥站在园中抬头看了看天空。此刻，天上空无一物，海鸟的叫声在很远的地方盘旋。露西打开白色洋楼的大门，走上二楼，进到了左边第五个房间。一个四十多岁的男人躺在床上，歪着脑袋，盯着窗口，口水流满了枕头。窗外有经过树枝篡改过的黄昏的光线洒进屋子里。

露西介绍说：“这是我男人。”

李海鸥“哦”了一声。

“这是……”

“我说过了！”

李海鸥有点吃惊。

“最好的三年都给了他，我们结婚第一年就出了车祸。然后，我这儿就像蛇一样冬眠了。”她的手按在心脏的位置上。

“现在想，他老婆挺好的，原本挺幸福的一家……”

露西站在床边那片冰冷的黄昏之光里。李海鸥朝她走近几步，又侧脸朝床上的男人看了看。

“不可以治疗？”

露西将窗帘拉上，房间沉入一片黯淡。

“我们走。还有你。药给他喂了……”

“刚给吃过。太太。”

小保姆也随着他们出了房间。李海鸥跟着露西下楼，穿过花园，走入树林。出了树林便来到通向大门口的石路。石路几乎是爬过那片草地的。露西把李海鸥送到了大门口。这个女人的冷漠，对李海鸥来说，就像咖啡馆里的热烈一样，它们属于一个硬币的两面。

这都没什么，他一边自己说话，一边将目光锁在她身上。眼前的这个女人有着蛇一样的身段，变幻多端的表情。这样的女人举手投足都深深吸引着他。虽然，他们截至目前的谈话多少有那么点不好理解。李海鸥愿意慢慢理解这么一回事。

他走向出租车时满心犹疑。事实上，他不晓得别人是否能理解自己当着张滨的面走过去和她搭讪也不过是一种表演。如今，这个表演像司机不言而喻的眼神一样，如此真实，如此不容辩解。

李海鸥推开车门，从里面递出来一张纸。

“我把电话号给你吧……”

露西说：“不要学会期待。”

弯曲的下山路从黄昏中一斜。山顶的风跟着汽车一路呼啸。路像一条光滑的蛇一样从他身边滑过。窗外飞驰的风景中，大量抖动的花草让人忍不住怀疑里面是否藏着蛇。万蛇出动，草声阵阵。李海鸥摇下车窗，想起关于小城的广告语。他打了个激灵，而后像被什么抓住脖子一样，迅速转头。他什么也没看到。他本该在出租车距离蛇庄门口百米左右时就开始这个动作。那时回头他也许会看见露西，她妖娆的背影。此时，车在行进，夜正降临，露西早不见了踪影。

大海在灯光下飘动。车在他预订的那家饭店门前停下。上去，打开门，张滨也不在房间。李海鸥不得不一个人回家。刚进家门，手机就响了。他以为是张滨打来的——“你……”听了一会儿，“我年轻时相信过，爱情。”是露西的声音。

“现在在哪？”他问。

当她说出“我和他也是在那里相遇的”，李海鸥莫名其妙地挂断了电话，慢慢地，让手臂融在黑暗里。等他缓过神，他看了看时间，他觉得他得去找露西。

照电话里说的，他们很快就见了面。露西的目光和他想的一样。尤其在这时，他觉得那种沉湎往事时才有的目光深深地盯着自己是很美妙的一件事。他们坐了一会儿。露西没有说起电话中的“他”，而是问到了李海鸥的朋友。

李海鸥说：“几天前，他忽然打来一个电话，说要过来。”

“然后呢？”

李海鸥不知道张滨跑哪去了，他也不想把自己对朋友的猜想说出来，干脆沉默了。沉默等于认同了某种意思。咖啡喝完，李海鸥带着露西走出咖啡馆。露西的脸上一直挂着某种好奇之色。

十五分钟后，他们进了一家宾馆。电梯上升过程中，李海鸥试探性地摸了摸露西的后背。他等着对方的反应。或者说，对于这样一个女人，李海鸥准备好了被拒绝时不要做出太尴尬的表情。然而，她是一个奇怪的女人。她捧住他的头，像蛇吐舌头一样吻住了他。他们的身体在房间里纠缠。照理说，当李海鸥抱起她放到床上，她不该转身紧紧抱住自己的双腿，对已气喘吁吁的他说："现在，现在，还不可以……"

"这儿有一条蛇。"露西指着自己的肚子说。

李海鸥的下身垂下来，他将女人放开，坐到床边。一支烟烧完时，他说："走了。"

李海鸥自己住的地方没什么人来过——他也很少走进别人家。只有在自己家，一个人，才能睡着。这一天，刚睡着，一个电话就把他吵醒了。

"你在咖啡馆跟那女的说了什么？"

张滨出现了。没等他问话，又在电话里糊里糊涂说了些什么，电话又断了。各种声响混在呼呼的海风中，从黑暗的海面上弥漫四方。星空黑沉沉地覆盖在数条弯弯曲曲通向四面八方的道路上。此刻，行人寥寥。李海鸥晃着背影，一边走，一边抬起了头。他停在那里，被零星的行人越落越远。这样的天空给人一种触手可及的感觉。所以，他默默地向天空伸出了手。拥抱一个人并非是轻而易举的事。过了一会儿，肚子咕噜噜叫起来。他从这条路一直走下去，不知不觉来到了夜市。夜市的人都在吃着喝着，他选了一个角落坐下来。服务员很快端来了花生米和啤酒，又不肯走，热情地推销起蛇羹。李海鸥变得有些激动："我过敏，过敏你懂吗？"

没多久，服务员又怯生生地走了过来。

"不来份蛇餐，你不就白来了吗！"

他在这里工作有几个年头了，是第二次到这里吃。关于龙凤汤的传说，他就是在这里和同事们夜宵时听说的，当晚他就被噩梦惊醒了。以后，别人约他，他通常都不来。他跟别人的解释是过敏。别人问过敏什么，李海鸥就会告诉他，蛇。餐馆聚集了很多小城人，蛇庄的人却从不会光临这里。吃完后他从夜市匆忙穿过，沿着海岸，拐上一条路。

另一个女人在这里叫住了匆忙走路的李海鸥。

"说说话，好吗？"

李海鸥仿佛看到了露西。她们的轮廓在路灯的照映下一会儿重合一会儿分开。那眼角眉梢真有些相似。他揉了揉眼睛，点了一下头。其实，自从蛇城繁荣起来后，这种女人便从各处涌进小城来。他见过很多，常常有陌生女人在晚上叫住他。不过他没什么兴趣。他觉得这是她们的生活。但这一天，他仿佛被这种生活诱惑了一下。他们一前一后拐入一条窄巷中。前面是一条灯光稀疏的小路，路两边黑兮兮的墙影朝路面压过来。李海鸥抬头看了看天，月亮不知什么时候出来了。墙后有一片树，他们走着，月光不时从树缝中钻出来，亮成了一片。

“别有洞天啊……”李海鸥跟着女人不停地转弯，最后推开一扇门，一家旅馆出现在门里。一个老妇人坐在掉漆的柜台里。一把钥匙伴随着“202”的声音放在了柜台上。

推开202的门时，女子指了指床：“坐。”

李海鸥为赶快离开夜市，喝得有点猛，一路走来头很晕。既来之则安之。李海鸥看到女人模糊的脸在昏暗的灯光里晃动。他挨着女人坐下，拉过她的手。女人把手抽回：“咱们说说话吧。”

这引起了李海鸥极大的反感。

“来都来了。”

李海鸥听到她这么说，又笑了。

据说，干这个的周围都有打手保护。他一有举动，门外便会跑来几个刺青男修理他。他赶紧转了一下话题：“聊什么？”

说着侧躺在床上。女人轻轻地躺在了床的另一侧。

“我的故事啊——我有个儿子，我怕他被人瞧不起。我们小城离这里很远。听说你们这里比较开放，我才来这里想多挣点钱……”

“你男人呢？”

“我要自己挣钱，再说那不过是……”

“一场梦？”

“我不确定。嗯，我只能确定我一个人来了蛇城，也很快喜欢上这个氛围。”

李海鸥听得莫名其妙。在这个暧昧的场景里，或者说有点像吊诡的氛围中，他也回想到这几天的经历，有点可笑。

“重要的是，他们都会醒过来。”他想。

这时，最重要的是，由此及彼，他的思念已夺门飞去了蛇庄。

“就这么简单，你以为我说假话吗？”

李海鸥在一层淡黄色的晨曦中醒来。女人蜷在房间唯一的沙发里，不知是睡是醒。他坐起来，头还有些晕。忽然，女人开口，声音那么低：

“昨晚，你手机响了很长时间。”

不能再待下去了。

“走了！”李海鸥说。

“吃个早餐。”女子爬起来。

李海鸥穿好上衣，径直走向门口。

女人在他身后的柔光中侧身躺着，而她发出的声音却那么有力：“你以为我是个骗子？”

“你不想回去？”

“我还回得去吗？”

李海鸥站在门边，低头从兜里拿出仅剩下的七百块。女人拿着钱的目光在他看来有点不可思议。

一个绝望的声音说：“也许，你出门就忘了我。”

昨晚的电话是露西打的。这是同学张滨来蛇城的第二天。李海鸥联系了他一下，没联系上。他准备打给露西，蓦然想起那句“你不要学会期待”。他问自己，期待了吗？想了想，也不想得到自己的答案。照露西短信内容说的，他去了那个旅馆。两人的见面犹如回放上次见面的情景，电梯的抚摸、床上的纠缠，等等。一气呵成。露西躺在李海鸥怀里给他讲了故事的开头：从蛇庄出来，我都会去那个咖啡馆。每次过树林都没遇上蛇，唯独遇见你那天。李海鸥开始抽烟，迫不及待地想，将发生的如果真是一个绝望的故事，又该如何了结？

“我给他按摩时觉得胸闷，心里空荡荡的。到了咖啡馆，还是这种感觉。那天，我走得急，快出树林了，就看到了它。我感觉它是跟着我从蛇庄出来的。以前或许也跟着，这次被我发现了，它像个人似的盯着我。”

露西抢过李海鸥手中的烟深吸几口。

“那一刻，蛇钻进了我的身体。它在某一时间会突然出现，我没办法控制它。”

李海鸥猛地抱住她。这副光滑的身体就像块冰。

他说：“真像啊，我说，你不能忘了那些？”

露西回答：“哪些？都忘了？”

“你要记得我爱你。”

她很镇定。

“你爱过多少人？”她问。

……

一缕一缕的阳光穿过模样古怪的建筑斜落而下。李海鸥抬头看了一会儿，才走进这家咖啡馆，并在西北角靠窗的位置坐下，一边喝着咖啡，一边对着那片在风中抖动着阳光的树林发呆。很多个午后就是这样打发过去的。在张滨来的那个下午，之所以大胆地朝女孩走过去，是因为他期待已久。毕竟，他看见她那么多次了，他一直想这么做。有一次，他看见一个男人就是像他那样，走过去，跟她说了点什么。然后，他们从他落寞的视野中消失了。

这次造访正是时候，它就像一个开关，为李海鸥蓄谋已久的模仿做好了铺垫。李海鸥猜到了开始，却猜不到结局。

谁知道那条蛇会跑到哪里去呢?

张滨的电话一直处于关机状态。第三天，才开机。他们约到了海边的小酒吧。

“只要她爱我，我才不在乎她儿子的看法，我不在乎……”

李海鸥说：“喂，还好吧？”

张滨倒在地上，小酒吧里人很少。李海鸥也有点醉。没人理会这对失意的男子。他也不去管他，而是斜躺在座位上给露西发信息：“在蛇庄？”

“我不在乎，你到底为什么离开我，你们为什么都离开了我……”张滨嘴里又在说着什么。直到他沉默，李海鸥才过去，将他从地上扶起。两人出门，坐上车。把张滨安排好，他又离开饭店，迫不及待给露西打电话。

他们重复了前两次的情景。最后一步，李海鸥停了下来。他倒在床上时大喊了一声。露西被吓得在黑暗中抖了几下。她从他身下爬出来，看到他的手正捂在心脏的位置上。

“你别吓我，别吓我。”

等李海鸥平静下来，露西才试图阻止他，试探几次，又放弃了。她坐在那里，看着李海鸥穿好衣服跑出房间。除了仓皇的人影，没有留下只言片语。李海鸥来到海边那条街上的时间，刚好与上次夜游蛇城一样。他想不如模仿前天的自己，在夜市那家餐馆里吃点儿东西。当服务员站在他面前时，他提前拒绝了讨厌的推销。吃完简单的饭菜，付账走人。

此刻，他想起了从远方来的女人。他不知道自己为什么想起了她。于是，下意识地穿过夜市到胡同口，慢慢地走着。当李海鸥走到原来的位置时，那个女人果然站在那盏路灯下。

“谢谢你相信我。”

她先是看着李海鸥，慢慢视线沿着远方弯曲山路的其中一条攀爬而上，人突然来到了很远的地方。时间在风中摇晃着，等了一会儿，她似乎看到了什么，眼里一亮。

她说：“知道吗？我真想忘了那儿。”

一种难以言表的绝望推着李海鸥匆匆起身。这时，女人扯住了他的衣服。一双手也是凉的。他听到：“你去那儿，进门要过一片草地。向东拐两个弯，会看见一座白色洋楼。一个小保姆出来给你开门。你就说找二楼左边第五个房间里的人……”

女人看着他，看着他。后来，就看不见了。

在四天后的一个清晨里，李海鸥看着张滨走下码头的台阶，上了船。张滨临走跟他说了一些话：“这里的事让我明白很多。年轻时，我不相信。其实，你在路上跟我说的，我想想也觉得对。”

这件事情到这里就算过去了。说不清的事情让它过去吧。不料在某个深夜，张滨的电话再次突然而至，与来时的情境相仿，他又问李海鸥真的不知道他在蛇城发现了什么吗……这时，李海鸥对着电话，又有点不知所措。

夜的门

STORY. 03

一、零五年的门内

八年说过去就过去了。可是听到敲门声，我依然会恍惚回到八年前。一样的季节，在深夜，有人敲响了我的门。一个十四五岁的女孩，站在你对面，身着当地最常见的粗布衣，从我有限的记忆里跑过1998年至2005年的所有晨昏，带着望马台的独特的香气，来到现在。对，就是现在。我走到门口，扭动门把手，已是2005年了。门外铺着红色的地毯，上面来往的是这个城市的无数买醉者，以及一批比一批年轻的小姐。

人来人往，在我看来更孤独。

“还没来啊？”

门里有喊声传来——“我们可是给钱的。”

刘荣文又用失踪的事来取笑我。他经营着一个锹场，空闲写小说（只是我们并没有看过），且非把每次如今天的这种寻欢都说是寻找灵感。我觉得他写小说可能是真的，因为，在我们昏天暗地的欲望面前，他随时都准备着“莫泊桑”这一张牌。我挺反感这个。莫泊桑不是性药牌子，他怎么能够像解释一个小电影似的说清楚，这是一个和自己一样在女人身上寻找灵感的家伙。他是这样的人。哥儿几个和我一样焦急地等待着有人走进来。门外是脚步声。三姐是歌厅的头头儿。刘荣文说得最难听，私下把她形容成什么早年间别人胯下的一头母狮。

“三姐，看不起我们哥们儿？”

门外的一切好像都改变了。我看不惯刘荣文这点。出来开心，没必要搞得每次都像入洞房吧？只要哥儿几个雅间一坐，立刻就成了他刘荣文的小卒，他会带着满口的作家腔调儿，让三姐喊来一批接着一批的小姐。呵，这个怎样？大家就说挺好的。每每这时，刘荣文都站了起来，气冲冲地说，好个屁，看那步走得！裤裆里都能跑过几条狗了。“换人！”他这么说，大家刚开始的时候都很诧异地看着他。后来，大家暗地里传过他的眼光有问题。老刘就等最后挑花眼呢，竟挑些丑八怪，他那叫“扶贫”！刘荣文听我跟他说过好几回，从不生气，还都是笑呵呵的。那次，不知道怎么了，他气极了：“别说了。都是放屁！一个个的……不都便宜你们了？”

其实，他也没想到会搞成他们说的这样，远看妖娆的女子，容易吸引人眼球，等到了床上，我操！这才吓一跳。没办法，三姐说了没来事儿的小姐都在这儿了。不可能再有人愿意来伺候我们这群变态了。她笑嘻嘻说完话，掉转那个硕大的屁股，火急火燎地被人招呼走了。留下五个老刘说还凑合。挑三拣四的刘荣文，每次都对我不赖，把看上去最好的推到了我身边。从我这个方向看，这个小姐脸上洋溢着的热情，多多少少带着一种职业的成分，按一般观察方法，然后就是一对大眼睛。她这对大眼睛也同样观察着我。在我视线还未到她胸前的时候，这个看着年纪不大的姑娘，早有预谋地已经把窄小的屁股蛋，坐在了我大腿上，准确地压着我的兴奋点。周围世界，于是开始嘈杂地旋转，一时间各种不同质量的嗓门都打开了。有点像开门之后，不可预料的人。包间里变得异常热闹。我想说话只能把手拢在她耳朵上，只有这个方式才能让对方听见，我说：先别忙。说着顺手递给了她一杯啤酒。我们又一次对视。不知为什么，我迅速躲开了她的眼神。喝！我对这个姑娘说，咱聊聊。她问，老板要聊什么？我说，先说说话！她好像是没听明白，凑近了我，熟练地用双手挽住我的脖子，说：“老板，再说一遍哦。”

一个自己被熟视无睹的时刻，我们亲昵的样子，完全没有以前想的那么引人注目。这里的人都在寻找今夜的舒坦，什么都留给了明天。我说刘荣文堕落的时候，他就老这么回答我。现在，无疑是谁都想把老婆留给明天。我问她干多久了。回话迅速，没多久。又问哪儿人。说马州，芦花淀的，还嫌弃我乱问，反正我撒谎你也不知道！我对她的话半信半疑。真的假的？她说，当然……真的！你知道？然后，我问了她芦花淀的那几处地名。她居然清清楚楚，还说她外婆现在还住在淀里呢！于是，我直奔主题，和她聊起了望马台。那个地方，她是知道的。那个女孩呢？我问，燕子认不认识？哪只燕子？也是出来干的？我说不知道现在是不是出来干了，只知道她家在望马台最东边。母亲是个瘫子。

“那个被她丈夫打断腿的瘫老太婆？听说她唱山歌在我们那很出名。后来，像我们老家的每个女孩一样，对歌寻人家，嫁到了望马台。在山上做导游的时候常带客人回家过夜，后来被老公抓了双，就把她腿给打断了。她女儿，我不认识。”她把我的脑子好像给说空了。我记得燕子的母亲说过那腿是上山摔断的啊！“你不会是燕子吧？”我开玩笑。“我是。我们都喜欢这样的名字哟！”她说。我忍不住笑了起来。“我是零五年的燕子，她是九七年的燕子。”多和她喝了几杯酒，干杯时，我看着她。

二、九七年的门外

1997年的夏天，我为一个女人的背叛失踪了几天。那些天，我真的受不了，我喝酒，我找无数个女人鬼混都不管用。我身下的女人都能被看成是她。在孤独的房间里，那双眼睛看着我，看得我发毛。然后，我光着身子跑出门，而后再跑回来穿衣服，干了很多离谱的事……离谱的事足以证明年轻的我几乎到了崩溃的地步。这个女人，这个从大学就和我同居的女人，和我经历毕业、职场等等生活的挣扎之后，看上了另一种生活。在另一种生活中，她可以穿着比基尼躺在清晨的阳光下，露出修长的腿，喝杯椰汁，就这样开始一天的日子。阳光最好的时候，再让阳光把她涂在腿上的防晒油，晒得明晃晃的。我们曾经一同躺在昏暗的小房间里幻想。

我说："多假呀！"

"假，你还想！"

"知道我在想什么？"我问。

"不知道。只是知道，你和我想的最好是差不多。否则……"她说这句话的时候，伸过来一只手，示意要掐我。

"是挺假的。"

突然有一天，她说过的假的都变成真的。你说我能怎么样？她说分手的那天，又一次跟我描述了这种生活的美好。我像以前那样说，多假呀。其实，我注意到这种美好和我幻想中的生活有很大的相似。

她冷冷地说："和你，是挺假的。"

我看见那个香港人的车慢慢地开了过来，停在了我家楼下，我的女人走下了楼，他们越来越近。在这个夜晚，我们越来越远，直到由一个人变成两个陌生人。一切都鬼使神差地发生了。就像我一个人鬼使神差地去了那儿。坐上火车的时候，我还很迷惘，然后就在马州站下了车。车站上停满了破旧的汽车，甚至在乘破旧的汽车经过一连串的野地、嶙峋的山，双脚站到芦花淀里时，我还是无法把自己的迷惘，在眼前这片陌生的风景里敞开来。远处除了山还是山。下午的风不时地刮动着树木，发出沙沙的声音。我站在这个小广场听着这些声音慢慢淡下来了，才不由得在心里嘀咕了一声：真他妈鬼使神差！很多辆汽车往回开，我看着它们最终消失在一片刺眼的阳光里。我整个人就像个包裹一样被晾在那里。我至今还为那里的导游素质担忧。我晾了没一会儿，呼啦啦，一群灰头土脸的导游就把我包围了。其实，作为一个旅行者，我是需要导游的。但一看这些人，我就想他们到底会不会把我扔在这片山的某个角落？在陌生的地方，我看着一切都长着张危险的脸。在熟悉的地方，我经历一场冒险之后，对危险很敏感了。

“对不起，我不用导游。”

转弯后是一座小山，山前草地上，我撞见一对衣装不整的男女。我本来应该绕开的，这次我没有，我就是想让他们看着我从他们的“床”上慢悠悠地走过去，这才好呢！草地上躺着可乐瓶、女式牛仔裤、黑色的袜子，等等。我一个一个走过去，当顺利走到草地外面时，那个男人倒是想开了，看都没看我，女人的叫声听上去真不舒服。这情形对我来说不仅是不舒服，并且还得说是相当残酷的。要是放到她还在时是不会有这种感觉的。现在很明显，疼痛让我想起了那辆汽车从我们楼下载着我的女人驶出去，越来越远。转上小路，我心想那些人也已经远了吧，没成想扭头看去，还是那群怎么甩也甩不掉的苍蝇，嗡嗡跟着。妈的，我骂了一句，闪入了林子，这里竟然埋着一条小路。大概这时是旅游淡季吧，游人不是很多，有也是三三两两的，东一头西一头，看见了，一会又走不见了。一阵行走，周围出来风吹树枝的声音，不停地从头顶落下来，就剩自己的脚步声，咚咚咚地踩在石子路上，一心平静。

树林里藏有一片寂静，不能停在这里，至少找家饭馆把自己喂饱。我跟自己说着。远处的天色有点暗了。疼痛是明亮的。我记得一首诗里这么写过，我没觉得是这样，诗人扯淡的太多了。走在路上时，不知道哪个扯淡的诗人写过这句话。明亮的疼痛？我该忘了那个让我受伤的女人，一心想着吃饭才对。我饿坏了。可是，我还有心想起疼痛。想起来，我就会闭上眼，对疼痛有了一种恐惧，折磨得我只知道走下去。

走着走着，传来了一串脚步声。我睁开眼睛，在不远处看见了她。她在不远处看着我。那是谁？我没管她一直往前走，她在我后面一直走。我走一会儿，她走一会儿。我停下来，她停下来。我们一前一后地走进了一家饭馆。我坐里面，隔窗看去，她谨慎地坐在外面。我认出她。她是那帮导游中最不热情的一个，他们拥上来时，她在最远处站着，也是用这种眼神看着我。我还奇怪呢。她为什么不拥上来？没想到这小姑娘原来更厉害，一路跟了来。她偷偷看我。有时候，我们的目光会撞在一起，与我对视的眼神好像是把我当成了猎物似的。难道我一眨眼能飞了不成？这么说，也许我从开始就落入了她的视野，我站在林子里撒尿她也看见了？流泪呢？我想起从小车站一路到这里的种种。真他妈的！

饭菜上来了。顾不得想那些事了，只想吃顿饱饭，我的肚子都忘了叫了。刚拿起筷子，隔窗外的她，也拿起了筷子。呵，细瞥一眼她的饭桌，和我完全一样的。当然，都这个小饭店里的同一口锅里盛出来的。

她低着头吃饭，不时地看看我。后来，我就盯着她，我看她的眼神逐渐地不安起来，才扭头回来，面无表情地吃饭。买单时，我又望了她一眼。她也刚交完钱，往外走去。她站在门口，扫了我一眼，迅速低下头。这次的眼神是怯怯的。我忽然一心软，出门没理她，背上背包独自朝山看了看，然后接着走。到山腰的时候，天又暗了一些，身边是森林淡淡的阴影一阵一阵地扣过来。刚想向四周寻找一下，一回头，又是她影子一样远远地站在那儿。我停下，她停下。我干脆坐下来卸下背包，对她喊："你过来！"

她停顿了一下，跑上来。没等我开口，她就说话了。

她说：“我觉得你需要我。”

“我需要你干什么？”

“你需要我给你一条路，这里黑了，路可危险了！”

“你要给我一条路？”

我呵呵地笑着。这个小姑娘的话，让人说不上是开心，还是忧伤。我又捂了捂心口。

“你疼？我看你一路捂着……”

“你没疼过？”

“我一疼就会死了。”

“问题是死不了。”

“死不了，那还算疼？”

我们就不说话了。寂静之声把她的声音放大了好几倍，在山中似乎还伴着隆隆回音。她说完话就站在我面前一动不动，长发随风飘动。

我问她：“我是需要你！怎么个价钱？”

“二十块怎么样？我算便宜一点。”她望着我说，“我可是好的导游！”

我看她一眼：“为什么是我？大老远跟过来就为挣那几个钱？”

“不是钱的问题！不是，不是钱……”她的回答，突然结结巴巴了，“二十块不行？”

“还不是钱的事？”

她还是坚持说：“不是。”

我问：“那是什么？不是？是什么？”

“你是我第一个顾客！”

她说着，已经急得要哭了。

“得了！”

说着话，我背上包掉头继续往上走。我不想让人跟着我，我不想把这次旅行变得轻车熟路的，我要走进陌生。我本来想跟她说的，又咽了回去，谁能听懂？就告诉她：我是穷光蛋！我自己走走。这里没有那么危险。你回去吧。

“你要是疼了呢？”

“我要是疼了就这么捂捂。”我做了一个捂的动作。然后，和她摆摆手。

“你疼了就知道了！”

我没有去看她，我猜那时候，她肯定极其失望，要不她怎么追上来说：穷光蛋有没有十五块？包括明天的。

实话实说这个导游的价格的确令我吃了一惊。他们这行就是抽成，这个价儿，她抽多少？可我在乎的不是钱，就说：“不用啦！去找下一个顾客。干吗吊死在一棵树上？山里都是树。”

后来，我回头看去，她没有跟上来。来时的路已经淹没在一片暮色里。登到山顶的时候，日头正跌落到山沟里，然后山谷里传来沉沉的一响。山顶往下走不远，我看见了一片灯火。这里的天黑得彻底。夕阳没了不多久，感觉上却已经像是深夜了。中间好像空了很多东西。我下山时就在想，那片灯火闪烁着，有点像星星。灯火近了看，下面还摆了一排桌子，桌子上是大大小小的茶杯，发出朦胧的光泽。

我朝朦胧里走去。这是一家小旅馆，有的屋子黑着灯，亮着的几间里有走来走去的人影。我想，只能住下了。

三、零五年的门内

零五年的这个叫燕子的女人坐在我的大腿上。那里慢慢地开始发麻了。她问我她像芦花淀的燕子吗。我不说话。她又问："你不是说聊天吗？跟你聊你又不说话！"

我说："不一样。"

她在我面前掐灭燃到指头的香烟。动作利索，几乎连她自己都没注意到自己的手曾干过这回事。无可否认，这一刻，我忽略了她的身份。

"是不是？"

“你说啥？”

“我说都不一样。”

“你不是说……”

大伙看着她从我的腿上站起来。她唱：“往事不要再提，人生已多风雨。纵然记忆抹不去，爱与恨都还在心里……”她的歌声就像诉说似的，比林忆莲还要低，还要柔。我听着听着，眼里就模糊了，刘荣文在我模糊的视野里，还在和一个女人喝酒。他好像看了看我。等我用纸巾擦完眼，就听见他说：“这酒还真辣！是吧？”

我忙说：“是呀。”

两人点头。这个女人的歌声在包间里飘扬着，哥儿几个没忘了给她鼓掌，这个叫啥？他们互相看了看。女人和我一挤眼，说：“叫我燕子吧！”

燕子唱得真好。

燕子这名好听呢！

燕子，我敬你一杯。来。

……

走了一圈，她回到我身边，顺手把一颗葡萄塞到我嘴里。我都没看见她从哪变出来的葡萄。

“咱们还聊天不？”

“聊。”

“你说到你住下来。”

她就坐在我身边等着我说，我说：“是住下来。”

“那女的呢？”

“哪个？”

“装傻！”

她问我的时候，包房里依然是鬼哭狼嚎。我一时没听明白她的话。她只好把刚才的话，再次送到了我的耳边：“那个小导游呗！”

“哦。”

我说我那时候的心情别提多沮丧了。进旅店门，交了钱，上楼进门就躺下来了。把床头灯灭了之后，一切都沉浸在黑暗里。月光从窗口钻进来，黏黏的，一直流到了地上。山上的黑夜，我知道特别的黑。那时，我就想好好睡上一觉。从那个女人背叛之后，我最大的愿望就这个。在城里，我逃不出这片阴影，一直被笼罩着，那么多夜晚，那么多酒精都失去了作用，我的疼痛被城里的月光照得灼热的疼，隐隐不止。我想躲开这些竖直的月光，却躲不开。我的那些夜晚是用来覆盖伤口的。鬼使神差到了这样一个陌生的地方。这里是安静的，这里没有熟悉的味道，这里的月光都是可以拉长、弯曲、对折的。我以为可以躲开那些在家具上弯曲对折的月光，没想到在梦境里还是那些事慢慢地浮上来，浮到我的喉咙里。我坐在黑暗里咳了几声，眼泪也就落了下来。

呼呼的风声，漆黑之夜。我趴在窗台上，看着远方的一处火光在跳跃，那边有模糊的山歌声传过来。努力辨认也无济于事，怎么那么多人？声音似乎卡在了树叶缝隙之间，传过来的只剩下淡淡的尾音。我坐在灯下，墙上闪过一个影子，是那么熟悉，却想不起来是谁。哦，就是她。虽然，看上去年纪很小，眼神却那么像刚刚失去的那个女人。然后是脸在我的眼前扩大着，最后，像天上的星星一样，亮了一下就黑掉了。墙上的钟此刻敲响了第十二下。

四、九七年的门外

我趴在窗台上看着远处的火光，歌声停止后，那些火也渐渐熄灭了。山上不同于别的地方，静也可以散发出可怕的气息，一声鸟叫都没有，我只能听见隔壁均匀的呼噜声。睡着的人，我猜绝不是我这样有着伤心往事的人。我曾经执着地以为他们都是幸福的猪。对，幸福的猪。我们在大学时候，这个女朋友在我很高兴的时候就会把我叫过去，用很甜的声音说：你是幸福的猪呀？大学的校园里风靡一时的是王小波。我们都愿意当一头特立独行的猪。而特立独行的猪，在我女朋友那里就是夜猫子的代名词。有时候我们在深夜爬起来疯狂地做爱。甚至，在她来事儿的那几天，我们还会躺在租来的房间里，整夜整夜瞪着眼。有时候一句话不说。我很困，她不让我睡，要是快进入梦乡了，她就生生地把我咬醒；她睡着了，我又睡不着了，我就在她身上摸了个遍，她没有醒来。她为什么没有醒来?

我们的很多个夜晚都是这样特立独行。工作以后，我不再那么特立独行，每天回家闷头就睡。她也是。做爱变得敷衍了事。我们不知不觉地忘记了逝去的生活。成了幸福的猪?那时候，我真的忘记了这个词语。

我到了芦花淀就像又一次寻回了逝去的东西一样。隔壁也许就是一头幸福的猪吧?呼噜声还在响着，我靠着窗台，让月光洒在我的肩上。呼噜声中的夜晚更静了。呵呵。我笑了笑，往事还是在眼前的黑暗中飞行，一片片地闪着光。我自己却无能无力。他妈的!正在这时，月光一晃。咚咚，清脆的敲门声淹没了呼噜声。我的耳朵竖了起来。

“谁呀?”我问。

门外没人回答。又是咚咚，月光晃过去。隔一会儿又是这两声，咚咚。依然是敲在我的房门上。我敢肯定外面有人。这么晚了是谁?

“谁?”我的声音有些大起来。在这静夜，显得有些刺耳。

还是没人回答。这一次，我跳下床，走了过去，扭开门把手。

门开了。

是的。就是她！扑门而来的是种说不上来的气味，她浑身就带着这种气味站到了我的面前。

“我知道你没睡。”和她说我需要她时的口吻一模一样。

“我却不知道又是你！”

她可能看出我有点生气了，就拍了拍衣服上的尘土，说：“我们组织旅客点篝火了，就在那边山上。”

尘土在门里流出的月光中下沉。

我说：“我看见了！”

“我知道你看见了！”

我“哦”了半截。没完全反应过来，她已经走进了我的房间。

“那么……没赶上篝火也不可惜，就让我把你点燃吧？”

“点燃？”这句话要是放在城里的小姐嘴里，我倒是不觉得有什么。从这么一个小姑娘嘴里说出来就显得很怪。

“我知道你需要点燃！”

“你什么不知道？”

“我不知道，你既然这么疼为什么还不让点燃。”

她说完又那样看向我。

“这有什么关系？我……”我犹豫一下，反正此刻的疼痛也需要什么东西，随便什么东西遮掩起来，就问：你才多大？十八。没有吧，如果没猜错，你不到十八。肯定不到。

“你怎么什么也不知道！”

她还是看着我，说：“很便宜的。”

然后，这个女人很机械地脱下自己的衣服。我愣了一下，面前这个小姑娘已经脱去了外衣。这时我才慢慢反应过来，把手伸进她的衣服里。

她的乳房就那么一点，我舔的时候，乳头被月光照着，显得很大、很黑。她开始呻吟。静夜，我突然被风吹醒，说：“你穿上衣服吧！”她看着我把五十块钱塞在她的手里。她扔给我。我拿给她，她又扔给我。最后，我笑着说：“冷！”看见她眼睛突然瞪起来，就像我下午在饭馆里看到的一样，都是那么一闪。

五、零五年的门内

“稍等，等下，我去去就来。”这个也叫燕子的女人，站起来，朝门外走去。刘荣文看着我们有一段时间了。他看女人走了，就凑过来问我：“真他妈的腻味！说什么段子呢！”他这人最喜欢的是段子，而不是故事。你不要问他这有什么区别，否则他又会搬出莫泊桑。为了表示对他的反感，我这次特意说：“我在讲故事！”刘荣文不太相信：“你有啥故事？就你那点生活顶多算是段子！”我知道他要说什么，故意拦住了他，连说：“在座的谁不知道！我知道。知道。”

“你知道？”

他看了看大伙，大伙都搂着小姐笑呢。

“好。就算是故事。”看他那样子是不相信我可以讲这么长的一个故事。

我说：“八年前，你忘了？”

他猛然想起什么似的。谁都知道我在他们生活当中出现了这段空缺。

“你到底跑哪儿去了？我们都以为你死了呢。你一死，那骚货就便宜了，拿着我们哥们儿一条命继续傍大款！”他说。

我看着他喝红了的脸，不言语了。

“爱说不说！”

他知道我对那段时间的事一直讳莫如深，也不再问。“你写篇小说得了。是不是有特神秘的事儿，要是我就写得诡异点，最好加点刺激的描写，现在都是这玩意儿……想莫泊桑在当年……”

“操，少来莫泊桑！”我拦住他的话，“你把人家当挡箭牌了？”

“不说了，我这人俗，我写也写不好，俗人。来，小姐给哥哥亲一个！”

刘荣文抱着一个小姐离开以后，燕子从门外走了进来。

正巧走个对身，俩人一撞面。

他就说："我说燕子啊，我这哥们儿把底子都跟你抖啦，你可得……"

"知道了。"

"今天是怎么了好像大家都知道了似的，你们都他妈的知道啥了？！"他带着一种疑惑的表情，冲着燕子说，"可得侍候好喽。"

燕子欣然应允，说："哥，放心。"然后穿过几对男女，又一次坐到我的大腿上，大腿根还是麻酥酥的。

这时候，我发现她的手神神秘秘地背在后面，好像藏了什么东西。

我问："是什么？"

她就不给看，一直喝酒，非说："晚上单独给你看。"还神秘兮兮地说："今晚绝对是个好日子。"

六、九七年的门外

第二天，也就是天蒙亮，我被这家北方旅馆里的脚步声吵醒了，他们都是赶早班车的。我靠在窗台边睁开眼睛，透过一层窗帘，看见那些人匆匆地往山下跑去。我不知道什么时候睡着的，我没有梦，隔壁的呼噜声好像一直响着似的。

“幸福的猪。”我叨咕着，自己也笑了。然后，猜测窗外跑着的人里谁是这只猪。我也要搭车去芦花池。据说去芦花池的车很多，不用着急。他们都是坐回程的车。等楼下静下来，我才洗脸刷牙。推开门，想往外走的时候，她却挡在过道上，装作没看见我，而是望向别处。昨晚的那个情景再一次冒出来，我问自己：也许是做梦了？

“又是你？”

“我知道你会这么问！”

“我是这个样问了。”

“我是你的导游！”

“我……”

“我可是收了你的钱的。既然是穷光蛋就应该不会浪费了。”这时候，我记起了昨晚为打发她随便说的那句话。

她带着我到了那个漂满了船的池塘就不见了，我一个人孤零零的在岸边。我在池塘边走了一圈，池塘边栽种着绿绿的树木，阳光越来越强了，地上斑驳的影子越聚越多，越来越扎眼。我边走边低着头看，心想没了更好。

中午，我找了家餐馆，跟自己说：什么导游，还不是骗钱的！我又一次想起了上山时候的事，下意识地在等待什么自己不相信的东西出现。我在餐馆点了一碗面。根据上次的经验，只要吃饭，那个女孩一准会出现。我想起这个可笑想法的时候，自己笑了笑。端起了碗，四下一看，她坐在了里面的桌子旁边。

我走过去问："刚才哪去了？"

她说："回家看了看，很久没回去了。"

"你是这里人？"

她挑着一筷子的面条，忽然愣了。半天，好像反应过来似的，说："是。"

她还说："不过，离这里远点，叫望马台。"

"望马台？"

我觉得这个名字很奇怪。

"你们那里有马？"

"没有，"她回答我，"但是有烽火台。"

餐馆的老板走过来，看了我一眼，笑呵呵地说："那里是出美女的地方！从这里出去翻一座山也不算远。不过现在没什么人了，都出去伺候我们这些城里人了！"

对面的小姑娘却假装没听见，低头吃着面条。

我说："嗯。"其实，也没想那么多。

从小餐馆里出来，她像影子一样。我说："你为什么老跟着我？就因为我是你第一个顾客？这人怎么……"

她不说话。脸上羞红了似的，和昨晚那个人好像根本是两个。

走了好一会儿，她才说："我可没病！"

小姑娘羞却的脸庞有些后悔了。

我说："带我去你们那儿，路费我来出。昨晚上的钱够吗？上次不是十五块吗？"

她吞吞吐吐："怎么能一样？吃饭和住宿、坐车都有抽成的。去我家，我就什么提成都没了，而且还在我家吃饭！"说着，不好意思地，瞟我一眼。

"我另外付可以了吗？"

她轻而易举地，笑了。

"其实，你是需要我的！我看见你的第一眼就知道。"

路上，她问了我很多问题。

她问："还疼吗？"

我说："不疼了。"

"万一路上疼了怎么办？"

"那就点燃我！"

小姑娘哈哈大笑。

"你不怕半夜敲门吗？"

"怕。"我说。

"你肯定有亏心事！"

山野奔驰。远处的山近了，眨眼就没了，河水一直在车窗外流淌。阳光照在上面，亮晶晶的。

她问："你知道吗？我从不坐车回家。"

她说自己从后山回家要过两座山，路很难走。我想起上午她突然消失的事情，就感慨：你就像消失了，走得真快！

她笑了。窗外一切都在闪动。到了望马台，和我从火车上毫无目的地走下来时的感觉不同。开始到现在，我心血来潮干了很多事。第一件是到这个陌生的小地方。第二件大概就是在这个小地方选择了这么一个更小的景点。当这小景点以原始村落的形式，在我眼前打开时，山梁子上零散的屋子吸引了我。看样子，每户人家都不近，一堆一堆的，又鸡犬相闻。我们下车后，沿密林掩映的小路爬到了五十多米的地方。这里有个小屋，屋的周围都是树。不远处的林子后面是一个烽火台，隐隐约约地可以看见残破的砖石。这样看着更新鲜。这里也是很安静的。正看得入神，忽然飘来的一个女人的声音把我吓了一跳："燕子，谁来了？"

我四下里看看，并没见人。

"是我妈。"她回头对我说，"她在床上起不来。"

这时，我才知道她叫燕子。

燕子打开门，进屋给我拿把椅子。我们就在屋前的树下坐了一会儿，她妈在屋里唠叨着什么。声音低频。一会儿问女儿第一天当导游咋样，一会儿又啰里啰嗦地说，自己做导游时如何如何，还说要不是那次意外摔断腿，也不至于靠她挣钱来养家糊口。说着说着，门里就静了。然后，幽缓里渗出砖石的竟是伤心的哭泣声。

她哽咽着问我是干什么的，能不能带她家姑娘去城里打工。我就隔着门随便敷衍了几句，心里一下又压抑了下来。对燕子说：“上那边去走走吧。”以前听朋友说山里的女孩长得水灵。尤其是姑娘们的山歌唱得格外动听。我没直说，而是拐弯抹角地问：“你们这里有没有人会唱山歌？”

她说：“当然有。”

翻过一个小岭子，她带我去了一户人家。那房子，远远能看得见，却走了很远也到达不了。到门口时才发现家家都是关门闭户的，燕子说年轻的出去打工了，现在，就她一人……

“不也好吗？”

“好？”燕子想说什么，但没有再说。

那里的歌声是一个白发老人坐在织布机旁边，一边干着手里的活，一边唱起来的。在这地方，织布机混合着山歌的声音，真是很有味道。老人眯着眼唱着，我坐在地上，认真地听。时间就在那时流走了，阳光逐渐黯淡着，慢慢地织布机上也涂满了夕阳的颜色。临走，我拿出相机，要给老人拍张照片。

听说要照相，她马上从织布机上跳下来，说要换件衣服。

我说：“不用！”

她叨咕着：“咋能不用？”仍站在那里。

这样最好，补丁重重的老人，织出了如此漂亮的布匹。老去的容颜唱着优美的山歌。

她的脸在镜头里很板。我说了很多“自然点”，老人怎么也自然不起来，对着镜头的神情是十分卑贱的，和刚才自信得眉飞色舞的唱歌者，判若两人。给她拍完，燕子拉上我就要走。

“山里黑得早，晚了路不好走。”

总之，天黑下来前，我们已回到燕子家。我给她钱，算是晚饭钱。没过多久，她妹妹就放牛回来了。这个小姑娘比燕子长得还要壮，牙齿参差不齐，但朝我笑的时候，我在昏黄的灯光下看见了漂亮的一双眼睛。她的衣服裤子，显然是燕子穿剩的，绷带一样包裹着瘦小的身子。小山包一样隆起的胸脯已很明显。她小心地出入房门，躲避我，默默地，帮姐姐做晚饭。两个弟弟陆续回到家。他们的衣服也是出奇的短小，只是没有妹妹身上的那么破旧。她父亲是最后一个回来的。天黑了很长时间。那是个身材瘦高、胡子拉碴的老人。一回来，就面无表情地看了我一眼，然后默不作声地走进后院，眨眼就攥着只鸡从我面前走了过去。鸡的惊叫声使夜色变得骚动起来。他端盆开水到我身边，问我是城里人？我说，是。他说城里人……好……大城市的人都不错……我不太明白他的意思，也不敢问。这个老人就半蹲在地上，嘴里叼着根草烟，皱着眉头，使劲地攥鸡脖子，他呵呵地笑着说：咱吃鸡！那只拼命挣扎尖叫着的公鸡，就在他手里炸出一股鲜红的血。

姐妹俩围着灶台忙碌了一阵。两个弟弟满脸的兴奋，迫不及待地围着姐姐打转。端上来的是鸡肉，加了很多辣椒。大家兴致勃勃地吃着，尤其是燕子的两个弟弟，筷子只差打起来了。长到这么大，我真的都没有吃过这么辣的东西，一直找水喝。还不停地看着两个男孩笑。她父亲干咳了声，又严厉地望着这兄弟俩，直到两双筷子很知错地停下来。然后又皱起眉头看我。不晓得怎么回事，我哆嗦了一下。他默不作声地站了起来，给我舀了一瓢冷水，冷冷地叫我把鸡肉放在里面洗个澡，然后再吃。我看着他试了一下，确实好了许多，他哈哈笑了，笑得我出了一身的冷汗。从来没有见过漆黑混杂着寂静的夜晚。其他人早早就睡下了，仿佛世界就只剩下这么一家人。然后，燕子把我领到一处在高坡上的房间。我以为是上去休息的，谁知道她把我推进房间，按在了床上，飞快地脱去自己的衣服，然后说一句：你也是我第一个客人！那个月光下瘦小的身子迫不及待地跟着我滚进了被窝。我惊讶地望着她。她呢，胆怯地望着我，口里念叨着："第一个！"其实，当时我应该阻止这个小姑娘的。只是那刻，我感觉有什么带着命运意味的东西，飞快地冲进了那扇门后的1997年，冲进了我的痛疼。她坐在我身上哭着扭动身体。我就这么看着她，看着她的身后，一望无际的黑暗。

望马台的气味带着酸草味。燕子光着身子依偎在我的怀里。她告诉我：那是望马台，望马台是一种早熟的小花，只在清晨开放……它一直开着，可以直到那片土壤不再需要它生长。

“会唱山歌？”

“我们这里不会唱的女孩是嫁不出的。”

“唱一个？”

“为什么？又不是我的情郎！”

我把被子往头上一蒙，假装呼呼睡去了。后来真的睡着了，半梦半醒中，仿佛看见不远处的烽火台上坐着一个人，那人晃着双脚，面向大山以外的某个地方，唱着：山上美美的草啊/春天牛羊山上溜溜地跑/远处的情郎早啊/我已起来打水草……

醒来已是下午。我趁没人偷偷地按原路摸下了山。坐着同一辆车离开了望马台，不知道燕子会不会恨我。枕头下压的那五百块钱什么也代表不了。可我不知道该怎么做。为什么会这么做？许是出于那年头还流行的道德？出于我可怜的关心？都好。我想她有一天会长大的，我会再见到她。人海茫茫，人生沉浮，我带着一个故事来了，没理由多带一个故事走的。我这样想着，车驶过一片原野。我拿出了路上采来的望马台，把它摆在阳光里细细地看。

旁边有人问我：“这啥花？”

我说：“望马台。早熟的小花，清晨开放，一直不会凋谢。”

那人诧异地又问：“谁告诉你的？”

……

七、零五年的门内

午夜时分，我们这个包间逐渐平静。音乐播放的是一首老歌《十八相送》，刘荣文一边唱一边独白：“那咱就好好送吧！虽然，我们都不是十八了。”大伙一片叫喊：“送啊——送——”音乐声中，这个燕子抱着我，在我耳边说：“不可能，你是在编故事！”她手却不安分地拉开了我裤子的拉链，鬼鬼地望着我说有反应了。这一切又让我想起来八年前，包括刚开始的敲门声。

“编故事不应该更煽情一点儿吗？”我说。

“不够煽情。”

她瞪了我一眼，问：“现在有女朋友了？”

“没有。”

“没有？”她便学着我熟悉的回忆里的声音，嘿嘿笑说，“让我把你点燃吧！”

我无意识地又问她多大了。

她说：“不是说了？十八。”

我又问："几十八？"

"哈哈。"她慢慢地说出来，"一十八。"

"又是十八！该死的十八！是不是小姐永远都十八？"

灯光黯淡。刘荣文他们的歌声没完没了。我们在角落说着话。她把我的手放进衣服里。我摸到的是一对好似腊肠狗的耳朵似的乳房垂在那儿，轻轻一拽，便同时落在了手上。

"干杯！"

我们和刘荣文最后干了一杯酒。他第一个搂着小姐出门。然后是几个哥们儿，最后一个是我，歌声慢慢进入尾声，直至淡化在了我无限的往事当中。走出包间的时候，这个燕子又跑了回去，坐在沙发上望着我，捂着一个包。

"走吧！十八的姑娘！"我说。

"这很贵！"燕子朝我跑过来。

"知道。"

"你什么都知道。"

这座城市到处都藏得下我们这些偷情的人。和她走进房间后，她习惯性地把双腿卡在我的腰上，低头跟我说：你看，你看！是一张去香港的飞机票！"搞到一张票真费劲，以前根本去不了，现在回归了，听说那边不抓这个。来钱快。大城市好。对了，你上当啦！""上当？"我问。"你说的燕子去年死在了偷渡去香港的轮船上，听说还被船员轮奸了。我不想死得那么难看。”

现在，她挥舞飞机票，两个松松垮垮的乳房在我头顶，在这暧昧而温暖的时分，左右晃着。到了这个程度，寂寞的我不得不进行下一步：把卡在我腰上的她放倒到床上，迅速地脱去自己的衣服。即将进入她身体的时候，我突然不行了。然后，直勾勾地看着门厅尽头，夜之门，还会有人来敲响吗？我在等。

马河淹死了一只苍蝇

STORY. 04

马河认定了，你让他描述，他又说不出什么来。他才不愿意说。他认定就这样了，还说什么？我是一条河，这个比喻倒是可以说一说，车队谁关心他是不是一条河啊。传说的复婚倒引来了一点波澜。这也是一只苍蝇掀起的风浪。他来回琢磨这事，心想也怪有意思！做老婆，这个褚丽是称职的。除了这事，他是满意的。离婚后，尤其近些日子，褚丽忽然开始缠他。电话打到车队上，马河也不接。铃声响个没完，车队上的人也被搞得烦了。她的行为让马河心中不快，反过来想又有点高兴。也许是自己给人做丈夫还不错。有时，电话铃声响完了，大家劝他和媳妇还是好好说吧。他就这么个人，不喜欢人们说自己的事。外人说多了，在人前把脸一撂："好好卖——你的胳膊！"当地对司机戏称"卖胳膊"。他就这么个人，什么话从他嘴里说出来，都不好听。最近又摊上了这事，更不好听了。他被人们的议论搞得烦呢。等车出了大院，一伙人聚在大榕树下说话，从金融危机、中国足球、世界小姐、全球变暖，七拐八拐，总能扯到马河头上。一个说：“他就这么个人。”另一个说：“这事还没完？”第三个说：“模范夫妻，啧啧。咱们头儿是介绍人！”第一个又说：“不行？”“咋不行？”第三个人紧了紧裤带。第二个感叹：“还不是一样？你听。”电话又来了。传达室没人，第一个跑过去接，他看了看门外，低头不怀好意地问：“要队长回去和嫂子谈？”褚丽一听是别人，立刻挂断电话。马河当时在门外听完，转身走了。“没的谈！”他心想着，对于褚丽的锲而不舍，其实也是犯嘀咕的：“这么快就熬不住啦？”人到这个年纪就这样。孩子是褚丽打电话来的正当理由。马河想过以后一个人不也挺好？母亲不同意，他稍有表达，对方无数句话等着：“你爸要在的话，你敢这么对我？也不看看亲戚们说啥！你少说话，以后我看我也不能少操心。再找一个？好了倒好，不好有意思吗？我看褚丽既然找你，你俩本来好好的。”正如他母亲所说，之前他们婚后的生活的确还不错。

褚丽后悔了。不是别的事，别的事说开了能解决。这事不好说，每次听她要说，这条河立刻准备大风大浪。马河听不下去。晚一分钟，马河无奈地说，就一分钟……一分钟决定是真出事，还是像褚丽想说的那样，并没出事。一分钟结束时，那人恰好开始解她的上衣扣子。马河在第二颗扣子被解开时敲门。等他追出去，男人跑没了影。马河骂她，怪有意思的，我没成想你是个浪货！褚丽蹲在沙发边，抱膝盖哭。晚上，两人平静下来，褚丽怯怯地说，还没出事。马河说，事肯定是出了。再说，他们说的可能也变成了两件事。他骂完自己，去了母亲那边。第二天，躺在清晨的阳光里，迟迟不起。起来走到窗边，面对窗外的人流，他又把离婚的事情想了几遍。后来，听到褚丽解释“你不相信，要不去检查检查”时，他先跟自己说：“就这么定了。”

“你骂我？”褚丽说。马河走近她。褚丽以为他要动手，不料马河在她面前狠狠打了自己两耳光。后来，两人很快办了手续。褚丽不想离婚，马河举着自己的手掌问：“去是不去？”眼睛瞪得比枣子大。事赶巧了。马河不愿意听褚丽解释，可她又特别想说说。

马河出车两个多月，倒休回家。那天，马桶漏水。叫人来修吧，褚丽上班没时间；下班，人家也下班了。家里没男人真不行！想起平时对汽车比对她还亲的马河，褚丽心里来气。当天上班和同事聊，说到漏水的事，几个男同事听到，玩笑说：如果，他们去修怎么感谢？褚丽只当那是玩笑。下班刚回家，真有个男同事来了。一进门，拿工具就往厕所走。褚丽让他喝水，他也不喝。褚丽不再客气，告诉他哪里漏水后，便上街买现成的饭菜。她想打发走他，好去婆婆那边接孩子。等她买完饭菜回来，那人正坐在客厅沙发上喝水。见她进门，说：“好了。”“这么快？”那人说是小毛病。

再看到她手里提的东西，就说：“干吗？”“招待你。我买了些菜，你喝两杯。”褚丽去热菜，然后走出来把菜放茶几上，又从壁橱里拿了两瓶酒：“我们那口子藏的，你看哪个好？”“都行！”听他说完，她把一瓶蒙古王放在茶几上。她为他斟酒。那人说自斟自饮没劲，让她喝点：“大哥多长时间没回来？”“一个多月，还是两个月？记不清了，车队忙！”她记不太清。车队出车跑长途从开春到冬天都在路上过。马河中间回车队，到家打个招呼，扭头跟车又走了，除非家里有重要事。后来，男的说起车队的辛苦。还说，现在给多少钱，我都不受那个罪。“你也在车队干过？”褚丽惊讶。“没文化，只能开车。那活儿常年在外面跑，家里顾不上，男人光棍，老婆寡妇！我在车队卖了十年胳膊！”这时，他看褚丽的神情多少有些不自然了。褚丽转念想这男的在班上从不说笑打闹，人人都说他老实本分，不会有啥事。想着又给他斟上一杯。那人趁她递酒杯时，突然抓住她的手。她一斜身被他揽在了怀里，越抱越紧。冷静下来想，当时的挣扎有些虚伪，她又不好意思跟马河解释了。她赶紧把被抱住时心里奇怪的感觉，男人将她抱到床上，亲吻头发去解她衣服上的扣子这些，都统统忘了……

褚丽原来是车队的队花。当年，马河娶上美人，说好话的不多，说褚丽吃亏的占多数。这女人样样行！而马河是那么个人。他们婚后，褚丽像大家说的那样，知冷知热，从头到脚、从内到外地把马河照顾着，还对婆婆孝顺。虽不住一起，但常提东西去看老人。尤其，马河出车不在家，婆婆头疼脑热都是褚丽带着去看的。有了孩子，她更忙了，在马河的记忆中，她从未抱怨。怪有意思的。邻居都羡慕他母亲找了个好儿媳，他母亲对儿媳也相当满意，常跟马河说："儿子，你的命不错。"

离婚以后，马河还和母亲住，母亲的话变了个意思："本来，命挺好。"母亲一般拿她和父亲的过去跟马河说。照她比较，马河听着听着都觉得自己把好命给整得不好了。越这样，褚丽和那个男人的事情越翻涌。不知道眼前的母亲知道这些会怎么继续比较下去。马河觉得委屈。现在，有人玩小姐找情人，一样都没他。他是这么个人，从不在这些方面动心。只知道开车从一个地方到另一个地方，装货拉货，不停反复。养家糊口是这样一轱辘一轱辘滚出来的。"以后咋办？再说，离婚不也吉祥！你看看小黄。"前年，小黄出事故离开了车队。小黄父亲早逝，娘俩相依为命。好不容易长大娶媳妇，不到一个月，母亲吃药自杀了，媳妇在丧礼上被打得大哭大叫。不几天，小黄和媳妇离了。他出事时离他们离婚签字不到半天。车队上的人有时坐在大树下，也不仅是说马河。大家不愿意再有这件事发生在哥儿几个身上。一个就说："也是命！"马河的头都大了。"为啥离婚？"马河说："不合。"母亲又说了很多，等母亲说完，他又说了一句："都是表面。"

过去跑运输容易，车少。现在的公路像一锅粥，只有老手能让领导把心放进肚子里。只要是长途都离不开马河他们几个押车的。那天，例会上车队经理李昌明说：“从今天开始，马河是副队长！”会后，他们在穿堂碰见，李昌明搂过马河悄悄问他和媳妇和好没有。最后还说：“新闻人物。”马河就这么个人。李昌明最知道他。他也熟悉他们的事。当年，把褚丽介绍给马河时，李昌明还记得，褚丽问他人咋样，他想半天，也没说上来。他们后来成了，一次李昌明问褚丽同样的问题，褚丽告诉他：“就那么个人。”到底是哪么个人？说不清。这只苍蝇算彻底地掉马河心里去了。

“你要学会理解，你出车好长时间不着家，人家能不想那事？咱队上的人前脚离家，老婆后脚和别人约会……这事知道了就是个障碍。就那么回事。你这么干净？”

“脏！”他说。李昌明说：“我和你嫂子……这事就得看淡……”

“你们是你们！”

“不行，就算了。”

“这个一定要过去，过不去，复婚也白搭。”

“好多人会后悔！”

李昌明走后，马河在穿堂站了一会儿。看看树下的人们，怕又给闲扯添了新内容，没一会儿就掉头回值班室了。

“马队，货好了！”马河虽是副队长，但大家都叫他队长。李昌明也这么叫。此时，马河躺在值班室休息，一喊，他就醒了。桌上放着一个饭盒，他知道这是午饭。吃完后，他走出值班室，院里一帮人还在绑货。货物的顶端高高站着一个人，迎着阳光看上去那人只是个淡迹而已，几乎要被融化一般。马河越看越来气：“这么长时间还没把绳子绑好？”大家都不说话，互相递着眼神。他从车边走过，坐在了树下，一面抽烟，一面自语：“新手就是新手！”后来，是他爬上去绑好，他们的汽车才得以尽早发车。

六月天，高温持续一个星期了，滴雨未下。树木蔫了，歪歪斜斜的。路边写标语的红绸挂在了树上，无力地扑扇。“听说省里卫生联查……都是事儿啊！”马河厌恶这种自他离婚以来跟随着他的燥热。“就得耗！”他把手伸出窗外，在空中展开手掌，热风在那里打了个滚。他问旁边人：“还要多久？”司机以为问联查，就说：“一个星期吧。”马河点了点头，看了下镜中飞速后退的城市轮廓。夜晚公路，灯火辉煌，灯光吸引了一批又一批飞虫。不知它们从啥地方聚集而来，不停地在灯下飞着。有时，撞在过往的车辆上，马河看见汽车玻璃上面满都是虫子的尸体。他忽然觉得恶心。在茫茫夜色中只有他们在奔驰。目的地在他乡。不晓得为什么，马河觉得这次出车最为漫长，漫长得像在较一把劲。等一方耗不过去，另一方就到头了。他知道，有的路就是这么走完的。后来，开车的人看着他皱着眉头睡着了。

一段日子过去，褚丽再没打电话来。马河回车队，李昌明从上海回来。他本来想问李昌明上海长啥样，跳下车，便被李昌明给叫去了办公室。李昌明瞪大眼睛：“即使不想复婚，也该回去看看你妈！”马河走出门。李昌明看着他又退回来：“干啥？”马河问：“忘了问，上海长啥样？”李昌明说：“两只眼睛，一个鼻子，一张嘴。”天近傍晚，马河在自家门口，看见老人正择菜。她一抬头看见他，跟他说：“褚丽买韭菜送来，晚上吃饺子！”马河问：“她？”“有时给家里送菜送米……”“没说啥？”“你想她说啥？”母亲反问。母亲一问，马河反而不知说啥。“她说孩子调皮，不好好学习！”马河搬了个凳子坐在了母亲对面。马河很烦她以孩子生病为借口。“都是离婚闹的！你去学校问问！”“今天礼拜几？”“我这哪是过日子？熬着！熬着你们俩有个好！”母亲依然老调常谈。马河抬头看桌上的台历，明天是礼拜天，不用去学校！到吃饭时，母亲忍不住说：“褚丽有和好的意思，你不要拒人千里之外！难道你愿意给孩子找个后爹？再说，你再找一个，不可能找丫头片子。找个结过婚的，带个孩子怎么办？找有工作的还好，没工作，你负担得起？”马河这时候一般会打岔：“还是家里的饭好吃！在外天天没个饱饭！”“话你听进去没有？”母亲不接他的茬，她知道跟他搭上话，他们的谈话便会朝着另一个方向滑去。而她想说这个方向上的，也就是褚丽求她的事。“知道！”马河敷衍着。“知道就好！”“我今天多吃点儿，好些天没吃饺子了！”母亲往他碗里夹了几个饺子说：“你瘦了……”见他再不抬头，母亲不好再说。其实，他们都想让这事情像这一夜一样，说过去就过去了。第二天早晨，母亲遛早归来，见马河还赖在床上，催他起来。“想吃啥？我给你做！”“没胃口！”“不吃早饭不好。长期下去，没好结果，电视上说的！”“又是结果……”孩子就是他们婚姻的结果。但如今，马河觉得这也是折磨他的结果。母亲问：“咋？”“我的‘结果’不知道多高了……两个多月没见那小东西了！”正说话，楼下传来小孩叽叽喳喳的吵闹声。不一会儿，门声响起——“奶奶，奶奶！开门！”“呦，是‘结果’来了！”母亲学着他刚才的话，眨眼到了门口。“奶奶，看——”孙子拿着个新玩具车在奶奶面前晃晃。“妈，我买了面条，中午吃凉面，天这么热！”褚丽一边说一边往厨房走，一手拎着一篮子菜，一手提着西瓜。“马河回来啦……”母亲大声一喊。褚丽愣了下，继续往冰箱放菜，淡淡地问：“不是出车了吗？”“看样子累坏了，人瘦了不少……”褚丽往里屋看了看。母亲抢过她手里的活计，示意她过去。她来到马河的小房间，在那张被阳光笼罩的床上，马河正呼呼大睡着。她倚着门，知道他在装睡，故意跟母亲说：“我以为他再不回来了呢！”他听得真切。当褚丽再次站在门口，身边多出一个手拿小汽车的孩子。马河坐起来，伸伸手，眼光掠过褚丽：“儿子过来，看看长高了没有！”孩子抬头看了一眼褚丽，扭扭捏捏走了过去。马河揽过儿子，在他脸上亲了一口，“想爸了没有？大汽车，我儿子将来可不能当司机……”最近，孩子好像不爱说话了。他说一句，对方总是低头，也不说话。“考试了吧？儿子，怎么样？”“嗯，不好……”孩子小声说话。“为啥不好？上课没有好好听，还是题目太难？”孩子又不说话了。“太调皮了吧？儿子！不听话不行！你爸我都要听话呢！”孩子忽然丢开汽车问他：“你怎么不听妈妈的话？”儿子这么问他，是马河没有准备的。这种感觉是不是有点像吃了苍蝇的感觉？他想得明白，却说不上来。这时，再抬头看门口，褚丽人已不在那里了。大家坐一块吃了顿无言的午饭。饭后，顶着太阳，母亲非领着孙子出去转转。马河可没管这些，他斜躺在沙发上，一边扇扇子，一边看电视。褚丽洗完锅碗也过来坐下。这是他们俩离婚后第一次安静地相对。电视正播着小品，看着看着，他们突然一起扑哧笑起来。马河用余光瞟了一眼褚丽。她正极力憋住，脸也憋红了。这让他想起了那一次。其实，那一次距离现在已经很久。也是两人看电视，看着看着，像这次一样，突然不约而同笑起来。当时，褚丽在他肩膀上擂下一拳，笑他多大年纪？多大年纪也不能憋着！他微叹气。这时，他想这么说，却说不上来。褚丽说：“你去学校找找老师吧！成绩越来越差！”

马河说：“那么小想让他考多少？”这么多年，褚丽最知道他是什么人。他装不在乎，一直叮嘱儿子好好上学，学习好，长大不用当司机。褚丽在他额头上点了下：“我还不知道你……”马河来了一股劲，迎着她的手指，趁势把褚丽拉过来抱住，脸贴脸。褚丽挣扎一下，不动了。她闭着眼，被放到床上。她感到身体越来越轻，最后，双手捂胸。马河迫不及待地完成了某种仪式。自从那件事，他对她的身体就总是耿耿于怀。哪怕它摸起来仍光滑而柔软，但无法释怀就是无法释怀。他就是这样的人。这些天，他也一直在想，不如再试试？也许，今天他得到了他想要的答案。母亲带孙子回来，马河正穿好衣服，准备走出屋。褚丽在收拾床单，还没来得及整理头发，作为过来人的母亲看到了这些，心里安慰许多。下午，无人出门。孩子在房间呜呜地开着小汽车兴奋地又喊又叫。褚丽帮母亲洗衣服。只有马河，无所事事，儿子开汽车就像当年自己学开车的情形。时间真快，你眨一下眼，孩子就这么大了。阳光裹住马河，不一会儿，上下眼皮就打起仗，他靠在沙发上大睡。孩子也停止了玩耍，在他身边，寻找着轻鼾从哪里发出来。一觉睡得真香。褚丽心里却有种不好说的感觉。她有了空闲就去想：结婚和离婚不一样。如果，他不想复婚，就不该像刚刚这么做。做了就说明他想。可给他打电话为啥老躲着，跟我耍心眼儿？他有了相好的，刚才只是跟我玩玩？这些无疑都令褚丽平静下来的心情陡转直下。母亲在旁边看着，想说话，又怕说错。我一定要问清楚，不能再这么耗着，她想。晚饭后，母亲依旧带着孩子去逛夜市。时间和空间是他们的。这次，把褚丽抱上床，慢慢剥下衣服，从头到脚打量她时，马河是从容的。他看她的样子，像从未见过。他盯了一会儿，闭了闭眼。然后，他把她像麻袋一样搬过去。褚丽对这些有些反感。为了不扫兴，她也没说话。直到完事，她才乍着胆子问啥时候复婚？当时，马河背对她吸烟："复婚？现在不挺好！咱俩都把对方当情人，谁也管不了谁，自由！"褚丽一听，陡转直下的心情忽然遇上岩石。她急了，坐起来："混蛋！""你不愿做情人？我觉得情人比老婆好！你不觉得情人比丈夫好吗？"还是那只苍蝇，褚丽想，这就过不去了？又问："你就还忘不了？"他点点头。"你是不是找了？"马河说："你能找，我为啥不能？"褚丽满脸是泪："你一天到晚不着家，厕所坏了都找不到人修！人家好心来帮忙，你竟这样……"她越说越伤心，哭声越来越大。马河心软了，又跟自己对话：算了，算了吧。这样好看又能干的媳妇也没处再找。另一个自己点了点头。他转身，抱住她。"明天吧！"马河拍拍她的背，"你哭出花样来也好，老是一、一、一！"褚丽笑了。马河和褚丽办完手续，去商场逛逛。一个电话撵来了。想多待两天，被李昌明一催，没了心思。马河赶到车队，李昌明看马河的表现，就明白了。李昌明说，也好，又开玩笑："这段时间忙完给你假期，你等于在二婚热头上。”

下了雨，晚上十二点，两车家具厂的树料没装完。马河抬头看天，天还沉沉的。有人报告：“队长，上面的绳子好像卡住了！”腰粗的杨树，码起来，山似的。“你们吃白食？”马河一边说着，一边往上爬，“你们这熊样！”“队长，上面看不清……”对方争辩之时，马河懒得理他们，还是往上爬。“队长，队长？”底下传来声音。“叫春呢？快把绳子往北挪！”马河一边喊，一边探出头，地上人看不清他的脸。上面的声音忽然没了，任下面的人再喊。

十几年前，这种情况的出事人曾是李昌明，背景一致，天也黑着，任马河狂喊，上面的喊声还是没了。那次，他救了李昌明一命。否则，也没有后来李昌明和他的关系，以及给他介绍媳妇的事了。

李昌明跑到医院看马河，偷偷跟他说：“一只苍蝇换一命。你说是不是怪有意思？”右腿骨头钻出来的疼痛还有点厉害，马河强忍疼痛，笑了笑。“你帮我问问。”马河想问问自己的状况，又想这帮人肯定不会告诉自己，干脆沉默吧。怪有意思！李昌明懂了他的意思，说：“重要的是躺着。”

“我来那天，白大褂不听我说话，几个护士朝门口走。然后，白大褂在门口说，家属出来一下。褚丽就出去了。”

“我跟你老婆站对面，听到了。”马河接不上李昌明的话。忽然，又问起上海。李昌明脸色一下就变了，没来得及说原因，对话被走廊里褚丽的哭声打断。声音由远及近——白大褂刚说完他的腿可能保不住了，她就开始了。越哭越觉得以后没法活，没法活。

半年后，马河出了院。褚丽也活得好好的。遛早的母亲也多了一个每天从早市买几只鸡腿的习惯。孩子每天和他聊天。他问孩子学习的事。虽不太懂，但马河感觉问了，责任好像也摆在那儿了。孩子上学一走，整个午后都是自己的。阳光照得他昏昏欲睡，睡觉也不是办法。他就想四处看看这个家。马河坐轮椅来到孩子门前，这是第一次推开这扇门。从何时起，屋子各个角落已被各式各样的玩具车填满？灰轿车、黄赛车、红卡车……他从小喜欢车，看着这些马河转起了泪。哪儿也去不了……他抱怨。褚丽说，看你不老实！口气像跟他们孩子说话一样。作为一个男人，他却有说不上的喜欢。后来，飞机带着他从小城去往上海。他在飞机上感觉不到路途的颠簸，身边只有云的流动，如同他的生活，静静的。抵达上海时，他对上海的想象完全被眼前的大雨淹没了。上海不过是几个白大褂而已。他在飞机上给褚丽描述上海。褚丽把家里的钱全花在他的假肢上。从上海返回后，他们的生活也起了变化。车队领导看过他一次，后来再不见影踪。听褚丽半言半语地说，他们去上海的那段日子，李昌明在上海藏了个情人的事在车队传得沸沸扬扬，好像老婆为此割了腕……很久后，凡朋友们聚餐时，遇到不认识的人问职业，马河总说自己是“卖胳膊的”，并强调是以前的事。说到起劲处，当着褚丽，他还曾在假肢上咚咚敲几下，显得满面得意。马河还说：“结果把腿先卖了，怪有意思。”这玩笑开得过分。褚丽眼里含着泪水不愿意听，可又不知如何阻拦。马河在那一刻看上去与往日特别不同。母亲在家和她说：“这人以后就老实了……”褚丽没搭话，敲击假肢的咚咚声回荡在噩梦里。在一次车队聚会上，马河喝了点酒，然后，敲响了他从上海带回来的假肢：“这玩意特别结实！你听。”咚咚咚。像敲门，敲响了他未来生活的大门。

他设计好了一种平淡得像白开水一样的生活。这样的生活往往都是六点起床，和家人吃饭，送孩子，回家接着睡。十一点出门接孩子，一起吃中饭。趁褚丽收拾餐桌，和孩子在窗前坐一会儿。窗外是一天中较缓慢的时刻。他跟孩子看到一片梧桐叶如何被一辆三轮车碾过。下午一点再送孩子。他还可以看看书，他不认识几个字。所以，褚丽给他准备了很多旅游画册。他喜欢上海，一直想让周庄把他对上海的“白大褂”印象彻底遮盖。印象太糟了。五点接孩子。晚饭后看电视，九点洗澡，上床等褚丽把孩子哄睡，他们再睡。有情绪了，抱着褚丽磨蹭一会儿，这种情况越来越少。直至某一个普通上午，褚丽告别父子向小城的另一个方向走。马河牵着孩子走向学校。在老邻居们眼中，马河没啥不同，只是看到他的次数一下多了起来。不过，人们很快习惯了那个高大的身影。一个卫兵每天准时出现在小城的清晨和黄昏。在小区和学校之间的某段路上，你会和他打个照面，然后，在他与你擦肩而过时，你会听到威武有力的锵锵之声。那只苍蝇在河里漂着，漂着，事就淡了。就算是给淹死了吧。即使，马河现在不这么说，也这么认为，他就是这么个人。私生活要说，也怪没意思的！要不你说呢？

马舟街少年逸事

STORY. 05

天黑了，整条街道以及周围的村庄的轮廓也就看不清了。一辆解放卡车拉着一车钢停在铁厂门口，那里已停了十几辆车。像几年前一样，车在发出沉闷的一声刹车声后就不动了。这时候，从驾驶室跳下来一个灰头土脸的人，他们互相看了看。

现在，马舟街的天更黑了。县城两旁是一座挨一座的钢厂。这个县的每家几乎都有男人或者女人在那里打工，每到秋冬季气压较低的时候，城里便弥漫着北风吹来的呛人的黑烟味，这使得全城几乎每一个三十五岁以上的人都患上了气管炎。走在马舟大街上，一路所见所闻的几乎都是一些戴口罩的人和此起彼伏的咳嗽声。对于城里精力过剩的少年们来说，除了坐等老子们早日退休，好去顶替工厂的空缺以外，唯一的工作是彼此拉帮结伙，并拿无休止的争斗抵消无聊。有时，他真觉得这马舟街上的少年们，简直是世界上最喜欢和善于打斗的一群苍蝇，不见到血红，便不会停止他们的战栗，如奔驰在历史中的匈奴人，任何事情都无法阻止他们对血色的挑衅。其实，那些红色的液体，于他们眼中，不过一股让人振奋精神的玩意儿罢了。时至今日，他依然认为那段逸事是他生命中一段有趣的，关于血的历史。

在马舟街形形色色的人物中给他留下印象最深的是一个少年，他相信直到今天马舟大街和他一般大的，听到这个名字还会有人心有余悸。

马小龙不过是一个矬子。但马舟街向来的规矩便是胜者为王，马小龙当年之所以能够那样的呼风唤雨，也正证明了，他并不是像表面上看上去那样。他加入马小龙的帮派时，马小龙便已经瘸了，脸颊有一条很深很长的刀疤，从左眼皮开始一直到上嘴唇结束，这使得他的左眼永远耷拉着而嘴巴，却总也合不拢。他觉得他可能有点类似黑社会电影里的笑面虎，即使是在痛苦的时候，也带着种古怪又丑陋的笑容。这残酷的印记，似乎总在诉说着马小龙屈辱又辉煌的历史，更使得马舟街大部分的少年对他死心塌地，忠心不二。加入这个行列是马舟街的少年得以生存的唯一出路。要知道如果谁没有人保护，便会成为各派攻击的猎物。常常有愤怒的母亲，向校长告状，说自己的儿子在供销社废弃的旧仓库附近，被伏击了，被扒去一双新球鞋不算，还被打得鼻青脸肿的。但校长以及老师对此也拿不出个解决的方法。他们也是不敢的，曾经有一个男老师阻止了一伙少年对另一个少年的殴斗。三天后的那个正午，他在过河时被绷直在桥面上的细细的长绳，绊得头破血流，并且车子也莫名其妙地翻到了河里。

一个弱小的少年加入马小龙这个嚣张的行列也是造化。当时和他最好的一个朋友是坐在他后面的张凯，马小龙的表弟。那时，他每天做两份作业，一份是自己的，一份是张凯的。俩人关系不错，张凯常拍着他的肩膀说，哥们儿，将来你准有出息，你是他唯一觉得脑筋好，又不傻逼的一个人。而他也发现只要膀大腰圆的张凯站在身边，便没人敢上前来找茬。那帮杂种，他咬着牙低声骂着，张凯搭着他说：怎么着？你以前没少被他们欺负，干脆这样吧，我给你介绍我表哥马小龙，到时，他们一准管你叫大爷，信吗你？关系套关系，话后不久，是一个北风呼啸的下午，他见张凯和一个矮个子顺手便从煎饼铺子里拿块煎饼，开口便吃，铺子里的老秃子，也便是冲着他们干瞪眼而已，吐着气儿，看他们在煎饼上涂辣椒酱，老秃子，走人啦！离老远便听见他们说的这句话。他慢慢朝他们两个走了过去。在那天，他认识了厂区里的传奇人物马小龙，并且指天指地瞎嘀咕了几句："有福同享，有难同当。"便恍恍惚惚地加入了。此后，他便不再是以前的那个书呆子了。也像张凯说的一样，只要有马小龙在，他们便可以放肆地在街头巷尾呼啸而过，撞倒别人家晾衣服的架子，或者恶狠狠地拍一下任何一家的门板。马舟街旁村的男女老少都敢怒不敢言的，窝囊废！只有几个嘴巴漏风的老太太，颤巍巍地指着他们的背影发着怨：作孽啊！作孽！

按故事的描述，马小龙订立了无数的规矩让一伙孩子们去执行和遵守。其实，从这些不成文的规矩中，便可以看出他还不算是个坏到极点的人。比如说，他规定了每星期轮一个人给刘二叔家的娃娃弄冰糖，因为刘二叔家穷，但娃娃却偏偏喜欢这口，至于怎么个弄法，悉听尊便。另外，所有的人还必须对两个人保持绝对的敬意。一个是李小山，因为他是他们所有人中最聪明最有文化的一个；另一个则是马红，马红是马小龙的姐姐。这马红当时也在钢铁厂上班，管过磅，这是个清闲的活儿，于是便有这样一个场景：她整天骑着自行车，风风火火地穿梭在马舟街的大街小巷。这人脾气也大，马舟大街大多数的女人都是如此，一副粗哑的嗓门儿，说起话来如吵架，不过和她们不同的是，马红长得倒确实不错，笑起来更是模样诱人，而且，她从来不穿灰衣服。夏天，她穿的是件碎花的连衣裙，底下配偏带凉鞋，冬天则将一件绣着银丝线的大红色套头绒线衫，裹在她极度丰满的身子上，便这样在人们眼前，摇摆而过。马舟大街每个少年路过她家，总会情不自禁地偷看她的胸部。每当这时便会听见她杏眼一瞪，吼叫的声音：滚，小崽子，看你个大灯笼！要看回家看你们老娘去。少年们每次到这个时候，便会哄笑着散开。

认识马小龙，便和马红熟悉起来。而她总对他说，别和他们这群小流氓混了，他们没好下场，你将来一定会离开这该死的马舟街。他注意到她说这话时紧紧皱着的鼻子，也许和他现在一样，她心里痛恨这个城市。恩，他答着，低下了头。马红的出现其实并没有实在的意义，因为她在这个故事中是个无关紧要的人物，其实谁都无关紧要。但这是他对他少年时代一次完整的回顾，而马红的大红套头绒线衫和她紧盯着他的黑漆漆的双眼是他那时仅有的美好回忆。他以为已差不多忘了她。其实，她只是浓缩成了一幅墨黑的剪影画，只等找一个机会在泛黄的毛边纸上，硬生生地显出来。她鲜明的轮廓在侧光的衬托下，依然流动着动人心魄的神采，显出他们这些坏小子，在她面前的无限渺小和幼稚来。马红总在黄昏时分，叉着两条长腿立在马舟街的小路中间，大声叫着马小龙的名字，这时，马小龙总是显得很尴尬，红着脸说她，你个小逼，又叫什么春！而她则会劈头盖脸地回敬一大套，说你马小龙本事大了啊，翅膀硬了啊，家不要了，饭也不吃了，还敢吼你老姐了。而这边的马小龙则带领着他们这群孩子冲着他家的方向，大叫：骚娘们儿便是这么像小逼儿的。好啊，好，你们骂吧，不要脸的小崽子们，小山你怎么也和他们一搓儿，我当你是个好人……渐渐地，马家姐弟的这种黄昏对骂也逐渐成了马舟大街的一道风景线。

马红两年后出嫁，马舟街的乡亲们再没有见过她。她二十一岁，当天穿着件半新不旧的红西服哭哭啼啼的，从那条长着向日葵的马舟街上走过，去了远方的小城。马小龙和他的弟兄们，在挂满红布的拖拉机旁边吹吹打打的，留下一路的柴油味和吵闹声。从远处的山头望去，只看见一队小小的人在狭窄的公路上挪动，无助和冷清。马红以她自己的方式无比热闹又落寞地离开了马舟街。他对他们这个行列里的人并不是很了解，甚至包括这段逸事里的马小龙。他只是听人说过马小龙曾因殴斗罪，两次被管教。当时，他所能想到的马小龙，仅仅是这样一段场景：“他半靠在卡车的货槽里，仰头接受着阳光，冬天的太阳，惨白而又温暖，路两边的向日葵唰唰向上窜。车子开过一家钢厂边的那一条终年漂浮着烂菜叶和死老鼠的臭水河时似乎遮蔽了它上空的空气，河上泛起的白沫扑扑地爆炸，居然散发出一股直入心肺的香气。马小龙便这样睡着了，他脸上的伤口热烈地跳动着，但是不再渗出血来，在阳光下，它们一点点凝结，一点点凝固。”这便是想象之中的马小龙，他相信马小龙曾经是个英俊少年的传说。

马舟街的男人们永远生活在酒精中。每到黄昏，他们便带着一身的烧焦油毡味，跨进家门，抓起桌上廉价猛烈的白酒，呼呼灌下肚。而后便开始涨红着脸语无伦次地破骂，在炕上紧紧搂在一起的妻儿。他家的老头子在他面前，也永远便是这副德性了。自从两年前，老头子一巴掌把他妈打到灶台角上，把头撞了个血口子缝了十几针之后，他便再也没叫过爸了。他在学校里拼命读书，也便是为了有一天能远离马舟街，越远越好，远离这个家，远离该死的老头子。十几年晃过来，老头子高兴便拿油腻腻充满浓烟味的手掌，使劲按着他的头，叫他好儿子啊好儿子；不高兴便扒了他的裤子，拿那根工厂里发的，有着巨大铁扣儿的皮带往死里抽他。等着吧，总有那么一天，我会离开这鬼地方的，我不会便这样一走了之，我会回来反击……他半个月没去过学校了。那天一早，阳光透过高高的烟囱斜照进这条街，他那时候正往嘴里塞着块馒头，拎着书包，向供销社的旧仓库跑去。那儿是他们的根据地。推开门，这里的阳光很亮，马小龙他们便横七竖八地躺在地上，一地的烟灰。怎么？哥们儿。他过去在马小龙旁边坐下，推推马小龙说。马小龙不耐烦愣着，操蛋，没事儿干，怎么这么亮了……他呢，说着是呀，烟还没开始冒呢！躺下来，便是没劲，妈的没劲，哪怕是找条狗的尾巴来剪剪也好啊。没想到这一句话使马小龙一下子精神起来。

他说：好主意。今天，咱们便让这里所有的狗都变成秃尾巴狼。

狗的末日在一句玩笑中来临了。

不祥的气息在充满腐臭和尿骚味的野地里上蹿下跳。现在，马小龙攥住了狗头，张凯捏着狗尾巴，而把刀片放在他手上之时，他略带兴奋地颤抖起来。这异常残忍和血腥的经历，从他双手捏住刀把开始，白光闪过去，阳光从黑暗中转了下。当眼前明亮起来，马小龙手上已经耷拉下一条血糊糊的狗尾巴了，狗痛苦地尖叫起来，在他手中不停挣扎，而人群中爆发出一阵残酷的笑声。大伙喊着：秃尾巴狼啊，秃尾巴狼！他想，自己当时的脸，一定煞白的，眼睛呢，便像此刻，布满了血丝。愣在那里，野狗终于挣脱马小龙的手窜出去，还在他的手背上，狠狠地抓了一把便跃上墙头，谁都知道狗没了尾巴便没了平衡感，它晃了两晃，惨叫着到了墙的那边，然后跌倒了，传过来的是一声闷响。狗尾巴被李东丢在地上，像一条长了毛的短蛇，却仍然在不停地蠕动着，卷进了整条街上的污垢和臭气。他好像还猛地趴到了地上，吐了起来。一段时间后，回家的路上，他逆着阳光，走过烟囱的影子，快到家时也像被狗抓了一样，手背上火烧火燎的疼。

晚上回到家，老头子没在喝酒，而端坐在桌边等他。你小子，是不是有半个月没去上学了？妈的你想干啥……老头子眼睛抬都没抬，慢慢站了起来，一边朝前走，一边解腰间那根皮带，皮带的边已经起了毛了，铁扣也不再光亮。叫你不学好，叫你混！老头子一手拎着肥大的工作裤，另一只手攥着皮带举了起来。也不知道，他突然从哪里来的勇气，一下子便夺过了老头子的皮带狠狠地丢在地上，并且使劲地踩了几脚。你打！给你打啊！妈的除了打我，还会干什么？你还真以为我打不过你？老头子便站旁边，愣愣地看着，似乎不认得这个儿子了一样。地上的皮带，软软地蜷缩成了一团，像极了那条狗尾巴。他把它拾起来，钩在手指上向老头子示威地晃了晃。吃惊的老头子似乎在他面前，一下子老了十岁，嘴唇颤抖着，眼睛里的光突然黯淡下去，老头子重重叹气，从他手上拿起皮带，拎着裤子，向里屋走。老头子的凶狠形象在他面前似乎一下子缩小，而他胸中有什么东西正在汹涌地膨胀着，他挥舞着拳头对老头子的背影吼叫，迟早有一天他会离开这里的，等着好了，他还会回来把美玲带走！仿佛看到了老头子回头对他恶毒地望了一眼，但他什么都不顾。那一天，月黑风高，他收拾好东西，偷偷地溜出家门，搬到了马小龙家的一间又小又破的屋子。

美玲是他妹妹。他厌倦了唯唯诺诺的妈妈，自从被老头子打了那次之后，便更加不敢说话，并且还总是咳嗽，说不整一句话，腰背也一天天的弯了下去。这个飘满了酒精味的家庭中，美玲无疑是他生活中唯一的安慰，回到家，只要有她，他便会快乐无比地想到未来，即使在老头子骂娘的时候，他也能忍气吞声地继续解他的方程式。他想过无数次，美玲早就不属于这里了，她应该在鲜花和香气中长大，而不是整天对着醉醺醺的父亲和他无休止的叫骂。一定要带她离开这个满天黑烟的钢铁厂区。这个伟大的计划让他激动不已，整个晚上，他都在梦想着自己如何牵着李美玲的手在老头子面前，大踏步地走出家门，美玲穿着红色的裙子，他把她换下的那条油腻腻的灰色裤子，丢在老头子面前。

妈妈和过去一样在水井边，一边系着那破布的裤子，一边哭泣着哀求他们不要离开。他过去解开她的围裙，说：妈，如果你愿意，和我们一起走吧！最后，那双瞪得大大的眼睛在黑暗中逐渐消失。这时他从梦里惊醒，窗外有风吹来。

马小龙的传奇没持续多久便被李庆的出现给中断了。在供销社根据地，李庆的弟兄们对马小龙的弟兄开始围攻。当时，他抱着头蹲在地上，从人群的缝隙中看到马小龙，他脸上的那些伤口似乎在迸裂，整个脸扭曲了，却依然带着一贯的古怪又丑陋的笑容。之后，人们四散。他在家躲了几天，出门听说马小龙死在了马舟街附近的一片野地里。一般的说法是他被热水烫后，伤口没有及时处理溃烂发炎死的。

马舟街平静了。

马小龙的死结束了马舟街少年的一段传奇。

美玲离开了满是酒精气味的家，被带到一个充满鲜花和香气的地方，但带她走的那人自然不可能是他，而是城里的老姑，扔在老头子面前的，也不是美玲的青灰色裤子，而是一大沓花花绿绿的钞票。

多少年之后，一个温暖冬日，大街上排满长长的解放汽车。他从车缝中穿过，就这样走了。他的背影消失在扬起的灰尘之中。阳光照到对面白墙，反射到路口的垃圾桶上，那里躺着一只开始腐烂的死狗，走过那里，这个人就像当年的马小龙一样，也瞪它一眼。这时，手背又开始隐隐作痛——伤口在他手上渐渐撕裂开，没有被马小龙带走，他看见当年的血迹，刺入眼睛。

雾码头

S T O R Y . 06

你们会路过码头……婆婆在厨房里走动，你在镜子前理衣装。她不停唠叨，你继续理衣装。声音通过厨房来到挂着一张海景油画的走廊，再从右侧拐进卧室，它从一条狭长的门缝中挤了进来。摩擦金属门轴的声音被冲淡了——这三点二米的旅程与后来出门通向雾码头的旅程几乎是重叠的。在后来的旅程中，三点二米不断增长，雾气越来越重，其实这三点二公里算很近了。远处有船缓缓开动。路上也没有说话，雾码头越来越清晰，他才擦了擦蒙在眼镜上的雾，他说：前边就到了，我妈的意思是我们是不是该去一趟对岸——大姐才是重点。从这个角度说，你对他姐姐有一种天然的好感。他们在雾码头边的小商业街上开了一爿卤味店，见到你时，她亲热地让你，叫一声“姐”，然后拉你进了店。小店开业，生意好起来。产品从猪耳朵到猪尾巴，从肉皮冻到血豆腐，血肉油皮。热烘烘的下水更是全镇出名。姐夫长着一张相当斯文的长脸，戴着一副圆眼镜，平常在店门口拿一把藤椅往那儿一放，先是望一会儿远处，再坐下来，没顾客时，看一天书。记得第一次见面，他鼻梁上架着同一副眼镜，突然起身，看你。你看着他的头微微低下，同时听到他说：有失远迎，有失远迎！离开雾码头后，你和他玩笑说，姐夫一看就是文化人。姐姐两百多斤，一个小商人的样子。关于这次拜访，婆婆说起过。这让他们的婚姻听起来很有道理，事实却有另一种说法。镇在马州北坡地势偏高的河边。清晨，码头大雾弥漫，船缓缓开动。船声随之而来，船却还看不见。这里的船都不大，镇子靠这些船运输。当年，姐夫就是从这里戴上大红花进省城上学的。话锋一转，婆婆重点说的是四年后——姐夫毕业那年回乡省亲，一身漂亮衣衫，神气得很。老乡们都不认识，有人跟他说话，他只是点点头，也想不起是谁。船缓缓开动。天气正热。一个当年的邻居挑着一担鱼走来。快看！上次见你时，还小！不一会儿，很多人都问他省城怎么样。雾码头木板上的阳光铺了一层水。行人裤管带着泥巴，渔人遗漏的小鱼在大家的行动间穿梭。一些人问几句，见没啥回话，也就散了。有的人讪讪地离开。船缓缓开动。他姐姐要去河那边卖干虾。每个人有营生，不比河那边繁荣，却也生气勃勃。这条船迟早会坏在河里！有人在船上埋怨。猜对了，船坏在离雾码头不远的地方时，距离下一趟还要等一个时辰，就这样船上的人也没空埋怨了。姐夫把包袱放在身下，眼睛看水，开始吸烟，不时用嘴衔着烟卷，并换手托一托眼镜，太阳太烈。几条跳出水的鱼滑过，从打牌的人群中凸出来，腥味正浓。这人！船头瞪他，眼神叫人浑身发毛。骂一会儿，嘟囔着扎进了人堆，玩上？无聊，两人打牌。姐夫坐得近，嘴上是第五根烟，斜眼一看，牌顺，转头去听。这都能毁在你手里？输了要再来。对方不来了，说没劲，理由是棋牌，棋牌，没听说过不能老和臭棋篓子下棋？人不少，板着脸的就姐夫一个。想看书，一闻味，算了。挤进人堆，抓一手烂牌，打不出去。你不是这料！对方牌顺。输了就哄他。这堆输了，他就去那堆。很多把，都输。坐在最后那堆人里打牌，姐姐也在。仨人打牌，他出牌臭，看热闹的人继续起哄。眼看又要输了，姐姐扒拉一下他脑袋，说里面真装的是墨水？周围人都瞪圆了眼，对方输了。船缓缓开动。发动机的闷声从船底冒出来，船桨搅起茫茫暮色。时间不长，镇上人都听说他回到了马州。姐姐以为四年的时间可以把他改变。小说和猪肉在脑子里第一次相遇时的情景，他记得很清楚。别这么说。姐姐不听，继续说。船缓缓开动。姐姐把女儿送到河那边的重点小学。姐夫看文学书的毛病却不见悔改。不过，也算配合姐姐的唠叨，时间缩短，一般只在没有顾客时翻几页。船缓缓开动。你曾见他在门口坐着，还是那把藤椅，手上翻着某本厚厚的小说。书页油腻腻的，从他指尖翻过去时，她吆喝：上好猪下水！姐夫一天到晚在店里，女人自己就送上门来了。

送上门的女人是个离婚的赤脚医生，住在离他们店不远的一个大院。她过去在医院值班爱看小说。姐夫知道她跟一个断腿的语文教师鬼混。后来，如大家所想，她离了婚，从镇卫生所调到村里。说是去那个村经过卤味店，第一天去上班，她就看上了姐夫。她每次买猪耳朵，问完价钱都跟姐夫说一句：您是小说里的人儿？越看越像小说里的人儿！姐夫听了不知应该作何反应，对他来说，多给了一些斤两是最实际的。这个隔三岔五来买猪耳朵的女人名声不太好。船缓缓开动。那一天是个下午，下起了雨。姐姐说，这肉挺好，来点儿？女人说，不了。声音很低。她走后，姐姐转身跟姐夫说，小娘们儿挺好看。这里的天气，过云雨常有。雾码头上的水，在雨后漫到了街面。这一天，又是这样的天气，买猪耳朵的女人湿漉漉地跑来店里，跟姐夫借走一本小说。什么也没买。提起来好让人气。婆婆说，俩人谈书也能谈到床上。姐姐回忆那天切破了手，让姐夫去买创可贴。还用说？你只信眼睛看到的——女医生黏上了你姐夫！有一天，姐姐切着切着猪耳朵，来了气。一刀一刀，盯着姐夫。一刀剁下，顾客吓了一跳。姐夫怯怯地说：您要这块肉吗？废话！快给顾客包上！他舒口气，招呼顾客走。孩子？姐姐突然炸了！拿了刀，姐夫看她出了门去。姐夫也疯了似的追。姐姐往前走，回头看他：要不宰了她，要不替她死。话是这么说，姐姐的事到底该怎么办？姐姐首先没有宰她，只是在村诊所里亮出割猪耳朵的尖把儿刀，其次是当着那女人的面划开了姐夫的小腿肚儿。结果是血喷一桌。啪——再把刀往女人面前一丢，这个后续动作有个意思——别以为你会动刀！再后来打响的是怀孕之战，姐姐的前战是走关系到镇卫生所取去了节育环。一个有点闷的姐夫没想到摊上两个叽叽喳喳较劲的女人，是这个事的看点。姐姐以为输了，女医生却因为宫外孕命差点儿搭上。这个看点也不差。作为战争的胜利一方，姐姐怀孕了。全家都劝她流掉。她却说，知道我怀的是什么？是儿子，还是一口气？大家说不清。她也说不清。这还是看点。从这里又可以说到他对姐姐婚姻的不理解。姐姐有一天忽然来到你家，一件淡蓝色的衬衫下，五个月的肚子显露出来。几次B超都说在转胎，看不清。怎么可能看不清？你不知道她为什么怀孕为什么引产。送她出去时在路上她还在嘀咕。如果是男孩呢？你劝着。姐姐还是做了手术，他跟你说这个事的重点在那是一个差不多成形的男婴！姐姐泣不成声。婆婆不得不乘船去伺候她。最近，你想起那个男婴，在那张大床上翻来覆去时。他每天在另一间房里画图，很多人知道你是设计师的老婆，去市场买菜都有折扣，弄得有时从他设计的楼下经过，似乎都能闻到他的味道。昨晚想和他亲热，就进了他的工作间。给他倒茶，他一边喝茶，一边拨开你放在他脖子上的手，疲惫地说，你先睡，你的雾码头我还没设计好呢。你的雾码头，他这么说是因为半年前有天晚上，晚报上的一张图片吸引了你。这个人你认识。下面注有一句话："拍雾码头是为了提醒大家，这个伴随着马州不知道多少年的雾码头，如今快塌进河里了，支离破碎的骨架已撑不起来往的船只。"躺在床上回忆，现在的你，从眼神到身体里透露出城里女人的仪态，没人会看到那个划痕……你们的父亲都是渔民，母亲多半数在雾码头做小生意，或者给人搬东西。她们从面前走过。甲板上有了坚硬的断痕。每天，去雾码头给母亲送饭。再从码头上回来，在院里写作业。你老是写一个字就玩半天，这个人会偷偷把干虾米塞到你的嘴里。有时骑着自行车帮母亲拖货。自行车很高很重。船缓缓开动。够不着脚蹬，就用脚尖钩着，钩一下踩一下，就这么冲过了岸边的林子，沿一个长坡骑上雾码头。船缓缓开动。驮了一会儿货，就去玩耍。那个地方的玩物到秋天，只剩水边的干草。草烧完了，坐在雾码头的甲板上，看远处的帆影，将草芯儿放进嘴里嚼。野果是夏天长的，这个人的手上变出你爱吃的那种紫色小葡萄。船缓缓开动。坐累了，就把小葡萄丢到这个人身上，小珠儿蹦来蹦去的。把它们捡起来，一把咬在牙齿上，朝你笑，看到的是一嘴黑紫色的痕迹。印象最深的还是母亲收工的场景——雾码头，弯曲的甲板，呼呼作响的风，在这些组成的背景里少年蹬车载上疲惫的母亲在一辆又一辆的自行车中穿梭，并在五百三十六米处全部超了过去。雾码头上，天气不好，人早早散了。坐在床上，折纸船。船只是这里大部分生活中唯一能通向远方的物体。折着折着，下雨了。他看着窗外说，水肯定涨了。丝瓜叶长到这个颜色时，水就该涨了。他翻身，抱住你，说：就一会儿。没有任何预兆。之后，只记得自己变成了传说中的水姑娘。唱着歌，走上雾码头。紧接着一片黑暗。一个屋子，一个灶台，一个影子倾斜而下，似乎在蹲下生火。船缓缓开动。母亲等待的是父亲，而等待对于你呢？有人在啃噬你的身体，淤泥窝住了你的脚，两腿之间小杂鱼贴着你的小腿游动，黏黏的感觉抹在你的小肚子上。两根手指在触摸你时，窗外的雨越下越大。你不敢睁眼，你眼前洒满了水，你怕被那种奇怪的感觉淹没。你的皮肤在流失汗水，还有你的脚趾甲，你的膝盖，你的手肘，你的耳垂，你的头发……你……你……你……你你你你闸门被手指打开。你在奔流。后来，这个人在屋外响起的脚步声里，匆匆逃走了。你的大腿根留下了一道伤痕。这次之后，每次一起送父亲出门，站在雾码头的人群里，少年在雾码头上望着船只，他们的父亲在上面。在无数个昔日场景里提取出的一个清晨，这个人不再跟你说话。码头上聚满人，他乡来客，本地老乡，交织错杂。父亲的船消失的那个清晨就是这样。他突然在你肩膀拍了一下。鞋盒里全是纸船。把第一只船放入水中。随后蹲在水边看纸船排成斜斜的“一”字向深处漂。船缓缓开动。这个人往雾码头走去。

请你开门，我在镜中待得有点腻了。还去不去？你抬头看了看天空。

婆婆提着早餐进门。你们住在同一个小区，他经常通宵画图，你失眠，婆婆三天两头来送早饭。这次，她送来的是油条、豆浆，你们是吃这个长大的。以前，豆子是靠船往马州运送。小时候，你在雾码头上捡过不少豆子。说完“早”，去卫生间，过客厅，工作间里的他正趴在图纸上睡觉。婆婆说，八点啦！孩子跟你们住非迟到不可！进了卫生间。婆婆说，今天是不是去看他姑？你在里面“噢”了声。一声叹息。镜子里照出一个女人有点儿失调的脸孔。刷牙，洗脸，挤面霜，你的脸在阳光下总是异常明亮。阳光一到这节气就是湿漉漉的。收拾好，出了卫生间，婆婆去厨房盛饭，她拿针在盆里戳着团儿粉红的肉乎乎的东西。针在上面挑来挑去。满鼻腥味。那东西血管遍布，婆婆在把血管一个个挑破，让血捋出来。你再近一些。不是给你的。婆婆低着头说。这是什么？你问来的结果，她说是托熟人买的衣胞。得给水边的疯子补补！母亲管胎盘也叫衣胞。以前家里养猫，母猫下崽，一口一口地吞掉屁股下扯着的那段黏稠的东西就是这？你跑出厨房。他说他家的女人都吃过衣胞，没什么大惊小怪。妈又去姐姐那里了？你说。

先说别的，政府和两家公司前后投钱整修雾码头，工程挺大。

这人主管这项工程。你在一个漂亮的码头，上船，经过一片水，在那个很破烂的码头下船，总是很不协调。姐姐正在医院，他这么说着，又请你去了原来住的那个院子——那里已是个酒店。不是饭点，没什么人，老板认识他，进门叫他主任。你们坐靠窗的位置，那个石屋、那面墙、那片滩、那块林子……工人都认识你！河风吹来，停一会儿，舒开眉头，继续说，死是享福。他后来告诉你，雾码头对很多人有纪念意义。纪念什么？你不知道如何说出这句话。他重复说着纪念。所以，看到报纸的那天就想出点力，我能做点什么？让它比新码头还漂亮，还坚固。他说话时看着你。指甲在你的皮肤上划过，有点疼，有点痒。这一幕幕使你的眼睛发亮，使你的身体不自然。虽然，只是坐在客船上，望见的只是窗外的河水和水边依稀的风景。看着那些正拆得尘土飞扬的房屋，忽然觉得难过，哽咽着拨通电话，我在船上。船在开动。

我们在时光里摔倒了，当你站起来，我看到的却是自己。

婆婆在厨房里走动，你在镜子前理衣装。哪怕是自己也觉得三十三年的阅历更无法替代。也许，你挑太久，他在镜子前说：又不是去相亲。去雾码头边看望姐姐。不一起去？出门前，说了几次，他都说没时间！虽然是自己的姐姐，但他指着一张设计图说：

我不喜欢它！你明白他的意思。雾码头上的工人们穿梭在人群中，扛着木头，推着砖车。在岸上站了半天。原来的农家院成了小酒馆，原来的路铺了新石子，踩上去感觉奇怪。船缓缓开动。海上洒满金子一样的阳光。远处没有海，只是有些人想当然地觉得，海在那里。他离你越来越远，看见他的嘴唇在风中拍打出词语。喂，有失远迎。姐夫还是那句话，站在门口，背着你。身体有些弯曲，一手叉腰，一手拿书。走过去，一拍他，叫了声：姐夫。她走了，他说。你知道他指的是女医生。你陪姐姐在小屋里度过了一个上午，姐夫一直没进门。姐姐说，那个女人一走，事情倒复杂了。一大早，她过来给你姐夫撂下一本书，就走了。

下午要回酒店工作，出门时见姐夫跪在门口烧什么东西。电话那头隆隆的轮船声，他声音很小。有人过来示意你有事，放下电话。是酒店客人喝醉了。作为大堂经理处理这类事的经验太多了，没一会儿，客人就高高兴兴地离开了。继续走。柜台前围了很多人。没等人回答，那个女人说，你是经理？这什么酒店？浴室的水那么热，调都调不过来！你说，我们酒店可不是小旅馆！她说，所以才来这里住啊！她对你的解释不屑一顾。女人跟女人打交道，怕你的心思她懂，她想什么你明白。你陪着笑，小姐的意见很好，我们在新城准备开个新店，到时请您多提意见！经理，你们打算在新城开分店？您看，这里有些楼盘。说着，利索地从随身包里拿出一堆资料。你看到了熟悉的效果图。知道你们那儿，它的前景比你讲的还要好！她露出惊讶的样子。开发商请对了人，这个女人虽然不年轻，但身材特别好，是一个风韵女人。大堂的下午有些空荡。她说，我们的设计师也买了一套！当然是特别好的楼盘。由房子引来的疑问一下重要起来。这一刻，姐姐的那张绝望的脸浮现在眼前。老了的人才会动不动说年轻时代。你和他同校，都是学生会的成员。他没追你，但你知道他喜欢你。至今记得一次生日，他在校园的广播里为你朗诵诗。你们文学社管广播。那天，你们一起播音，并排而坐。一等三年，那个夏天他先你毕业，此后再无消息。从每月回去一次到一年没再回去。雾码头上的人也让你恐惧。毕业晚会，老师让文学社社长带大家记录生活花絮，编排节目，拍成录像带给每位同学留纪念。你们需要一位会摄像的人，于是从电视台请了一个人，他当时在电视台实习，可以借到好的机器。拍摄结束的那天晚上，你代表全班同学送他一个木船。后来，他要走，你追了出去。没想到他忽然跑起来，你在后面一声不吭地追。毕业后，你在河这边找了份工作。后来，他进修设计。进修第二年，你们结婚了。你没兄弟姐妹，这个人特地从外省赶回来。你坐着摩托车去了雾码头。当鞭炮的碎屑落满码头的台阶，他又消失了。船缓缓开动。一晃十年，你们也有了孩子，平时忙工作，儿子交给婆婆带，周末才能看见。婆婆说，你不是不吃吗？定睛一看，才发现筷子夹的是衣胞。回到自己家，天色还不晚。斜靠沙发，翻江倒海。之后，拿起电话，想到姐姐，她能拿把刀示威，能拿生儿子跟别人较劲，我能吗？慢慢地，又放下了电话。第二天一早，这个人坐船过来到酒店，你推说今天有事，交了设计稿就匆匆回了办公室。他没说什么。过了一会儿，秘书进来，对你说，您的朋友在酒店外面的台阶上站了好久，刚刚才走。

你可能会走，你可能再也回不到，那些被黑暗笼罩的事物，都躲在平静的未来里。

两个月后，他出差回来。这两个月里，你都尽量把自己拉回现实世界，你知道那些早年间的生活场景又活灵活现了，但终归是过去了。人们从点着灯的房间向外望去，那些被灯光照亮的东西，虽然落在身后，却仍历历在目。眼前河边因年代久远而坍塌的栏杆和雾码头的台阶被人视而不见。船缓缓开动。内心世界和外部世界的东西，纷至沓来，夜晚燥热。这两个月里，通完电话，你坐在镜子前来回想。意义在于与镜中的自己形成一种默契。

电话打来问，设计师回来没有，他要请吃饭。还说，工程开始了，竣工时务必来看看。沙发上的他以为你工作太累了，你不想听他说话，他一说你倒是来了力气，故意提高音量，对他说，我老乡要请咱们吃饭！他一点也没有被你的声音吓到。他只会说，没有时间。你了解他会这么说。以前的话，他不去，你也不去。这次，你当着他的面，跟对方约定在雾码头边一个高级酒楼，你一身深色的连衣裙夜船赴约。设计师呢？看着他，干了一杯红酒。他一直清醒，肯定很忙。之后的事统称为倾诉，他是听众，倾诉之中，除大口吸烟，连咳嗽一声都没有。船缓缓开动。酒楼没别的客人。最后，他对你说，太晚了！

雾码头上大雾蒙蒙。手机一直开着。夜船的桨声，水流过粗糙的木柱，在夜晚，一个喉咙沙哑的歌手。“一弯月儿圆，一片云儿远，渔火几点点，伊人在水边……”在青涩的感情掐断之后的十四年，在同一艘船上各自揪住了线的两头。他摸了摸你的头。就是这样，小时候摸着你的头发，转身说话。你要还是小女孩多好。那个夏天……天有点黑，你知道，他的脸红了。他爱脸红，你想到从女孩成为女人的那天，睁开眼看到的也是一张红红的脸。

曾在雾码头上威风一时的姐夫拖着两大箱书离开了。船缓缓开动。姐姐也把卤味店关了。婆婆每星期过河一趟送些东西。婆婆无法想象儿子会突然从嘴里吐出那句话：我们也散了吧！一巴掌打在他脸上，你站在栏杆边，看着婆婆颤抖的手停在半空中。他冷笑着靠着石头柱子，半天没说话。船到了，姐夫把一本书塞给你。《安娜·卡列尼娜》粘满了油渍，书页间还有泪水浸湿的痕迹。你想起那天走出很远后，看见姐夫面前的那堆灰烬。夫妻多年，你发觉自己竟然也不了解彼此。而他说，别胡思乱想，顿了顿声音，我没做什么对不起这个家的事。还有——他说，也和你们不一样！手机的响动缓和了气氛，又惊又喜。有时，眼神的细微变化就可以打破停顿。可是这样的眼神在这个夜晚似乎没有出现。你有点着急，还好，有了可以继续的引子。手机被他拿起来，嘶嘶的声音里混合着这个人的声音。他按了免提，空荡荡的客厅顷刻水雾弥漫。

婆婆无法接受这个事实，也意识到此刻再唠叨已一点用处没有。喂，你在听吗？看了看坐在身边的他。你们在转天上午八点十三分，第一对在民政局办手续。雾码头竣工典礼也是在这时。你们在有些残破的门口和很多来办手续的男女一样，呆站良久，还有就是远处在半空中炸开的礼炮，一响，两响，三响，四响……就这样离开了，好像显得很没礼貌似的，他说，去不去看看？你机械地重复，好啊好。好啊好。第六响礼炮随着你步下台阶，脚底沾地，也炸开了。

云下的日子

STORY. 07

去年四月二十九日，我回到故乡。准确地说是一个月前的来信把我打发到那个选举现场。因为地势和气候的原因，我们那片地方总是阴云天，天上的云多而厚。小时候，我们就意识到这点，所以，也发明出很多与云有关的恶作剧。写这封信的人叫二勇，当年没少被我们欺负。天上有几朵像棉花球一样的云？数到满眼是泪也数不清，那时，我们逼着他数“棉花球”，不许他眨眼。现在，这个人突然出现说请你去投他一票时，谁能忍心拒绝？跟夫人转述，她也感慨。本来，商量好一起回老家，不料启程前一天，夫人临时出差。离开马州时，我是个愣小伙，靠对未来的想象抵御长夜的孤独。相同的车次，我今已判若两人。咣当咣当的铁轨响和草木的摆动声，远处景物晃动，一棵树从一片坟墓的浅影中浮现，我打了个激灵，又好像看到记忆深处的那棵树以及与树相关的童年伙伴……一个个熟悉的站名提醒着我马州越来越近。

葵北在我的回忆中占据了太多的画面。在太阳扭到后山第二个崖口时，他会从麦地前匆匆走过。微风吹拂，大片麦田瞬间倾倒，只有他挺直的腰杆兀立在我的视野中。每年这时候，打穗的声音在麦地上空回荡。我看他板着脸，在太阳扭到第四个崖口时，走进了他的那个高墙小院。他家门外本来有两棵树的，都是槐树，只是后来其中一棵枯死了。葵北是个怪老头，自从他回村，我们就很少见他出门，他整日坐在院里发呆。槐树一到时节，几里外都是香气。

他的院落更是香气扑鼻吧？可无论香气多么浓重，他甚至连鼻子都不动一下，像一尊雕像一样坐在那里。阳光弱下来之后，他就可以出动了。有人神秘兮兮地指着往后山走的葵北说，去邻村找寡妇白芍啦！这话是我们从大人们嘴里听来的。当时，我并不理解大人们对此事的兴致。后来，我们头儿村小也对此产生了兴趣，我就更不理解了。村小是我们头儿，因为他勇敢，他敢把蛇盘在脖子上，我们谁都不敢。村小说蛇不过是一根肉绳子。可我们都害怕，我们都不敢看蛇的眼睛。有一次，村小把蛇突然挂在二勇脖子上，二勇当时就吓掉魂了，他娘用“跳大神”的方法给他叫回了魂。为此，村小爹提东西去看了二勇好几回。

从此，二勇也落下了“胆小鬼”的绰号。

我们有时跟村小漫无目的地在村里游荡着，有时去村外和一帮孩子玩打仗游戏。村小的蛇皮弹弓让人闻风丧胆。所以，我们这群孩子总是耀武扬威地走在街上。跟踪葵北的事，是村小自己说出来的。有一天，村小带领我们从葵北家的院外经过，刚好遇见白芍的儿子。村小指着他的大脑袋说："像不像葵北？"不等我们回答，他自说自话："活脱一个小葵北嘛！"

这年春天开始，"小葵北"成了那孩子的代号，他的大名倒没人记得。我们喊着叫着"小葵北"的名字，走在去学校的土路上。学校的"臭老九"不管我们，况且，他们之前的神气活现早就没了。我们打他们，揪他们头发，他们也就会惨叫。到1970年的时候，学校眼看着荒了。死的死，疯的疯，逃的逃，去学校也无事可干。于是，我们开始玩别的花样。我们半夜爬上一棵很高很高的大杨树，看头顶的星光。感觉到天凉了，我们下了大杨树，再找下一个去处。那天，我们来到葵北家那棵大槐树下，在这里遇上了一个人。

"注意前方！"村小走在黑暗中说。走着走着又听到村小说："你们快看！"

月光里显露出的是一个细腰女人的背影，是白芍。我们眼看着她消失在了街口的一片屋后。村小眯着眼跟上去。

好端端的夜游变成了跟踪。我们随着她到了葵北家的院前。二勇不小心轻咳了一声，她一听响动，立刻向黑暗中辨认。我们听从村小的指挥进退。白芍碎步穿过了几条曲折的小路上了后山。重回街上时，空旷的街面，被一层明亮的月色淹没了。我们高抬腿，我们轻落足，我们在村小后面喊着“一二一”。身后的这片黑暗，没给我们几个带来掩护。白芍一个转身，已站在我们前面，她叉着腰等在那里。我们措手不及，我们四处乱撞。她看了一会儿，才嚷：“你们几个小流氓，我和我儿子哪里得罪你们啦！”

我们听着她喊，我们也喊，我们喊着四散跑开。村小一边跑，一边指挥我们：“你们去那条街，你去西街，二勇，你跟我跑……”我跑啊跑啊跑回家。爹娘问：“干啥跑成这样？”我就说：“有圆规撵我！”爹娘问：“啊？今天学校啥情况？可不许跟别人起哄去！”我说：“情况还是一个样！”我把身体平放在床上，小腿肚儿还在抖。我还死活睡不着，闭眼就看见一个亮闪闪的铁圆规撵我。“要是跟踪成功的话，”村小后来不无惋惜地说，“那是个大秘密。”

当然，秘密不是指下面这个，这个是我亲眼看到的。葵北的女儿女婿走进了冷冷清清的院子，还带着他们的两个女儿。他们从一个叫风井的地方来。面对大伙对风井的好奇，他们这样介绍：

“风井啊，是一个很大很大的矿，里面埋的都是煤……”我只知道地下埋的是死人。马州人都知道他们在风井的日子很好过，都羡慕他们一家人。

“风井还是个出名的野窑子！”这个消息从一个老采购员的口

中传了出来，引起大伙新的议论。那段时间，村小关心着葵北院里的情况。我是他的手下，他问什么，我就报告什么。那天，我报告说：葵北的女儿女婿整天说话，叽里呱啦的。我们这些孩子挺无聊的，在那个年代，还有很多无聊的人。比如，一进院子就懒得动的怪老头葵北。本来，以为他还是老样子（因为，我的确没有村小的侦察能力）。村小早已发现了新动向，让我特意留心。村小说的是对的，他出屋时间足足提前半个小时。我从高角度观察着他的那间屋子。屋子的窗由无数小格组成，上面贴着一种蜡纸。看似古老而坚固，其实冬季的西北风很容易就将它撕碎了。

每年开春，槐树抽芽，我们爬上那棵槐树，便能见到满院的碎纸在扑啦啦地飞。两姐妹中的妹妹叫泽兰，和我同龄，总爱噘着小嘴不说话，不出门和我们接触。她姐姐佩兰爱跑出来看我们在门口的大槐树下打玻璃球。因为弯腰低头盯着看，齐耳的头发自然滑搭在她的半面脸上。偶尔，拨开头发，阳光钻进去，我们才能看一眼深埋其中的那个美妙的酒窝。村小亲手在佩兰头上拨了一下，然后，冲趴在地上打球的我们一笑。自从他俩好上，村小那种冷冷的眼光，开始变得温柔了。泽兰出门来要是后来的事情了。她们姐俩都瘦瘦的，泽兰瘦得胸脯平平，头发焦黄，梳俩小辫子。看上去，年纪要小很多，衣服在身上松松垮垮。佩兰瘦得结实，上衣尤其显得紧绷。泽兰脸上只有几粒淡黄的雀斑，当她走在阳光里，它们总是蹦蹦跳跳的。我们爱拿泽兰开玩笑，说着说着，她便会拽上佩兰，哭着喊着要走。葵北结过婚。听说，还是当初为讨生活，扔下老婆和咿呀学语的女儿去到城里。在老人们冗长的回忆中，葵北老婆是个勤快人。小女儿苏和香梳着羊角辫儿，大眼黑乎乎的。在村里人都以为葵北死了的时候，有人从百里以外带回了葵北有了新女人的消息，而且肯定地说：野女人生了小子！说给葵北老婆听，她似乎没听见似的，看着大伙满脸是笑。无论大伙怎么劝她想开点，她都这样子笑，还说她过得很好。不然，后来的事大伙也不会吃惊，以为一切都平静下来的时候，她却偷偷带上女儿走了。在她们走后不几天，葵北垂着头斜着眼从那片金黄的麦地的尽头回来了。走过那片麦地时，有人看见他特意停在那里，呆看了一会儿天。

惹这事他差点搭上命！当时，城里乱作一团，年轻女子和三岁半的儿子被找去问话，后来母子二人都不知去向，葵北找了一夜没找到。天亮了，想到保命要紧，这就往老家逃。老家比起城里还是太平的。他快到马州时忽然停住脚步，他觉得脸上无光。想到这儿又把头低下，让耳边风吹麦浪的声音，哗哗地流动起来。他变了一个人。自从回来后，便整天待在那个筑着高墙的院落里不出门。冷清的院落，因为他的孤独而变得更加冷清。

五月里来，太阳很好的一天上午，葵北第一次走出门，猫着腰，在墙外的小空场旁种下了两棵树。第一棵长到一人高，莫名其妙地死了；另一个坑挖得浅，想着活不了，枝叶却越发茂盛，直蹿过墙，遮去了院里的大半阳光。他坐在院中看树影晃动着。几天前，就有人告诉他，他跑了的老婆意外死了。后来，苏和香听了母亲嘱咐，回到了这个门口种着槐树的院落。

“苏和香是个有心人！”大伙这么说。“她妈做得可不对……”大伙又这么说。

泽兰还没醒的时候，她父母带着佩兰赶早晨的火车走了。有人说：“这闺女醒了，一滴眼泪没掉！”

我要说的事是发生在秋后。泽兰上五年级时成了我的同学。她姐在马州那会儿，泽兰常常被忽视，我们没有发觉泽兰的性格一点一点变得开朗。我以为，女孩子们跟泽兰玩，不过想从她口中知道马州以外，那个陌生的叫风井的地方是个什么样子罢了。泽兰跟我们说，他们那里有很多黑烟，还有呜呜的风声。比这儿的云还多呢！然后，我们发出“哦”的一声。还说，那里的人的脸都是黑的，牙齿惨白惨白！我们又发出“哦”的一声。我们“哦”完，泽兰踮起脚在我们面前转一圈，说她得找音乐老师学唱歌去了。据我了解，佩兰这点不如妹妹。后来，泽兰的变化还在继续，她也穿上了那套和姐姐一模一样的裙子。胸脯高高的，齐耳短发，两人的形象慢慢地重合了。

这年，泽兰十五岁。这年，我们懂了撩动我们心弦的事物。也是这年，村小学会了抽烟。村里人说我们是二流子。村小是大二流子，我们是小二流子。大二流子抽烟喝酒不学好……当泽兰偷偷告诉我们少去找她的时候，我们都有点接受不了。难道葵北也说我们是二流子啦？那年暑假过半了，我们再没见到泽兰。村小去找过她，说她借宿到了刘婶家，去刘婶家找，刘婶说，她搬回老院了。

“想进去吗？”村小说着，看了一眼槐树下的门。没人敢敲门。他耳朵贴在门上听着院里的动静，没有声音。听了一会儿，他冲我们摇头。我们看着他，他又看了看树。我们几个一个跟着一个爬上了大树。泽兰穿着连衣裙坐在南墙根下的一把摇椅上，双手正摆弄着自己的裙角，露出两条白皙的小腿。我们趴在槐树上随风摇摆，屋里忽然传出葵北的叫声：“兰儿，兰儿——”

有一天，晌午我去村小家，进门听见他爸如雷的鼾声。我悄悄拐进后院，走过那片葡萄架时，听见村小的声音：

“兰儿，兰儿……”我看到一片白皙的皮肤，我像被火烧到一样落荒而逃，一口气跑上石榴河。在岸上没站一会儿，就纵身跃进河里，只有冰冷的河水才能救我。眼前呈现出来的是井井有条的大院，这就是二勇家。我站在那里想，原来是日子过好啦，难怪非要当官！二勇得信赶来，一把拉住我激动地说：“终于回来啦！早知道哥们儿成了大作家！小时候，还真看不出来！”

“工作而已。”我应和着。

大道上走来一个女人，是泽兰，我一眼就认出来了。她现在是二勇媳妇。一时难把刚在记忆里的泽兰和面前这个略显苍老的女人联系起来。面前这个女人的语言里已不带那么浓的风井口音。她说话有点像我记忆中的，我们说起了同样的声调。泽兰借故支开了二勇，她分明是想和我单说几句。多年不见，我担心话题绕不开那段日子。

“我不介意。”她大大方方地说。

村里又要放电影了。我们马州放电影的地方在葵北家门外的空地上。有时，放映机打出的彩色光线还能穿透幕布，在高墙上布满缤纷的光点。电影开始前都要竖起一根高高的木杆，另一根是那棵槐树。它们扯起了巨大的幕布。泽兰穿着那件花裙子出现在了午后的街头。头发长了，散着掩住脸，表情严肃，就像一个“小大人”。葵北就跟在她身后，那表情容不得我们迎上去说话。我模仿着村小的口吻说：“看电影来了哇？村小嘱咐我留最好的地方给你！”泽兰走开的时候，村小望着她的背影，脸红红的。西天蒙上了一层红，村小回来时，头发湿漉漉的，散发着皂角的清香，还穿着一件短袖衣，衣服扎在军裤里。他脸上的红光一直从午后持续到傍晚。夜来了，放映员准备放电影了，村小朝着泽兰家门口张望着。那天放映的是苏联电影，有的人看过无数次。还说，里面的女人比窑姐俊，爱翻来覆去地看！我们几个则在电影中寻找新事物。比如，发现了豆腐块一样的洋楼、甲壳虫一样的小汽车，等等。还有，蚯蚓一样的火车，电影里的火车像条蚯蚓，黑黑长长的。村小说像蛇！说得我后背冷飕飕的。几朵黑色的云朵压得人不透气。灯光照出那棵高大的槐树懒懒的神态，幕布上闪烁着光斑。其实，这天的村小还是早有异常的。我看见他额头汗涔涔的，电影才到一半，他就从人群中挤了出去。我问他："做啥去？"因为人多，我没听清他说什么。第二天才知道，村小一夜未归，大伙都在找人了。我们全班同学决定跟着他父母找遍马州的角落。

天上飘着大块的云，大槐树被罩在阴云下。我们都看见，村小垂挂在一个树杈上，灯笼一样随风晃动。呼呼作响的绿军裤，让我一下认出，那就是村小！云下的树杈上还挂满了黑背蛇，一条一条地搭在枝干上，像家里晾衣服似的。我们给吓呆了。对这个事件的调查，在我看来还没接近事实，就草草结束了。两个礼拜后，尸检结果传回马州，死者生前无外伤迹象，排除他杀可能。我不相信村小会自杀。可后来的传言说是自杀，也许是畏罪自杀！

后来，佩兰来了，她也是来投票的。我提议去陵园。出门后，特意买了纸。脚下是整整齐齐的田埂，两侧油绿的苗子泛着流水一样的光泽。好阳光铺了一路。阳光照着佩兰。那个曾让我有过冲动的姑娘，正迈着轻快的步伐经过我的童年，我多愁善感的童年。我无法判断佩兰是否知道，妹妹在河另一边的王河庄，曾生下一个男婴的丑闻。那是在泽兰消失后不多久的事情。有人说，张婆刚给泽兰接了生，葵北的外孙女生了个娃娃，又在出生后几个小时停止了呼吸。一个月后，泽兰和葵北从石榴河另一岸回来了。再后来，苏和香也突然返乡。她回来后像一只愤怒的羊闯进了那道门。我在那天晚上再次爬上树，企图从这个角度看见什么。我听了一会儿，听到了泽兰声嘶力竭的哭声和响亮的耳光声。这些事，佩兰一定不知道。

沉默一会儿，我离开石台，蹲下身烧纸，烧给乡亲和亲人们。然后，我们慢慢地走回了村子。二勇喜滋滋地迎在村口，他带着我们去村大队部。路上，我随口打听一下他的竞争对手。

“白杨，”二勇在我耳畔说，“就是小葵北。”

后来的事情差不多都是听我娘说的。在我进城上学的几年，泽兰离开马州也回了风井。我爹爹去世我回来奔丧也没心情打听别的事情。事太多，丧事一完，我当夜回城。这次旧事重提是由于回到故乡而唤起的童年记忆。世界上有人能解开村小的谜。一是葵北和他的女儿苏和香。苏和香好像死在风井哪个男人身旁，她女儿知道，但从不提及；葵北听说是倒在麦田里，死得静悄悄的，有人形容说，像遭过雷击。二是泽兰。可那个当年丑闻缠身的女孩，现在已是二勇媳妇。

后窗

STORY. 08

烟从那间带后窗的房间里升上了屋。每个清晨，白胖的云都会在那儿停留一会儿，新一天的开始就从它们飘走的时候开始算起。现在，孙子孙女一边听着老人说石榴河名字的由来，一边幻想岸边石榴树开花时灿若星云的景象……

“里面肯定藏着什么！”苏小帅下楼梯时，跟姐姐小声说。姐姐苏红十五岁，他十岁。他们说话时，眼睛都直勾地盯着那间上锁的房间。

苏红：“你见啦？”

苏小帅：“我就知道。”

苏小帅把被子盖在头上。

旧物塞满了带后窗的房间，奶奶总说有时间清理。每天一蒙亮，她起床诵经焚香。天亮后唱几段《心经》。再把香灰倒入一个罐子，在炉中燃上新香……这些事似乎占据了奶奶全部的时间。

苏小帅和苏红住的地方距祖宅不远。天亮出发，沿河坡走到阳光镀黄了河水时，拐弯就到。他们时常跑去看奶奶，奶奶也走同样的路去看孙子孙女。后来，情况起了变化。老人的儿子在下游谋到差事搬去了城里，他们住竹楼的房间空了出来。过了一段日子，苏小帅来看奶奶，意外发现姐姐和他住的房间也填满旧物。

苏小帅伤心地看着奶奶。

“怎么啦？”

苏小帅坐在楼梯上，看了一会屋子，才把头转过来。

老人拍着他的头，说：“等你们来看奶奶，我再给你们整理出来。可以来我这儿度夏天。城里夏天太热啦。”

“我住那一间。”

“好。等有时间了，我就清理出来……”

回城以后，苏小帅找到姐姐说了这个事情。

“你确定是那一间？”苏红看了眼弟弟。

这间没窗的房是他们帮着奶奶收拾出来的。那日，父亲把他们送到奶奶这里，有事就离开了。奶奶就神神秘秘地把他们引向了那间房，在他们面前，第一次打开了那道门。吱、吱、吱三声。里面的东西山一样堆着。他们呆立在那互相看了看。

奶奶忽然小声说：“钻得进去吗？”

苏小帅钻了进去。他在里面爬了一会儿。忽然，门关上了。

“啊。”他喊了一声。苏红才又把门拉开，奶奶和她在门外笑。

“有本事，你也来！”

苏红钻了进去。姐弟俩来来回回，奶奶站在门口接应，半晌才把东西一件一件运出来，又一件一件堆在廊上。

“轻点，轻点！”奶奶说。

等物品从他们眼前慢慢塌下来，地上露出一张床。床下填着很多盒子，本来苏红抱出去要扔掉，却被奶奶拦下，她说忘了里面装的什么，得再翻翻。

后来，盒子也摆满了屋外的廊子。等别的收拾好，奶奶从楼下搬来床单和枕头。她把床铺好。然后，看了看廊子里的姐弟笑着说：“快来。看，多好！”

苏小帅没干过活。这次给累坏了，他靠着楼梯坐着。老人说完话，回头远远看到了他。只有苏红走了过来：“瞧——”

奶奶：“孩子累坏啦。”

“奶奶，这里挺不错的！”

“是呀，当年可不觉得。”

剩下要做的活，就是打发廊子里这些盒子了。本来说不用他们。

奶奶：“等你们走了，晚上自己来。”

苏红觉得那样奶奶会很累的，就非把她按在了椅子上：“奶奶，你坐这里看我们给你翻好啦！”

苏小帅：“奶奶，我们一样一样拿给你看吧？”

他们就开始了。

“瞧！”苏小帅说。

他们在盒里翻到一沓照片。

“还有这张，也有她。”苏红怀疑地说，“又瘦啦！”

“不是一个人！”苏小帅举着照片跟奶奶挥。

坐在椅子上的奶奶看着他们微笑。

“不是！就不是！”

苏红急得撅起嘴，脖颈红红的。不一会儿，她也开始嚷：“就是。”

在奶奶的眼中，他们遗传了家族的倔强。若不是奶奶后来笑说那人是她的话，孩子们绝不会停止吵闹。也许，还会打起来。

他们痴看了好一会儿。等他们扭过脸，看奶奶，苏小帅才说：“奶奶小时候……”

苏红不及说，奶奶忽然从椅子上探身站起，伸手把照片拿了过去。然后，他们就看到碎纸飘下，慢慢落地。奶奶撕时，嘴上嘟囔：“没用啦！”

照片就这样从苏小帅手上转移到奶奶手上，然后，从奶奶手上变作雪花似的纸片，在他们眼前，簌簌落满廊子。这时，廊子里的阳光安静流淌，纸片落在上面，犹如浸泡其中。

他们还在盒里还找到一张带框结婚照。里面有一群穿着古老服饰的人。男人白上衣的领子高到下颌；女人都显得很胖，还都戴着奇怪的大沿帽，帽上还插着花，唯独一个人……

“奶奶，这张有你吗？”

奶奶：“还没我，是我爸妈结婚那年照的。”

他们凝视着。

“是我们……”

奶奶没有回应他们的话，而是给他们指出两个女人：“我姑姑和阿姨。”

一胖一瘦。

后来，这张照片被挂在了没窗房间的墙上。苏红从一个大盒里又将木桶给翻了出来。它在午后的阳光中反射出淡淡的光泽。她把它握在了手上，高举空中，她也同意弟弟的话，透过阳光这么看它，越看越感觉古怪。木桶有个盖子上刻了一些云彩花纹。

“干什么用的啊？”苏小帅问奶奶。

她告诉他们是饼干桶。榆木的。以为丢掉了。

一股淡香比奶奶身上的檀香味好闻。苏红甚至还把桶送到了苏小帅的鼻子前。

“咦！”苏小帅一把抢了过去，放在鼻子上，“奶奶，把它放碗橱里吧！”

苏红在一旁说：“装饼干吧。”

说到吃的东西，苏小帅就把桶从鼻子上放了下来：“动物饼干……”

“我吃花生的。”苏红说。

奶奶下楼去拿扫帚时，她把桶也拿下了楼。上来时，一边扫地上的碎纸片，一边说：“下次你们就可以拿它吃饼干啦！”

他们像寻宝一样认真的样子，惹得奶奶回忆起了小时候。想到这些，她的目光越发温柔。黄昏的微光笼罩着两个孩子。廊子里被扫帚驱跑的纸片从二楼飞了出去，它们在风中往远处摆荡。

奶奶没有立刻坐回椅子，慢慢走了过去，伸手抱住孙子孙女：“孩子们啊，还好有你们陪我！”

这些话让年纪稍大的苏红睡不着了。尤其是，这个房间实在太黑了。

没有后窗的房间采光必须通过门前的廊子。如果，被风吹关了门，廊子里的阳光，就得透过门缝淌进来。白天还好，有点暗。晚上外面一黑，里面更黑。

“干吗站着？”

苏小帅又拿出了那套男子汉架势，从苏红身后绕到了前面：“跟我来。”

门被他推开，那张整理如新的小床、擦拭干净不时反射着微光的地面，以及墙上的那张古老的照片，就这么露了出来。这时，廊子里淡淡的阳光从他们身后流了进去。在苏红眼前，苏小帅被阳光照得时明时暗。

“快来！”苏小帅四下看着。

那夜，他们在房间睡得很早。吃过饭，便上了楼。也许是整理房间累了，奶奶怕他们怕黑。后来，推门特意拿了蜡烛来看，姐弟俩已睡着了。起先，苏小帅跟姐姐还说了一些悻悻的话（他们毕竟没在这间房间发现什么宝物）。

他们是一年前搬去城里的。当时，父亲找好地方，全家的东西就这样被一辆解放车晃晃荡荡运到了城里的一条街道里。然后，车开走了，这些东西被遗弃在了一个门口。他们要做的事情很多。他们就是改变这些东西的悲惨命运，把它们恭恭敬敬摆进新屋。苏小帅听姐说，他眼前这所房子就是他们的新家啦。可他觉得，远不如奶奶那里好。

苏红说：“挺好！”

“快来帮我收拾东西！”屋里传来喊声。苏红拽上弟弟就走。

苏小帅不干活，只坐在屋里等。大家搬进来的东西，他就拿在手上玩。苏红嫌他捣乱，跟他说：“你个去。”

（这是父亲的口头禅，她本来以为是让人离开的意思，可当妈妈他们吵架时，父亲也满口“你个去”；还有喝醉酒时，自己在客厅也说这个，说到天亮……他们不管意思，只管说。）

“去就去！”说着，他就走开了。后来，很无聊，就又回来玩大家搬来的东西。一个高高的箱子就被他推翻了。里面装着一个落地钟，“哗啦”一声，吓得父亲跑进来大喊：“躲开！你个去！”

还好，钟表没有砸到他。全家一场虚惊。

苏小帅又听了一次，心想：“又让我去！让我去哪？”

“送到他奶那儿待两天吧！”

母亲的建议得到了父亲允许。在搬家那夜，苏小帅哭着，就被送去奶奶家。

听见车铃声，奶奶就迎出竹楼，苏小帅仍抽泣着。

“怎么啦！”

一见奶奶，不要紧，他哭得更厉害：“姐让我去去去，爸也让我去去去。我就不去去去！”

奶奶笑着陪他说：“对，就不！”

父亲上前跟奶奶说了几句话，其中也夹杂着“你个去”，苏小帅被弄晕了。后来，父亲骑上车，匆匆走了。奶奶没来得及问：

“新屋咋样？”

她就问小帅新屋的事情。

苏小帅说：“我不喜欢。奶奶，他们都‘你个去’，让我去哪？”

“来我这呀。”奶奶笑。

第二日的傍晚，父亲骑车来把他接回了他们新家。苏小帅到家时，一切都已收拾妥了。他进门时，大家围坐桌边。本来，大家觉得苏小帅一定不会闲着，他会哭闹。苏红总结过，这弟弟就像被我妈从石榴河里捞出来，整日湿答答。父亲就笑。那次，她问自己从哪里来的，母亲说她是从石榴河边一棵大树的树杈上捡来的！刚说完，她就想起了爱哭闹的弟弟。

出人意料，他今天没有哭闹。反而，安静许多。父亲好奇，问他在奶奶家过得不高兴啦？

他说：“奶奶带他上街了，给买了一桶饼干……”

苏红说：“有花生味的吗？”

苏小帅想了想：“没吃到花生的！”

妈妈这时从桌边站了起来，拍了一下苏红：“有这样的奶奶，你们好福气！”

而后，走开了。等她走开，父亲忽然说：“我外婆也是这么好。”

父亲答应到了城里给孩子们一人一间房。这天，全家忙乱，苏红那间房还没整理出来。妈妈就让苏红去弟弟房间睡。弟弟的房间还放着从老家运过去的双层床。她很不乐意地走向了他那件小屋，敲门时，里面传来一串：“去去去。不不不，是你个去！”

“你个才去呢！小傻瓜！”

姐弟俩又打了起来。后来，妈妈疲惫地走来，一面安慰苏红别哭，一面打开了门：“让姐姐去哪？”

苏小帅不再说话。

他们睡在一个房间。苏小帅在下铺，却非让开着灯。不然，他就让姐姐去去去。

“好，好，好。”她说。

还说：“小帅可是男子汉！”

灯一直亮着。

苏红抹了抹眼，爬上床。她上去时，不忘向下看了一眼，苏小帅的头被被子盖得紧紧的。

“太好啦，我就有自己的房间啦！”她说着，拍了拍弟弟的被子。

“姐！”苏小帅忽然叫了一声。

“什么！”

“我不要一个人睡啦。”

“你可是男子汉！”

下面一直没有传来回答。

灯一直亮着。

“小帅！”她闭眼叫了几声，也没回答。只有点动静隐隐传来。苏红细听，苏小帅居然躲在被里哭。

她就跳下床：“怎么啦？”

“没有。”

“有。”

“没有，没有，就没有。”

看样子，再这么问下去，又要打起来。苏红可不想，她帮父母收拾了一天家了，有点累。她知道弟弟的性格，再问，他就永远不会告诉她发生什么事了。

“好弟弟。”

灯一直亮着。

苏红的声音在淡淡的光线中飘。苏小帅摇着头，不肯说，哭得越来越大声。苏红下意识抱住了他：“你在颤抖？”

“没有。”

“为什么抖？”

苏小帅推开苏红。

“没有，没有，就没有！”

“肯定有事！”她说，“说不说！”

他们脾气差不多。她有些奇怪，为什么从奶奶那回来，弟弟就这样了。不行。苏红停下脚步，把身体转回去，生气地，揪开弟弟的被子：“说，我明天就过来陪你。否则……”

苏小帅在被子里像是被吓着了似的，瞪起眼睛，喘着气：“姐，我害怕！”

然后，他说再不到那个没窗的房间睡了。好，好，好，苏红靠着苏小帅坐在一层的床板上。等恐惧稍稍平息了，他才慢慢把中断的讲述继续。他说起前夜在奶奶家的事——我听到有声音，像小孩的哭，我睡不着……

她说：“鸟叫。”

他问：“鸟？”

她说：“对。鸟！”

又问：“哪种鸟？”

她说：“什么哪种鸟！”

再问：“像小孩子哭是哪种鸟叫？”

整个过程，苏小帅不停问：“有这种鸟？”

“当然，有啊。”

灯一直亮着。

他们不再说话，屋里就静了下来。苏红想苏小帅大概睡了。又想他听到的声音是怎么回事。不停想。最后想到自己一定查个明白。这才闭眼。

灯一直亮着。

梦被灯光打亮了。这个梦里长着一片树林，还有一处老竹楼，一条河，后来河水变成了石榴红色，涌出河床，淹没了树林，林中的鸟就大群大群飞起，像一阵阵烟、一片片尘土。漫天是孩子哭似的叫声。而老竹楼已像船一样移了方向，它在水面上越漂越远……空中盘旋的群鸟，在黄昏，密匝匝地填满了整个梦境的缝隙。

那几日，苏红都在帮父母干活，打理院子、收拾家具，有时得闲，见弟弟若有所思，心一沉，仿佛还没离开他那晚说起的情形。苏红觉得这个梦就是秘密。她很少做梦，揣着秘密的感觉，让她觉得自己长大了。后来，在作文里她还写到自己的这个感觉，她说就像进了一个黑洞。与她相比，苏小帅像早爬出了黑洞，她却被远远落在了洞里。

苏小帅再没问过她关于鸟的事情。

苏红也没把苏小帅的事情告诉父母，他们只顾着收拾，整日来回跑商店。后来，有一日，苏红从门外走来，忽然看到苏小帅举着扫帚，正在屋顶随父亲跑来跑去。也许，要下雨了。屋顶飞满蜻蜓。苏小帅的笑声在蜻蜓的嗡嗡声里钻来钻去。传到苏红耳朵里时，她不得不把头低下。阳光刺得眼生疼。她想，你这男子汉又没事啦？苏红的房间由她自己整理好，她本打算陪弟弟睡几天。可几次，她想起要去，都会看见苏小帅满屋地跑来跑去，挺开心的，似乎从未发生过什么。唯一证明的确发生过什么的，是晚上他那屋的灯。灯一直亮着。半夜，他的灯在雨夜中突然熄了。可再大的雨声也没能淹没尖锐的叫声。父母被苏小帅的叫声从睡梦里叫醒。苏红紧随其后，当他们聚集到苏小帅的房间时，苏小帅正躲在被子里颤抖。父亲弯腰看，以为儿子做了噩梦。

母亲说："不怕，不怕。"

突然，他瞪大眼。

"你怎么啦？"苏红站在门口，听妈妈问。

"没事，没事。"妈妈说着示意父亲快回屋睡，这么晚了，明天要上班。

还说："你也去睡吧！"

第二日早上，天不亮，父亲就上班去了。妈妈在楼上，把视线从父亲那辆自行车上收回，转移到了儿子的脸上。苏小帅的脸上仍挂着几滴泪水。她想，这孩子啊。然后，走过去，将它用手绢揩拭了。父亲的车铃声远了。苏红醒来时，路过那屋，母亲趴在弟弟身旁睡得正香。其实，那晚苏红从弟弟那屋回到自己的小屋，很久没睡下。没事，没事，她才不信，没事呢！

一个礼拜五下午，苏红跟妈妈说要去奶奶家过周末。在弟弟还没回家时，她就骑上车赶路了。妈妈问她，知道怎么去吗？苏红想起了父亲的话。她按父亲说的那样，沿河一直骑进一片林子。她知道出了林，就会看见一座桥，过了桥，不远，就能到奶奶家了。林子这么大。她一边骑车，一边左顾右盼，带着稀奇古怪的叫声的鸟，扑簌簌地，从她眼前飞过来，又飞过去。这时，她忽然想起弟弟说的事。后来，越骑越快，等她被眼前的一片亮光刺得闭了一下眼时，她已出了林。那座桥就在眼前。她在桥上，停了一会儿，看了一会远处的竹楼。“不到青烟冒出来的时间。”她想着，就把头转开了。

临走，她看了看林子，尤其在桥上看过去，林子依在河的一侧，另一侧是一片田野，显得十分空旷。苏红骑车从桥上过去以后，怪异的鸟叫声持续很久。她向着竹楼一点点靠近。

快到门口时，她像小时候一样喊：“奶奶，奶奶！”

奶奶的身影不一会儿，就在二楼出现了。她就看着奶奶从二楼小心翼翼地走了下来。到一楼时，奶奶的步伐又明显加快了。苏红放好车，朝奶奶跑。

“奶奶！”她喊。

一见孙女来，老人高兴极了。自从他们搬进城，整个竹楼都静了下来。直到此时，竹楼才弥满起了他们叽叽喳喳的说话声。

晚饭后，苏红无意间回头，在厨房的柜中看到了那个饼干桶。她就问奶奶："桶里装上饼干了吗？"

奶奶说："上次，我带小帅上街……"

"真有动物饼干啦？"

然后，向柜子走。

苏红拿出一块自己最喜欢的狐狸形状的饼干。

"奶奶记性真好！"她把饼干举着。

奶奶听了，先一笑，老样子，又是半晌，才叹气："我也盼着能忘掉一些……"

"什么？"

"我记性没那么好。"

苏红顾自吃饼干。奶奶绕开了一会儿，等她下楼。苏红也吃饱了。吃饱了，坐着人容易困。何况，下午骑车过来，路不近，她就说："奶奶，好困啊。"

上了楼，朝那间黑漆漆的房间走，奶奶在她身后搀着。

"都准备好啦！"奶奶说。

一进门，才发现房里被奶奶点满了蜡烛。苏红站在门口愣了一会儿，烛光烤得她有点热。记忆中的黑暗被驱散了。屋内的空荡和记忆中的一模一样。她四处看。突然，奶奶拍了她一下肩膀，跟她说："好好睡，我在对面的禅房。"

什么时候，奶奶从一层搬到了二层的禅房来住。她不知道。

"我走啦！"

说完，奶奶就走了。

终于等到这个机会了。苏红这样想，关门时，奶奶蹒跚的身影投在廊子上，显得出奇的长。其实，孩子们来，她就会住进禅房。为照顾孩子们晚上起夜啥的。两个房间一东一西，只隔一个廊子。

苏红确信苏小帅在骗她。惊醒后，她突然想，这就是弟弟说的声音！她躺在床上，张大耳朵，听门外的声音。声音有点像孩子哭，起初很像很像，后来声声低下去，就像风声了。苏红听了很久，都没有再听到什么。她觉得起初那种古怪的声音绝对没有消失，只是被沙沙的树木摇曳声遮掩了。等着那声音再次变大。她还猛然间冒出一个古怪想法——声音会沿楼梯走上来，到廊子尽头停下来。也许，"他"在那是想看看风刮落的一片桦树叶从哪个角度飞进屋。看一会儿之后，声音还会右拐，来到房间门口。然后，吱吱，门敞开了……

事实上，并没有这样。这时，苏红叫了一声："奶奶。"

对面传来开门声。紧接着靠近她屋子的，是奶奶蹒跚的脚步声。

咚咚咚。

“在这，在这！”

奶奶推门时，苏红坐了起来。她听奶奶说了好几遍：“奶奶在这儿……”

“我以为奶奶下楼去啦！”

奶奶有些吃惊地，看了看楼梯。

“有时夜里，我喝水就到楼下去……”

“可你刚不是从楼下来的。”

“你耳朵真够灵的。”

“我听到有人下楼啦。”苏红说。

“你听错啦。”

苏红信自己的耳朵。奶奶说完，熄了蜡烛，关上门，黑暗立刻把刚才的微光取代。她在黑暗中，又听了好一会儿，除了风声，始终没有别的声音传来。不知是不是太累了，她迷迷糊糊地就睡着了。

大地被月亮催眠，不远处的河流也被月光铺得美溢溢的。苏红再睁开眼时，已有淡淡的阳光透过门缝钻进房间。她待在床上发呆，觉得阳光奇怪，以床为界，分成几缕，一缕淌在了地上，一缕穿过床底。再来，在那张古怪的结婚照上还有一缕划出了道淡痕……以前，奶奶给他们说过，天亮就是太阳爬上了远处那座山。

山脚有一条河，沿河走到太阳下到山腰，就到城里啦。而现在，他们就搬去了那里。无聊时，苏红想了这些。

这一日，奶奶都给苏红安排好了。在奶奶心中，她绝对会让孙子孙女快活地过一天。可玩了一天，到深夜，苏红又被惊醒了。

她再次听到有人下楼的声音。你什么也听不见，怎么知道有人下楼？苏红觉得自己听得很清楚，现在“他”已到了楼下，正穿过木桌，走到放柜子的厨房里去了。夜很深了，“他”已站在了厨房里。楼下的黑暗寂静中到底发生着什么？楼下传来的声音是啜泣声，低低的，在楼下的黑暗中漂浮。苏红不知被什么力量推动着。据她后来回忆说，她在屋里听了很久。她不敢走出去。一股力量推着她走出了没窗的房间。她记得推开门的霎那，看向禅房。房门紧闭。她就踮脚，轻轻地过去，推开了门，吱——

微弱的灯光轻摇着。奶奶略带慌张地坐在床上。就这样，祖孙的目光富含深意地相遇了。苏红眼中的恐惧，吓着了奶奶。奶奶似乎还抖动了几下身体。奶奶还没开口说话，苏红就说：“楼下有人！”

奶奶连声说：“你又听错了吧？是风声。”

奶奶坐在角落，苏红看着她，奶奶突然就沉默了，还闭上眼，头一斜，倒在了枕头上。然后，双手捂住了脸。

奶奶哭了没多久，便犯了气喘。对面传来的声音和苏红听到的楼下哭声有些相似，只是听上去，轻得多。奶奶哭一会儿，后来才停住，她看着孙女："你过来。"

苏红走过去，就被奶奶扎手的手掌紧握住双手。在这一刻，她耳边传来了呼呼的风声。

"饿了吗？我的胖姑娘。"说着，牵起她，就往外走，"下去吃点饼干吧，我告诉你个秘密。"

苏红以前从未听过"胖姑娘"这个称呼。出了屋，她甩开奶奶的手，飞快地，跑下楼。什么也没有看到。奶奶没有直接下楼。当苏红想上楼找奶奶时，却看见奶奶正从她那间没窗的屋子里走出来。而后，奶奶蹒跚下了楼梯，手上拿着那张老照片。她随奶奶进到厨房。侧脸看到，院门关着，耳边荡漾的是院内树木沙沙的响动。除了风声，苏红什么也听不见。但她看到的确没有人来过的迹象。

奶奶说："饿了吗？"

说着，照片被放上了桌。她从柜里拿出那个桶走过来，递给苏红。苏红没有接，而是摇着头。

"我告诉你吧！"奶奶说话时，声音顿了顿。

"我指给你看……"

然后，又拿起那张照片，不再说话。

一等就没了下文。

奶奶每次都这样。这次时间有些长，逼得苏红插话：“奶奶，你妈妈长得好看？”

她想起父亲说过的话。

“不记得啦。她去世时，我还小。”

“我爸说见过她！”

“那是我后母……她们都在这张照片里。”

奶奶一边指着，一边说：“这是母亲结婚时拍的。我后母是亲戚中的一个。你看，这是我小姨，我母亲去世，父亲就娶了她。这个瘦的是我姑姑。我们都挺胖的呵，除了小姨。”

苏红盯着奶奶手指的方向。

奶奶还说了一段长长的话，请原谅她毕竟老了，故事中有些地方到底是说不大清楚的。

母亲生我的时候大出血。后来，父亲得上班，只好找人来照顾我。当时他得养家，于是，不得不把妹妹找了来。我猜她一直爱父亲。因为，我能感到他们说话时的语气十分不同。有时，她还会在他耳边说话。有时是弯下腰，让父亲帮她系围裙……我屋的镜中，一直留着她的那种笑容。我感觉很冷。母亲的死使她高兴了。如果，没有我，岂不是更好？我至今回想起她那种笑容仍后背发凉，就像当年的情景又回到了现在。我怕得要命……父亲好像属于她了。是的，她恨我。我当时不理解，也是长大才明白的。我多余了。那时，我常把自己关在你现在住的那间屋里。你知道，自己躲在黑暗中有多可怕啊！我曾想从后窗，跳下去。我最记得窗外，到了季节，那片石榴林红了，就像血似的。那段日子，还有一件事。好吧，我的孩子，你会觉得好笑。姑姑嘲笑我胖。我和你们一样爱吃。有机会就吃。她就常拿这件事跟父亲抱怨。吃饭时，在我腰上围一个尺说不能再胖啦，腰该多宽多宽，要不你就像只猪。少吃点，哦。他们当然不仅仅是冲我胖才这么说的。我的孩子。你还不太懂，慢慢你就懂了。他们越笑我，我就越想多吃，气死他们。后来，我偷吃的事情还是被她发现了。这女人真精！自从那晚在厨房捉住我，她给厨房加了锁……不是找到了榆木桶，我早饿死了。对，就这桶（说着，她看了看桌上摆的饼干桶）。当时，桶就放在这么大的碗柜上，里面放饼干。我半夜饿了，就偷偷下楼来吃。溜下来，怕被再次捉到，自然不敢开灯。虽然，也怕黑，可没有你这么勇敢（说着她还捋了捋头发）。我也是那时练出了这套功夫——走路几乎听不到声音。现在是老了，老了。摸进厨房。爬上碗柜，就伸胳膊摸那木桶，摸到了拉过来，抱在怀里，掀开盖子，探进手去就行了……你不爱听了？我的孙女。（苏红摇头）我每次都很害怕。那次，我趁深夜下了楼。摸进厨房。爬上碗柜，就伸胳膊摸那木桶，摸到了拉过来，抱在怀里，掀开盖子，探进手去……下去，下去，手指好像碰到了什么。我的喉咙一下就炸开啦！我“啊啊”地喊。你肯定没听过这么尖锐的声音，它掺着哭声。我的手指被老鼠夹咬住了。后来，黑暗被照亮，饭厅里聚满了人。他们匆匆跑下楼，灯光大亮。父亲和姑姑都看着我。我哇哇大叫，我手上甩着一个老鼠夹。父亲是个温和的人。从我手指上拿下老鼠夹时，我第一次听他喊。姑姑毫不惊讶。她早等着我被夹住。看着她的样子，我忽然来了一股力，顺手就从厨房桌上抓起一把刀，扑过去。我被父亲捉住了。那一晚，我哭死过去了。醒来已是后半夜。就听得隔壁谈话。父亲问姑姑桶里怎么会有老鼠夹，姑姑没说话。父亲还问姑姑老鼠夹是你放进去的？姑姑也没说话。听一会儿，我就困了，父亲后来也不说话，我迷迷糊糊地睡着了。第二天，我没能起得来床。我得了一场大病。帘子不拉开，屋里就暗暗的。姑姑没来看过我一次。父亲上班前，和晚上回家，都来看我。其实，我没睡觉，只是不想看他。躺了有一个礼拜，我去小诊所，大夫说没什么事啦！主要是惊吓过度。还给我手指，擦了擦药水。染红的手指照亮了我的夜晚。我总是一个人在夜里举着手指在后窗漏进来的月光里看啊看。我希望手指红得就像石榴林才好……指甲后来变黑了，慢慢从肉里滑出来。我摸着手指，有时觉得断掉才好。黑色的指甲，在一天上午，我醒来时，落在了枕边，它像昨晚有谁将它拔出来，放在那里似的。我多想让人围着啊。从诊所回家，快到时，我恍惚见一个女人的影子拐弯进了我家后院。她沿悠长的青苔路步上了台阶。那背影让我想起母亲。胖人走路都有点笨。我印象里母亲的背影就有些摇摇晃晃。我追上去时，她刚来到前门，我扑到她身上，差点把她摔倒。后来，她就坐到台阶上，抱着我，说我听不懂的话。钻进她穿的老式衣服的皱褶里很舒坦。我叫了又叫。妈、妈、妈、妈。你猜得对，那不是我妈。是我姨！（她指了指照片，就是这个）是父亲发电报把她从遥远的地方请来的。可怕的姑姑从此在我生活中消失了。我则搬到东面。西面空出来，姨说，她要住在那里。她也信佛，常和我说那有灵气，还说，一切皆心造什么的……现在，我也常给你们说这些，对吧？咱们都挺烦的。她让这里又充满了快乐的气息。父亲也和她结了婚。她把这间屋改成禅房，平常都在这里念佛。她没有再生孩，她说我是她唯一的孩子。我也爱她。她说，女孩长大会瘦下来。反正，我再没偷吃过桶里的饼干。榆木桶也从碗柜里，与姑姑一起消失了。我以为是姨把它扔掉了。没有想到她把榆木桶藏在自己床下。也不知，她对这个邪恶的盒子干了什么。

对了，她眼睛不好，怕光。后来，父亲突然请来一些工匠。那一日，他们在楼下喝酒到很晚。第二天，我去找阿姨，后窗已没有了。他们过得很好。她在黑暗的屋里烧香供佛，伴我度过了十几个春秋。如今，只记得她的眼后来什么也看不见了。她在那屋还经常喊我，我进去了，她就抱着我给唱一种佛歌。那时，我还不知道那叫《心经》，也不知道她后来人去了哪里……我怎么好像什么都不知道？在她消失的那个清晨，没有后窗的房间也像往日一样燃了香，烟气后来也爬上屋梁渗出了屋顶。听说，她出门拜佛，再也没有回来。父亲却说，她去了遥远的地方。我始终没有等到阿姨再回来。我老了，老了。你们都听到了那个声音？你说把它扔掉？我的孙女。别忘了，你死去的爷爷。以前，扔东西都要跟他汇报。他八岁在佛寺当跳墙和尚。我和你说过没有？后来，连方丈都说不舍得，非留下他。可家里不愿意，十四岁时，他下了山。也许，在寺院生活惯了。在山下的生活里，他人便显得吝啬。打从寺院还俗，他就对任何小事小物多了几分关心。那个桶被他摆在禅房里。几次，我想扔，刚拿起，他就从后面走来，说，这东西不可随便丢，我要去去巫气。至他去世，也没给那个桶去完巫气。他就在黑屋里慢慢地合上了眼。他临死，指着那个桶动了半晌嘴巴。那以后，我就找不到这个桶了。我当时糊涂了，应该给他在棺材里找个活干，继续去巫气的。那以后，那个声音就一直缠着我。无论念多少佛。

檀香味从对面屋里飘了出来，漫过廊子，传到她的屋里。她捏着鼻子下楼。院门敞开了。奶奶的背影在林边晃了几下就不见了。她紧走几步，跟了上去。一条明亮的河呼地浮出了她的视野。清晨的河面长有一层茸茸的热气。以至于，奶奶朝河走去宛如走进了一片梦境。苏红走了一会儿，站到奶奶身旁，奶奶回头看了看她。而后苏红也拿眼向奶奶望着的地方看。她没看见什么，却听见奶奶说："去吧。去吧。"

她听愣了，直到看见榆木桶在河面上浮晃才明白。榆木桶在水里扭了个弧。奶奶攥住苏红的手，笑说，我在里面装满了香灰，念了一夜的经，听你爷爷说，这样可以去巫气。榆木桶越漂越远，而奶奶忽然说："你看，它很快就被吃掉啦！"

榆木桶在她的视野里接着漂，撞在一块塄石上时，还翻了个筋斗，周围这才冒出一串气泡。榆木桶沉了。奶奶和苏红看不见木桶时，都往河心探了探身体。

烟气从对面的房间里升上屋顶，挤进云里去了。云一飘走，故事就结束了。苏红脸上铺满了一层忧郁。她知道，不用多久，父亲就该从城里的新家出发来接她。那辆自行车沿着河移动。林中的群鸟飞得满天。

他们的新家在石榴河的下游。弟弟经常打赤脚站在这条温暖的河水中游戏。当然，这周末也不例外。苏小帅张望姐姐回来的方向。至于，他是否正等着姐姐把真相带回来，好让他再次鼓起勇气到奶奶家过礼拜天，就只有天知道了。他们看着奶奶越来越老了。父亲说，很多人老了以后都会被自己的回忆恐吓。他们还小，他们迟早会理解这些事的。

在清秋与初春时

STORY. 09

第一个故事

长街上有十几户人家，平时大家进出都不怎么说话，一切如你所知，萧索而空荡的北方深秋。这基本上就是我对西楼镇的记忆。我在这条街上闲逛时遇见了一个女学生。她是这个记忆的起点，于是我告诉你她的名字——盈秀。而她告诉你，她马上就要毕业了。她有个故事要讲给我们。不知道为什么，她忽然对诗词产生兴趣。写完了功课，夜也深了，总要一边摇头，一边背上那么几首，觉才睡得安妥。盈秀娘不识字，却喜欢看女儿摇头背诗词。每每看得入神，几乎忘记手上的针线。盈秀停止摇头，嘴上的诗词仍在继续着，拿大眼睛猛地看娘笑。娘也跟她笑。两人这么笑一会儿，又觉得深夜的天气没那么清冷了。她们住在西楼镇边的一个小村。西楼镇位于马州东边的一片山岭里。盈秀没见过几次城里来的爹，更不晓得什么让她们的生活和别人家不一样。最早，爹每年回一次。盈秀叔在邻镇读高中。邻居们说，看样子，弟弟和哥哥一个样。盈秀娘在盈秀爹在城里读大学时，由奶奶做主娶进门。刚开始，盈秀爹对此并不知晓。后来，即使知道，也只年节才回家看一眼，其余都在城里。

有一年，盈秀爹托人带回一包糖果。那天，盈秀娘在盈秀叔给盈秀包糖果时，忽然从门外哭着跑进门。盈秀叔让出了座位，盈秀也坐到一边，等盈秀娘坐好，抹了抹眼睛，盈秀叔问：我哥在城里的事情……

那个话题太老了。新话题是说他们叔嫂有一腿。

盈秀坐在他们旁边，看着盈秀叔手上烟气慢慢地浮在空中，烟雾里的他，像个塑像。盈秀娘咬牙切齿，把“不可能”三个字嚼碎，从嘴里吐出来时，盈秀被她的眼神吓了一跳——她瞪着盈秀旁边的盈秀叔。

那年，盈秀读中学。盈秀娘给城里爹打电话。电话里是一个女人的声音，她冷冷地说道，他出差去了，一个月回。盈秀娘的兴奋之情减了一半。不晓得说什么，便拿着电话，等里面再说什么。里面也没说什么，沉默一会儿，电话便断了。盈秀娘为此躲到打麦场里哭过。周围除了黑，还是黑。盈秀娘被人抬回家的这个黄昏，对于西楼镇的人来讲，明亮异常。很多人拥塞在盈秀家不大的院子里，大槐树成了伞，还有阳光从叶片间漏过来印在他们好奇的脸上。大家来看热闹，透过窗户往屋里看，都看得见盈秀娘躺在西角的小床上。盈秀在她身边听得清楚，娘闭着眼小口喘气，叫的是爹的名字。

盈秀娘好起来的那天，盈秀蹲在院里浇着一棵花。一只蚂蚁来来回回，从花瓣经过花茎往地面搬运蕊心。正看得入神，忽然身后有人喊：秀！回头见娘好好地站在一片阳光里，脸上铺满从叶间漏过去的光斑。槐树上也一点声音没有。盈秀娘的病与邪风无关，是那天她从打麦场哭完，想到自己认识一个血头。赶在开学的日子到来前，盈秀娘去找了他一次。为了让盈秀叔带着钱上路，盈秀娘前思后想，先将钱包在一个信封里，穿上衣服。盈秀被吵醒时天还不亮。她瞥见娘鬼鬼祟祟地出去了，像院中的树影，摆过围墙，消失在了黎明前的黑暗中。天亮了，盈秀又被声响吵醒。娘夹着那个信封又返了回来。盈秀叔正发愁，他愣在堂屋。盈秀跟盈秀叔问起过爹几次。盈秀叔的情绪每每变坏。然后，盈秀娘站出来，说：你哥好着呢。盈秀叔又说：看不出。盈秀叔越说越不高兴。他是你哥！盈秀娘对着盈秀强调，别听你叔的。很多时候，盈秀叔笑笑的。盈秀很少看他把一对小眼睛瞪圆。在她童年的印象里，盈秀叔像书生。爹和盈秀叔都去城里读过书。

过了一些时候，她跑出门，一下撞在一个陌生男人的怀里。

秀！盈秀看着他把自己抱了起来，从院中走到了堂屋。盈秀娘吓了一跳。她说：回来了。爹点了点头。他回家是为和盈秀娘离婚。盈秀叔则站在盈秀爹娘之间，说：学问学到哪去啦？盈秀娘刚开始站着，后来蹲着啜泣起来。话还是没说。听她说，是我配不上。盈秀叔后来说：我不爱听你这么说。

许多年过去，盈秀一闭眼，眼前还总是会浮现爹为了逼娘，把剪刀刺在娘的大腿上的一幕。血溅而出，黑白的夜晚有了颜色。爹从燃着火的娘的身体上跃过，在盈秀的喊声中头也不回地奔出了院子。后来，人们赶来救火，盈秀娘身上的火灭了，还被大家抬出屋，经过树下。院外的黑暗里什么也看不见。那一晚，槐树遮住星云，盈秀整个夜晚都坐在树下。

盈秀不知道叔口中与爹有关的“狐狸精”是谁，只记得娘的身体在一个月后恢复了，还独自去了城里一趟。那是一个冷清的清晨。盈秀娘回到村里时已是傍晚。盈秀叔和盈秀正焦急地在屋里等着，忽然听见敲门声，跑去开门。就看见盈秀娘站在那片黑暗中。

西楼镇上家家建起新屋。盈秀娘也说，等咱们日子好了……这段时间，盈秀等得有点不耐烦了。从别人的新屋前经过，她总要停下来，多看几眼。终于，等到她家的宅基地批下来，盈秀娘没有立刻高兴，反而犯了愁——她的情绪有点复杂。盈秀家里的钱不够。也是在这时，在城里工作的盈秀叔便从城里拉了两车砖回到村子。

秋风吹来，大槐树上稀疏的枝杈交织，一阵哗哗响。叶子从树顶落下，落在盈秀家新房的屋顶。盈秀家的新屋建起来了。盈秀在邻镇找到了工作。第一天上班出门前，她把门上的锁换了。新锁和新大门泛着耀眼的光束在阳光下跳跃。盈秀好好看了一会大门便骑上自行车走了。傍晚下班，盈秀娘便在院里挡住了她。她们站在树下默默相对，盈秀不知道发生了什么。盈秀娘骂道：我干什么啦？盈秀娘拽上盈秀往门外走去。那把旧锁又挂在了那里。新锁呢？盈秀问。盈秀娘生气地看着门口的小河，水面反射着淡淡的光。我喂鱼啦！不容盈秀说什么，她又说：谁准你换的？盈秀愣住了。盈秀缓过来问什么。不容盈秀说什么，她又说：为什么换锁？新房子、旧锁挺难看的。盈秀反问，不对吗？不对！盈秀娘没有说为什么不对。盈秀看着娘走进院子时，月亮像一个钩子，还有淡淡的月光透过树叶的缝隙，在地上淌成了大火那天的氛围。这也是盈秀娘的泪水被火烧干了之后，第一次流下来。这锁，他有钥匙……盈秀娘哽咽着。

盈秀不明白那么小的镇子为什么要有一条长长的街。有时，骑自行车从街上经过，她还会停下来，看一看。她在想，那一头什么时候会走过来一个人，把新门前的锈锁打开，即使趁娘没注意再锁上也好。盈秀摇头读诗的模样现在盈秀娘很少见到了。盈秀读：无言独上西楼，月如钩，寂寞梧桐深院锁清秋。剪不断，理还乱，是离愁。

盈秀娘会问盈秀“上西楼”怎么说来着？后来，只要见盈秀下班回来，就像当年那样，学着她摇起头，背诵起来。你听听对不对，无言——独上——西楼——寂寞梧桐锁清秋。

一个老人突然一字不差地背诵这首词很奇怪。盈秀娘背诵着这首词的样子又让女儿很喜欢。她几乎忘记这些年发生的事情——盈秀娘去找了退休的语文老师一趟。他很老了，盈秀很久没有见过他了。毕业那年，这个老师退了休。盈秀娘打听了好几个人才找到他……盈秀越听越觉得奇怪。后来，这个疑问没有经过盈秀提问，倒是盈秀娘自己无意中说了起来。

盈秀走在深秋时节的这条长街上，你娘和盈秀叔去城里了吗？他们看她在街上这样说。盈秀听出他们的意思，多少年了，还说旧话题。他们是去了城里，她也应该去，盈秀叔说得对。现在，她还没去，只是站到了桥上，那封电报拿在她手上。

第二个故事

剩下的印象发生在初春的黄昏，它降临在一条路上。这条路的另一头是西楼镇，从公路开始修建，每天清晨，或者像这样的黄昏，从这路过，去上班，或者下工而归的人，都会与施工队的人员在冰冷的寒风中相遇。穿呢大衣的女人在前，手提着包。冷风刀片一样划过，不出所料地，在系得紧紧的扣子上抹了一下。她衣服穿得不少，她把大衣领口微露出了点红色的毛衣边儿。女人身边是个上了年纪的男人，紧紧跟着，看样子是想拽住她。但女人很明显是有意识不想与后者并肩而行，这就使得男人不得不以每秒多少种的速度变换着步调。你知道这样显得多么狼狈。他们身后，两三步远的地方，沿我手指的方向——看得见那个戴眼镜的瘦少年正看着他俩。男人的嘴里终于传出话来，他说话时，年轻女人也并没有停下脚步。

三个人逆光走来。他们讨论对方到底是不是认准要闯入他们的这个家！现在，做个结束不也挺好的？虽有些不甘，但她还是这样走着，把这问题想了一遍又一遍。头顶几缕炊烟从树林上飘过。当越来越多的烟聚集起来，是否能像眼下的天空一般，呈现出一片欲雨的灰蒙？又要下雨了。西经路的泥泞看来是没完没了。女人没有说话，只甩了甩头发，又向前，快步走了去。男人没有迟疑，和少年在极短的时间内，恢复了我们最初看到的队形。男人在年轻女人身后，两三步远的地方。少年讨厌和他一起。所以，要离开段距离。男人在走着，他沉默一会儿，忽然来了一个纵身，从少年眼前的泥泞的公路，跳进了路边田地里。他站在田里喊：过来！

乌云大量淤积，看上去天空越来越灰。这样的天气最好还是待在家里，少年也是第一次在这种时候跑出来，看看天，连夕阳西下的迹象都被这些糟糕的乌云掩盖了起来。少年走着想，这是春天？他在男人身后。而年轻女人走在两三米远的地方。靠近一点多好，至少可以看清年轻女人的侧脸，看见她可能红着的眼圈，听见她可能稍显焦急的气息。过西经路中间那条横跨道路的小河时，年轻女人猛地停下，向桥下的流水看了看。少年几乎和她同时停下来，男人由于走在前，半天才注意到他们已停下。他看见年轻女人正用手摸着自己的耳垂。看着她，他俩都像在想如何开这口。什么耳坠？那一个很古老的葡萄形状的耳坠。

当大家被沉默，像这鬼天气一样笼罩着，西经路上有一个行人骑着一辆二八自行车打着铃声匆匆驶过。行至他们面前时，那人整个被车轮扬起的一团水雾挡住，待水雾散去，他人也到了很远的地方。少年看了看男人，男人看了看女人，女人则把视线引向远处，看了看刚才的人。那人没看他们一眼，说过去还不是就过去了，她想着，把视线收回到田间路上来。其实，那人看见了他们，只是在很远的地方，可以说他们三个人出现在行人的恍然回首中。他看见一个年轻女人转身向反方向走去。一个男人的后背扭动了几下，他好像还对少年，翕动了几下嘴巴。当行人第二次回头，少年已追了上去。行人的视线不得不在扑空后，经过一道沟，跃到泥泞不堪的西经路上。要下雨了，还在路上不紧不慢地走着。当行人第三次回头，他还没有完全回过头来，他的自行车已沿西经路刨得坑坑洼洼的一条水沟冲了下去。

少年偷偷跟在年轻女人的后面。她如同走上西经路时，一脸冷漠，嘴上没有言语，脚下是悄无声息的向前向前，还一边走一边低头四顾。不同的是步子变得不急不徐，身上呢大衣的下摆，在初春的寒气中，微微掀起。你注意到没有，他们此刻的队伍是对调过来的。这条未完成的公路旁是绿色的麦苗。

风中传来了声音。别怪你爸。少年又点头。然后，在路上开始了寻找。少年想看看雨还有多远，却见到了他爸正在绿色的麦苗里点烟。烟气有风时，为什么丝毫不乱地飞上天去？他恢复了本来的他，本来的他应该是每天不发一言的，在西经路东面的门前，就像现在这样，用同样的表情，从清晨到黄昏，抽他的烟。他不坏，女人说，可能有的时懦弱些，不是坏。少年站在旁边听着，慢慢地低下头，鞋上厚厚的泥越来越沉。又问：听着吗？年轻女人微眯起眼，看了看少年，就像初次见面时，少年很少感到这种温柔。少年还记得当初也是他抬起头，风吹起了她的长发。如今，麦苗上的风，在他面前，把她的长发又一次掀起来而已。泥水淌在西经路上。微弱的光照在上面。鞋上的泥，越发重了。即使，强烈的阳光也不能烘干它们，它们顽固得像个人，少年低头研究着鞋上的泥。以男人的视力能看见年轻女人慢慢走向少年，挽起他胳膊这一系列举动。她以前总这样挽着他儿子。只有在这时，童年才是温暖的。

他们回到出发地，雨还没有下起来。西经路最东面是一个院子，院前一片卖树苗用的树林。你知道的，很快会随着马路的建成而消失。他低头的模样，并不影响他用余光偷看一眼身边的年轻女人，他叫她阿姨，在阿姨冷淡的脸上，没有了往日的温情，脚步急促，眉角轻扬，鼻子因呼吸而微微鼓动着。年轻女人的确是笑着从门口走进去的。而少年靠在了门口。年轻女人指指耳朵。一边耳坠还在闪烁着，另一边没有了。又说，你们都看见没有？又答，你找！

我不想回来。我更不想看到那个连兔子都不如的女人。

少年从屋外进来时，奶奶见了他。于是，他被奶奶按在了椅子上。她怎么又回来？这是少年在他们面前，说的第一句话。奶奶按着少年说：那是你亲妈！说话看了眼炕上，坐着的那个曾和那男人生活了十几年，却为了钱跟别人跑了八年的女人，小声念：怎么有脸回来……那女人不知道是没听见，还是不想听到。仍在炕上找着。你看着点，路没修好，不好走。奶奶小声嘱咐少年。少年点头，要不是修路补贴下来，绝对看不见这个女人。她走时，少年才六岁。

女人出现在他的眼前，她伏在炕上十分仔细地寻找。故事是这样的，她找到了。她喊了一声，喊声似乎是不由自主发出来的，甚至连她自己都吓了一跳。从少年的角度，他看到了屋里其他人，在喊声中，一同看向那葡萄形状的耳坠。真掉这里了，年轻女人抢在手里。看那东西——可能摔坏了，不像记忆中的那个好看。年轻女人把步伐调整地相当迅速。手上轻轻转动着那坏了的耳坠。而包在搭肩上，在那空空地晃动。天色这一次是真的暗了。路旁的树木，在风中作响，所剩无几的光线透过树林均匀地勾勒出了这条远去的乡间路瘦削的轮廓。一片田地不久后就将被一条公路穿过。少年只想到西经路边上站着抽烟的男人，只想年轻女人嫁给他时怎样对待他们，同时也考虑着自己对他的看法。女人拍了拍少年肩膀问：你说这路还能修好吗？少年没有说话。他只是向四处看了看。

开始，住得近的老乡也会像他似的透过窗口，好奇地顺施工的公路往远看去。现在，大家都不再关心它，谁都知道路两头都将变出一座座新城，雨中的村落最好的归宿，仅是一个个的老过客。

有故事的人

STORY. 10

—

有故事的人拥有相似的模样，而他们的故事却不尽相同。

现在，推门走进办公室的这个人应该就是这么个模样的人。平时那个时间几乎就是我一个人在办公室翻报纸的时间。于是，我问他，有事？他说，没事，没事。他还站在那里不动。虽然，我知道他一定有事，但我还是问，有事？他方动了动嘴说，也没什么事，就来找一个人。

找人就是一件事了，虽然我知道这点，但我什么也没说。我从灰色的钢厂工作服、黑色条绒布鞋、胳肢窝里夹着一个老式公文包的外观，判断着他要找的人是谁。他站在办公室门口不动，脚下踩着自己的影子。我在信访办一年多，工作无非是听别人带着哭腔讲述自己的故事。心想今天来的也无非是一个受了谁欺负的老乡吧。

于是，给他在饮水机接了杯水，又在他的对面坐下——双方在这个时候都期待着发生什么似的。老人喝下半杯水，吭吭哧哧地对我说：我找的人是老羊逼他家老二。他看我没听懂自己的话，恍然大悟似的“喔”了一声：外号，是外号。我找杨树林，杨同志……而他叫马建明。得知他家在西郊的马家庄，离城里不是很远的一个村庄。知道这个地方的原因，来自于那座用垃圾堆成的小山。整个城市的生活垃圾，夜以继日地全都运去那里。完全可以说，我们生活的清洁是用那里的污染换来的，就在上个月，我接待了几户上访水源污染的马家庄村民。所以，他说起马家庄的时候，我连说知道。您老，坐着等。

杨树林是我们单位的外事，我们在一个办公室，负责联系政府与城里各个单位之间的一些猫腻儿。或者，下农村处理一些乡间纠纷事务什么的。马建明说自己是杨树林他二舅。于是，我无聊就给小杨打手机，打扰打扰。听得出在电话里，杨树林记不起自己还有个二舅。

二

我将半掩着的窗帘拉开，从抽屉里拿出一沓报纸。我没理坐在边上的马建明。办公室像往日的下午一样安静，偶尔传来“咕噜咕噜”往喉咙里灌水的声音。但我能感觉到他瞅了我几次，想搭话，又出于什么原因放弃了。手头的报纸上每天都在报导一些车祸、奸杀、创建卫生城号召、公安大行动之类的事情。我总是很奇怪，为什么这个世界没有一天与我们这些公务员的一天一样无所事事地过去呢？以前，我关注的财经版，也越来越没啥好看的，证券版更是心疼，没钱投资的时候，反倒是熊得一塌糊涂。这年头穷得活穷死了！心里说着这句话，放下报纸，我递给马建明一支烟。自己也点上了，再把洋火丢给他。黝黑的脸上仿佛能看见清晰的红色：瞧您这是……点燃后深吸一口，嘿嘿笑了声问道：同志贵姓？我说自己姓赵。向他做拱手的姿势。大姓呀！他深深的皱纹渐渐抖开了。又问：赵同志，咱这儿别的不管？我说：基本上主要接待信访群众。是！马建明应声。这声音我感觉是那么意味深长。再问：文物哪个部门管？文物？经常去古玩逛，听见这个词，我好奇心一下就来了。马建明凑近了，说自己有个清朝的盘子。

我一想，他到这找外甥的目的在这里。

自各正琢磨着有意思的空儿，杨树林走了进来，他们见面后，几声客套的言语让我听出隔代的生分。我于是以有事为由，独自走到隔壁找人聊天。大约半小时，杨树林猛地露出头，跟我说出去一趟。我回到一个人的安静。办公室的时间，已过下午两点，流淌得很快。坐在桌子前整理文件，攒了攒夹在腋下，送到了文秘刘小晴那儿。姑娘爱开玩笑。这次，瞄准我的新衬衫，赵主任你这件衣服不错。我回她：小蜜送的。见我也不太严肃，她点了点头。行，那你看着给买一件吧？我说完，转身走出了那间充满了女人香味的房间。甚至，到了走廊转弯的地方，还听见沿着阳光泼过来的刘小晴，如笛声婉转的声音：什么啊主任……我的平淡无聊的生活靠这些不疼不痒的玩笑来支撑。杨树林事儿办完了，已经坐在办公室里开始翻报纸。他看见我来了：赵哥，你猜二舅啥事儿？我和小杨的关系不错，他单身汉一个，宿舍在我家隔壁。我并没提进门时马建明跟我讲的文物的事。见我不吭声，他便饶有兴趣地讲开了：捡到了文物！喔？我微笑：大新闻啊！他说：不是文物。

然后，我也没什么可说的。下班后，杨树林遇上我，非拉我去喝酒。平时总是这样。酒桌上，我问他：你爸有外号？从他的眼中，我看到了一种诧异的神色。要不是今天有人到单位找外甥，话题不一定是什么。他指了指自己吃着油炸豆腐的嘴，因为这张嘴，我他娘的也随他了。他立刻在脸上做出了那种表情。我们一边喝酒，一边扯到足球联赛，说句真格的，他吧唧着的那张嘴的形状，真是越看越像。

三

妻子赵琳琳在晚报当记者。我们是大学同学，毕业后我们是夫妻。当年追她没费什么劲儿，平平淡淡的这层关系就从革命友谊升华了。她老家是南方的，随我回北方小城，一直让我觉得欠她，好在她没费吹灰之力就进了晚报社，做起外行看起来风光的媒体工作。其实，她告诉我，无非写小新闻，群众反映之类的烂事，不是什么高工资的工作，她干得起劲，毕竟大学四年学的是新闻专业。以至于跟我说话的时候，总是两眼泛光。我觉得她有一种信心，就是指不定哪天什么大事就等着她去报道。然后，她就可以申请提干了。女人喜欢家长里短，还是别有什么大事发生好。我开玩笑似的这样评价她。这时，总是给我一顿狠掐，夫妻间这就算了。受不了的是一个新闻工作者的那种瞧不起你的眼神。晚上睡觉，除了周末例行夫妻生活，平日都是工作交流。一般来说，她说很多，时间是同一块，自然我讲的少。这天赶上周末，吃完晚饭，小琳就进厨房刷碗，我在看电视。按惯例，我猜赵琳琳女士一定要报什么新闻给我听了，她从上学时就是这样，有兴奋的事儿，开讲前总是憋着，一声不吭，你要问她了，她反而跟你装傻。好歹这么多年了，一般遇到这种情况，索性不理会，让她自个儿酝酿去，她总有憋不住的时候。我上个星期跟她去参加同学聚会的路上，跟她开过这样的玩笑，她当着司机的面给了我一句：你当那是屁呀？你们这些公务员！我说：得，我不跟你辩论，你是说了，不过三天之前我早看出来了。

新闻联播结束，她主动坐在我身边。我还没到该“转移”的时候呢，不是还有天气预报吗？我向她打着马虎眼。谁跟你抢电视了？小琳说，有大事跟你说。你不会说拉登找到了吧？我说。拉登我没找到，我觉得一个好新闻送上门了。这次，她连必看的连续剧都放弃了，匆匆催我上床说事。我们躺在床上静默了一会儿，见她没动静，我起身靠在床头看起了报纸，小琳夺过报纸，满脸神秘兴奋地对我说：老公，知道我今天遇到什么事了？我揽过她的肩膀，问：啥事让我们赵女士撞上了？

一个老头儿来我社说捡到文物一件，要求登报寻找失主……她的话极其简练，编辑新闻工作的职业病就在这里，不愿浪费一个字。这新闻我负责的，我还为这老头儿做了专访，这可是机会。小琳的两眼又放出那种光，就是这种眼神让我很讨厌。虽然，她讲话时脸红得招人爱。文物是大街上想捡就捡的？我没上心的一问，这人比拉登还厉害。她说那个人叫马建明，好像是住在城郊，是个收破烂的。这个人立刻与我那天下午找杨树林的人对应起来。我立刻精神起来，大致描述了一番马建明的外貌特征，小琳拍了一下大腿，忙说是，就是他，你也认得？

我把马建明怎么来单位找杨树林，怎么是个假货的细情儿一五一十地说了，还特意加上了有人亲眼看过，说是赝品。小琳沉默了，说调查清楚再说。无非是老头儿捡个瓷器非当是真的，想登报露个脸儿什么的。没什么大不了。这样想了想也对，我也就没往心里去。扭头看看夫人白皙的身体，便一把将她扑倒在床上，拉下了她的格子睡衣，轻声说：该做作业了吧？她推了我一下，那一刻我感觉她还和上学时那样，像一个大胆的姑娘。我当年就喜欢这一点，多年下来竟然把天真的少女形象，扮得越来越自然了。是不是真的？她嘀咕着钻进了我的怀里。

四

周一上班，我跟坐在对面桌的杨树林，说起他二舅的这桩子事。他一拍后脑勺：二舅找报社去了？我没搭腔，人家的事儿，一个大男人还是少说三道四的。上午十点多，杨树林接紧急任务出门。我在办公室里，接待上星期约的上访群众，听他们的故事。这是我的职责，我们这个信访办人员不多，管的却是整个城市的破烂事儿：下水道堵了、邻里纠纷、下岗工资拿不到了、某机关办事不力搞“皮球”接待了，甚至具体到谁家闺女跟谁家小子跑了……一个朋友戏称我们这儿是“城市居委会”，小琳的许多小新闻是由她老公这儿出去的。

下午，来了一个短促的电话。小琳说反映了马建明的事，主任让她认真地调查一下。不管文物是不是真的，都是一个好素材。那你注意点儿安全，马家庄挺偏僻的，我嘱咐了她几句。小琳也没什么别的话，就是单纯地笑笑。我还说咱们的女一号记者要冲向新闻第一线了。她发出一声：向他二舅出发！挂了电话。

眼看着我的这个下午所剩无几，只剩下喝杯水，再伏桌休息一会儿，眼睛盯着办公室墙上的表针。今天和往日不同的是马建明的事反复出现在脑中。这个办公室一到这个时间差不多就剩下自己了。除了想想一些有意思的事儿，你说还能怎样？于是，那个穿着蓝色工作服，站在办公室门外，向我挤眼，并且认真地说捡到了文物的老人，突然给了自己一个想法：难道这一切都是真的？后来又对自己说，什么真的假的。此刻，推门进来的杨树林，桌边抄起一个杯子，吁吁地对我说：我说哥，刚在路上想了这事儿，万一是真的呢，咱下班再看看去？事情这一刻好像有了延续。我应下来。快下班的时候，又给小琳发传呼，对寻呼台的小姐说请留言，有事下班晚回家。出了大院的门，我和杨树林就边聊边进了一家饭馆，点了两碗打卤面，席间我们都没说话，只顾抹着发丝上流下来的汗水。这顿吃得很饱，骑车向马建明家去的一路也感觉挺有劲儿的。

下乡小道上除了蝉鸣，就是车道沟钓鱼老人的吸气声。上坡下坡好几次，我们在快到国丰区的地方停下。一座高高的山，这是常山的第三座山？杨树林说真是鼎鼎大名，这些年这地方一直出现在相关污染的上访文件里，我无奈地说：是啊，有名！

五

垃圾山脚下的屋子有着极小的窗户，门边堆了几个大鱼鳞袋，满满登登地露出废纸和塑料瓶。杨树林喊：二舅！足有半分钟门开了，马建明背着光，可能是眼神不好，认了半天。窗户对着垃圾上的上车道，气味难闻。我挪步看了看，遍地旧家具。一个黑色的破写字台上放着那天我见的那个老式的公文包。我个子高，站在屋里，离我头不远的屋顶，充满了一种烧焦的味道，檩空儿之间盘旋着一股浓浓的烟气。我们来之前，马建明也许正用大灶烧饭。他让我们坐下，自己拿了碗，舀了勺稀饭，我看得见上面铺着些青菜叶，也没问我们吃了没，就自个儿吸溜吸溜地划饭，没等半根烟的时间就划完了。马建明擦擦嘴，接过我递去的烟。

杨树林说了一些问候二舅身体一类的话。显然，他们对这些驾轻就熟，随随便便地应付两声。我碰了碰杨树林，他直奔主题。马建明找东西时，我问，今天有记者来采访？他有些脸红地说：晚报的同志问了经过，瞧了东西。

你们看！从床下的皮箱里，他拿出一个布包，瓷盘被洗得干净如新，釉色红润倒是真的，造型别致，说着他向我们指了指盘底“大清道光年制”的字样。我和杨树林对望一眼，仔细看了，好像是油漆，不像火漆。我看了一会儿，将盘子给马建明，让他小心包好，我们一直等着它回到原处为止才说话。

马建明说是从这垃圾山上翻出来的。这里还有宝贝呀？我笑了笑。他还说，谁没在意这个，我读过几年书，认得那几个字儿。杨树林咽了咽唾沫：二舅，你有没有想过这万一是假的，我是说，万一。马建明半晌无语，我一不图钱，二不图名的，就是捐给国家。

突然，电话响起。一看是家里打来的，我说二舅，这不，我们还有事儿，拉着小杨就告辞了。

六

路上，我没搭理杨树林，他也没说话。我上楼要进家门时，他还问我：是真的？杨树林又肯定地说：不会，太假了。一边进了门，小琳正斜在沙发上看着连续剧，讨厌的哭哭笑笑的声音又一次在我的耳畔飘过。我看见她美丽的背影前俯后仰的，断定又有新闻要报了。没等我走近，她就说话了，今天有事啊？于是，我跟她说了今天的事儿和她差不多，和杨树林去了一趟马建明那儿。小琳伸伸懒腰随便应了声，你俩也太没眼力了吧？洗脚的时候，她在床边说，她今天上马建明家去了，还给瓷盘拍了照，回来拿给博物馆的人。话到此处，我听得出有些愤恨的成分，仿佛有人骗了她。很久以前和她吵架，我说过她对好素材的热情不亚于对我，气话归气话，不过还是有一定根据的。好不容易逮个有价值的新闻，搞了半天是假的。

这事给谁都没着没落的。我劝她有故事的人多的是。这世界没钱的多，没故事的人少。跑新闻哪能次次线索都是有价值的，你没看还有报假消息的呢，千山万水地追线索过去，发现那里不是窑子馆，而是游乐园。你说气不气。差不多。她抿着嘴看着我，我就问她了，什么差不多？她加重语气：不过是一帮大人打飞机，一帮孩子打飞机的区别而已。

七

没过几天，我在无意中翻了一下晚报看到一篇报道，以“捡宝心不正，老汉假充真”为标题，详细说了一个老者捡到一个瓷盘之后大肆宣扬的故事。最后，还给下了定论，给社会造成极坏的影响。我操他娘的！激动时无疑这句话，最反映我的内心。我有这个信心，以我家小琳的为人，不大会写出这样失实的报道。立刻，拨电话过去晚报编辑室，电话占线，打小琳手机，她人在外面，我听不清她在说什么。

忽然，门“咚”地开了，杨树林把报纸“啪”地往我桌上一拍。小杨有些不耐烦地说：太离谱了，完后像是歇了会儿，他才说：这该不是咱嫂子的杰作吧？不一定，我刚放下电话。我说。二舅那儿看看去。杨树林丢下话，推门走出办公室。

下午，妻子的电话打来了，上来就说报道不是她写的，主任让一个实习生写的。她还说，努力争取了，说不实报道是不行的，没用，主任说调查过马建明，他不单来报社，连博物馆也去了，人家都说了是假的，他不信，还到处说，你知道他联系人要卖掉那个“文物”呢！我不敢相信，马建明不会，他不像这样的人。小琳在电话那头感叹：是啊，我瞧也是，这年头保不齐，咱还是别管！

小杨那头儿把我刚才的话对他说好了。本来，想向杨树林说这事儿。杨树林的手机，却怎么也不通，想来是在马建明家，那地方信号不好。想想，搁下话茬儿。等等他，说不定他还会在下班前赶回来。果不其然，下班前半小时，杨树林回来了。我跟他讲了小琳在电话里的话，问了问他二舅的情况。他摇头：这几天可热闹了！不断有人找他，除了二道贩子，还有公安局的。我今儿去，马建明跟我说瓷盘埋了，弄得他见人就躲，不再敢跟人说话了。公安找了几次，也就不了了之。

八

信访办开始提干，晚报社也操持着第一批职工分房，我迎来了三年工作之后的焦头烂额。听说，杨树林新交了女友，整天不见人影，出去约会，我也没空再和他喝酒去了。新房钥匙到手不久，我又得去买木质地板。那天去政府开会途中，我抽了个空跑了趟城郊的装饰材料市场。讨价还价热火朝天之际，一个熟悉的身影从我的身旁一闪而过。

马建明正在拖一叠厚厚的纸箱。灰色的钢厂工作服，黑色条绒布鞋，胳肢窝里夹了一个老式公文包。他站在门口，踩着留在地板上长长的影子。

走上前喊了一声：二舅。

马建明站起来，认半天。我递给他一支烟，他恍然大悟。我帮他把压扁的纸箱拖到了角落。马建明坐下，吸烟，又问我杨树林可还好？我说，好着呢，都谈对象了。问他是小杨父亲家，还是母亲家的二舅。马建明说是他爸爸那头的，还说老羊逼人不错，他又说比自个儿还实在。老羊逼，紧接着他纠正是杨树林他爸放了一辈子羊。

上次的事，他看看我低头说：我还有话没说。马建明拉住我的衣袖，直视我，说：会不会，看错了？

既然鉴定过了，您就放心吧！我看着马建明垂下了手，但是嘴上一个劲儿说：肯定有人会识货。继续搭话没意思，我随便找了个理由告别了他。最不是味道的是临了，马建明弓着腰，拜托我，一定替他留心，再遇见懂的人赶紧通知他。

九

妻子小琳问过我："好好一个人因为一个假盘子都快精神错乱了，认死理儿没啥好处。"

我没法回答，她又问："马建明的生活现在归谁管啊？"

我说："家里有儿有女，好像村委会按月有补助，可看他生活这么难不像有人贴补。"

小琳来了前所未有的精神："你说，马建明会不会是因为复杂的家庭矛盾才以捡破烂为生的？有难言之苦？又或者，年轻时受过什么迫害？"

晚报记者小琳同志还是有觉悟的。她坐在一个塑料的小马扎上，一边洗脚，一边望着沙发上的我，表了一个态："马建明是个有故事的人。赶明儿，我还是得给主任说，这绝对值得深入采访，说不定能挖到什么社会问题！"

谁没有故事？妻子说得有理，一个认死理儿的人的确是有故事的。同理可得，马建明离上新闻的日子不远了。我躺在布艺沙发上，严肃地，下了这个结论。

三人行，必有传奇

STORY. 11

一

这个人的手上攥着一根竹竿，竹竿在石子路上敲出的当当声回回比他到我们马州要早一些。盲客大名叫永昶，还有很多人记得他说的书。他算不得正经艺人，到老了还在这片地方游荡，给人解闷，挣点碎钱度日。江湖人给他们说书这一行叫“使短家伙”的——指竹板、弦子、醒木、竹竿等。他就是这样。人们听他说书，在周围不时发出“嗯啊哈是”。盲客一开口准是：“来啦！那谁咋没来？”起初还以为，走江湖的人随意应承。一天上午，天不热，盲客还是这样晚于他的当当声来到村子。他坐在那棵大柳树下说书。

“三德干啥去啦？咋还不来？”

有人说：“一会儿来。你先说吧。”

盲客开始说，说了一会儿，到了新内容，就不说了。

“咋不说了呢？快说啊。”

盲客坐在大柳树投下的影子里不说话。天一层亮过一层。末了，等来了那人。那人小步跑着，往这边来。他才开说，顾自叨叨：“也不晓得干啥哩！”给旁人看去，笑他好像是还明着眼。一个人问：“你猜他干啥去啦？”“那不好说。”盲客眼角是皱的。说完，扯着脸皮，笑一阵，笑声不是哈哈，而是嘿嘿，像在揉一捆干玉米叶。有人开玩笑，对着那人小声说：“你刚从女人被窝出来吧？”盲客好像很了解他似的：“你这人哪都好，就是怕女人。”他那天是下午走的。那人回家把话憋到半夜，躺在炕上，女人又去抱他。他推开女人四处巡视，小声说：“咦——上午盲客说我……”

盲客永昶是六岁害了一场病瞎的。本来，以为醒不了，可一个半夜突然就醒了，醒后第一声是对着墙壁大喊：“娘！那儿有人！”永昶娘吓了一跳，碰他一下，他“啊”地叫一声，也不回头看她。后来，发现永昶的眼是暗的，窗外天色也是暗的。

“娘！”

“在这……永昶。”永昶娘抹眼泪。

永昶爹也抹眼泪：“永昶，爹在，也在这。”

名字取得不好。家人愣在那儿，本来取这名字是因为孩子出生眼睛奇亮无比，怎么会想到有这一天。前思后想，一夜都在近了远了地看孩子的那双大眼。永昶始终眯着眼，有时问一句：“天咋还不亮啊？”

……

老盲客一直是圆脸盘。走街串巷，竹竿当腿使。圆脸走街串巷，晒得很黑。两眼陷进黑皮肤，在人堆时偶尔会蹦一点儿淡的反光——永昶娘没见到他一身破烂的样子；永昶爹趁着家里有点财力，赶紧给孩子找出路。最初，他嫌三弦不好听！老盲客给赔笑：“你小子要想以后……”说到这就听到一阵“呜呜”，他娘在门后抹眼泪。

从前，永昶家里有个果园。东西靠山坡两溜植有石榴树，后来树之间“走亲戚”，园子整个就成了它们的天下，每年给他们创收不少钱。永昶还记得石榴挂上树，再倒映在他没瞎的眼里是小红灯笼。六岁以后永昶再没去过园子。他娘病的那几年，他爹到处问病。施肥、剪枝，没工夫做。石榴没给好好长，一年半就荒了。他爹就在园子里转起了圈。有人过路见了，问他做个啥？他就说，转转。那人日头平西，回来又看见他。“我转转，转转。”他自个儿说。林子在风中响。他爹踩着地上的影转到林子深处。那人也知道他心里走着事情，先转转吧。就对他弯曲下去的背影，叹气。时运不济，园子也让爹卖了（低价，那时没人给得出好价钱）。娘在炕上看着桌上的钱，和低头吸烟的他爹，抹眼泪。到死，没跟他爹说上一句。

永昶的记忆是清楚的。没日没夜，病倒三天，就三天，娘没了。没日没夜，又半年零三天，爹也没了。一场葬礼，一个小盲孩送走了世上最亲的爹娘。

现在，盲客手上的三弦是师傅传的。“身儿”跟他胳膊似的，黝亮里渗出一股暗，像有些年号，传说为黑檀制。他说，这不用漆。又说，时间一久，汗也是漆了，手不知在其上摩挲几万遍，来来去去，吱呀吱嘎。也有一说，盲客手上的三弦不为黑檀制，是上等云杉！流畅纹理便是证据。两方（看上去都是明事之人）起了争执，后来吼起了嗓子，彼此拿眼狠狠盯着。一时达不到共识，人便迎着黄昏拂袖而去。大伙散了。第二天，接着扯。这份争执弄得马州人都对盲客的弦子动了好奇心。后来，两人扯够了三弦的木料，又扯到三根弦儿。非说那是虾线儿拧成。大伙有的知道“虾线儿”，有的不知道。知道的就给不知道的说：“吃过虾子？”不知道的，听出了几分瞧不起的意思：“见过虾子游！”

知道的：“虾子背上有根黑线儿……”

“扯！”不知道的更不信。

其实，知道的，不知道。

虾线儿是一种细线，产地盛产虾而得名“虾线”。在石榴河下游。河虾个个活泼、机灵，拿线“拴”。线结实，细致，耐磨。村子叫虾子村，虾子村人家家户户拧线儿往外销。最早一个老盲客来到虾子村，虾子村的“拴”虾女追着他听书。一个礼拜，说书人却没挣几个钱。走时，身后跟了个挎篮的女子。俩人沿河走着走着，就远了。女子一路，拧绳拴虾。到了晚上，盲客趁夜静，给她拉弦子听。女子听得一心感动。

不知道的，也知道这个悲伤的传说。

我们马州的盲客都说书。说书到底算不算买卖，也不好说。总之，能活人。她从唱大鼓书演化而来，分支也很多。到了马州，似乎变了味。来听的也都是村民，有时也不给钱，就给口饭。也很少有“托杵”的徒弟（向听说的人要钱）。

马州的说书人都是自个儿嘴上的活儿，找一块地方就可以张嘴干活。没有上面传下来的很多讲究，与茶馆、书馆不是一档子事。盲客不能劳作了才说书。所以，说书是迫不得已，没有自愿下这“海”的。这也与别处不同，据说清末光宣时候，听书的都是八旗子弟，衣食无忧。听几年记下几套书，赶上时局动荡，投个门户，拜个师傅，靠这个活命。这时候，“托杵”的徒弟越来越少了。

永昶就是老盲客的“托杵”徒弟。

盲客的师傅就是传说中的盲客。正好打从马州路过，永昶爹拿了礼物，带着孩子登门拜师，可永昶不想学弦子。老盲客一进他们院子，他就哭。“我觉得你们日子不难，孩子不爱学就算了吧？进来时，就觉得这大院子快长草了。”老盲客听得烦时，就站在院子里。“这年月啥也不好做，这孩子的眼看不见了，他娘的心比这院子更荒。”他爹看老盲客站在院子里，也追了出去。

“您给这命苦的孩子一条活路吧！”几句话说动了老盲客。

后来，老盲客一家带永昶走了。到哪说哪，让他听着。有人就问：“这是您徒弟？”老盲客一笑：“要问是不是，贵人赠银子。”

师母扯了一下永昶衣襟，他赶紧端起笸箩，顺着师傅的声音，蹭过去收赏钱。

光脚上机灵是不够的，盲客说还得耳朵机灵，做徒弟就是跟着师傅一场一场的“听活儿”。很多事教不了，成本大套，如丑官儿（《施公案》）、黄脸（《隋唐传》）、大黑脸（《包公案》）、小黑脸（《小武义》）、浑水子（《于公案》）、丘山（《精忠传》）、黄杨儿（《三侠剑》）……永昶听得多了，就好好记。

“大黑脸——是哪一出？”

“别老一惊一乍的！”师母摸着永昶的头。

傍晚收场，路上老盲客经常突然来这么一句。永昶立即呆住不动，达到不用过脑子才行，老盲客眼前这孩子还差得远呢。每次问到“串花”倒是没记拧过。

一天，永昶说：“师傅，我能说《济公（传）》了。”

因为，他们很像。这是老盲客从他师傅那里学来的，到了马州有的人就不爱听，所以，他就说一些民间故事，好像发生在跟前，其实也是把说书路上听来的闲言碎语，该连的连上，该改的改掉，该发挥的发挥……这形成了我们马州盲客独有的手艺，三弦伴奏着说这些事和成本大套地说书，不是一个味。来听书的人就有了爱听和不爱听。

老盲客嘱咐永昶，说书虽然是江湖小道，年代不同，变了许多门路，该有的规矩还是要有。就说一个说书人在马州活命，次次开场，手板、脚板，一样不能落下。落下一次没事，落下两次你从心里就懈怠了这件事，讲出去的人物就不让人觉得有“精神”了。老盲客临行的前夜，从永昶家把饭吃完，不说话，坐着不动。永昶爹就问：“他师傅有话？”老盲客对他们说：“说书能活人，活人的规矩你将来走江湖更得记准了。”

“打脚板”是表示占了贵方宝地，“手板”寓意不动手接钱。捆扎脚手板（木制，手板护手掌，手指露在外）对盲人来说显得麻烦。盲客都得仗着一个感觉捆扎。永昶没感觉了，就拼了命想师傅的声音（他不太记得老头儿说了啥，记得他不爱正经说话，只有跟师母，或给人说书时才好好说话）。捆好了，手拨三弦调，先校音。吱嘎一声，不对，再拧。吱嘎——吱嘎又两声。外人听着，差不多。说书人心里有个基调。调好了，开口唱，故事在词里走着，一会儿一个高坎儿，一会儿一个趔趄。人随调走，调随人停。那些故事里的“人”和听者越来越熟。盲客张嘴，它们就知道谁是谁了，关系不会乱。每个盲客来一处地方说一回书的时间都是固定的。上回书说到哪里，到了此处，这回书接到哪里——这就是盲客们的记忆，也是技艺。

马州的盲客真是越来越少，“永昶”这个没瞎时候用的名字没人提，也就被忘了。我们就叫他盲客吧。

董家门口有一棵大柳树，盲客爱在那里说“明地书”。董家在街心，不远就到了街口。天亮到麻黑，一圈闲人，听他一整天地说，一整天的弦响。每次，盲客来到马州这村子，都是竹竿往老董家门边的石上一斜。盲客觉得，周围的动静聚集得差不多了，再按规矩，一步一步……他为村子带来了生气——有个老头儿病了很久，一日将儿子、儿媳妇唤来床边交代后事，对他们说：“你娘死得早，我伶仃一辈子……那年河边遇上的美女子……我辜负了她……不多说啦……我的事要简简单单的，能多快多快……”老头儿说完，当夜就去世了。几位亲眷吊唁之后，听儿子的话，风风火火地下葬。出殡是在一个下午，飘细雨的下午，有点小风，棺材即将入土时，下棺的几个人一个踉跄，三三两两喊着“啊”跌在了一旁。不料，棺材裂开。众人一愣，这里面竟然——是空的！

盲客的师傅老盲客在虾子村说过一回这个老头儿。盲客把老段子又说一遍。乡野之地讲七侠、五义、三国、水浒倒不如这些离人们近。好多人觉得大侠住在马州外的地方。而这些马州盲客特有的事，出门就能遇上，好多人扯闲就会当真的事往下传，说那年石榴河边遇上一个美女子……他们又把盲客说过一回的这个老头儿又说一遍。有人爱听盲客说书，有人爱听他的弦子。说到“这里面竟然——是空的”，停住嘴，让弦子继续响。于是，你就能听到蹬蹬的声音——有人往木箱打赏他几个钱。他也不“看”你，四、五、六……没了声？有时，他还跟你拧眉头，弦子上的表示是，一下亮音一下低音，让你知道他跟你拧眉头了。

“来，喝水！”一个小媳妇给他递上水。

盲客问：“英棒还没下学？”

“是该下了。”

“那快点说——不久，儿子过河办事在一个镇边的桥头停歇。也巧一只船自桥下经过。船上站着一个老头儿，一个女子。老头儿与其父长相一样。”

“咕噜——”盲客咽下了一口水，周围人听得入迷。

“底下呢？”

“那儿子在岸边喊老头儿的名字，老头儿也向他摆手。人在桥上，船在水间，也只看着老头儿的船越来越远了……”

“底下呢？”

老头儿没死？逃出来了？到底是不是他爹？是，我看是，要不咋跟他摆手？不是吧？明明死了，你是说入棺了吧？他说着，说着。你没说。盲客拍打胸脯的尘土。还想问的，一看这阵势，也不再问。

盲客在等那个叫英棒的小孩。董英棒就是刚才给他送水的女人的孩儿，和他小时候说话、走路是一个声儿。每次，他都会等到英棒放学回村才舍得离开。突然，他喊了一句：“来啦！”送水女人簌地，从人堆里站了出来。

二

他挤在听书的人堆里，往往是墙角一蹲，眯起眼睛，不说话。我却最记得郝结实说起话来十分有特点。早先跟大伙说起话来，光见嘴巴一鼓一鼓的，也听不见声音，有时他说话赶不上人听；有时从一粒芝麻说到一只狗熊，再从一个棒子说到一块西瓜，说得没意思了，声音也越说越小。你总会看见他嘴巴一鼓一鼓的。村上人笑话他嘴巴一鼓一鼓的跟屁眼儿似的。“羊拉屎啊他！”一个羊倌在大伙的议论后跟了这么一句话。村上人一惊。

从此，郝结实留下一个“羊拉屎”的外号。

村上很多女人在家使气出门就乐意去找他，在他跟前说话也有意思。羊拉屎爱在村里转圈，从南往北转着走。生完气的女人远远地见了他，就喊：“哎！”羊拉屎在街口赶紧掉头走。远远地，又听她吼：“哎！”女人只要和他说上话，他嘴慢声小就只有听的份儿了。好多次，女人不是不等他说话，等他那一会儿，他攒出够说的话来，人家早开始说了，说一段事等他一会儿，对方就说：“你说说！”他嘴巴一鼓一鼓的。对方下一段事又说完了：“你说说！”

羊拉屎清楚她们这么说，不是真想让他说。这句“你说说”的意思是女人抬头看他一眼时的话儿佐料，不在这时说句话，总感觉怪不好意思。

一般大的人里，数他说话晚。他娘是在他该会说话，还不会说话时，才把注意力转移了一下。之前，他身体不好，三天两头发烧，他娘怕孩子活不了，整天担惊受怕。他三岁半时的一个下午，管户口的民警在院门口遇上了他娘。他娘又抱着他着急出门。

“先等会。”民警说。

“等会就烧着了。”

"又病了？"民警看见孩子一张小红脸。

"有好久没发烧了……"他娘说。

"先等会。"对方说着，他娘走着，已离开门口，追在后面的民警拿着一沓记录也有点急，"先等会，我说了让你先等会。"

"我不是说了吗，等会就烧着了。"当时，还没取名，他娘就说，"你看怎么结实怎么给取个名吧。"

一个月后，户口薄下来，上面的名字就叫了郝结实。

郝结实他娘找医生问过，孩子是不是烧坏了舌头？医生说话有意思，不直说，他回答个："是有影响。"是不是烧坏了？他娘在镇上卫生院得不来答案，倒让自个儿有了希望。从镇上回来，就开始教他说，一个字一个字蹦。他爹看了闹心，干脆他娘一教，就出门。等回来，孩子还在蹦他离开时停在耳朵里的字。"我——我——"半天没说出个东西，声音越来越小，光见嘴巴一鼓一鼓的。小时候，他在村里喊喇叭的爹说："这还是我儿子？"他娘说："这当然是你儿子，不仅是你儿子，还是你的报应！"然后，看一会儿能说会道出了名的他爹，他爹也看一会儿自个儿的儿子郝结实。

郝结实到了找媳妇的年纪，村上没人给他说亲。他娘一着急，就逼他爹。他爹"郝先生"在四里八庄有头有脸，逢丧嫁娶的场面，人们见了都要叫一声“先生”。他是十几年来固定的账房先生，在场面上能说会道。这样的老子有这样的儿子，不仅他爹想不通。后来，他爹一拍大腿，干脆就再也不想。这次，他娘逼郝先生时，郝先生来了一句：“我不！”答得短促，有别以往的长篇大论。他娘显然也这么觉得，先“哟”一声算作对这感觉的表示。紧接着，她说：“你不？你不？谁不你都不能不！都说不让，你不啊，你不，就别醉得连句整话都说不好光知道下种啊！”

郝结实他爹吵完，又走了。他娘撩起门帘往门外看时，他爹正拉开门栓。每次，他爹跟娘吵完，就一个人走了。郝结实没想到，他爹还是被他娘说动了。这次没白一个人出门，他给儿子前后说了外村仨姑娘。

一个小眼睛女子嫌他“羊拉屎”，原话是：咋这样？都说了的。说羊拉屎。可不。没说这么个拉法。小眼睛姑娘走了。郝结实为此不高兴好几天，不高兴不是嫌人家说他说话“羊拉屎”——这事提前说明白了，而是见了面，嫌他“拉”（说）得慢。另一个牛眼女子是他嫌人家“稀拉屁股”。“稀拉屁股”指人话密，走哪说哪，什么都说。“那眼——像——像——”他跟几个一般大的人说。像啥一直听不到。人们着急乱猜：龙眼？鼠子？狸猫？大枣？珍珠？郝结实站起来，说：“像——那、那个——”西去河岸的路上，“啪——”小牧童骑着牛摇鞭子。和第三个女子相亲是约在女方老姨家。炕东一个，炕西一个，俩人从中午坐到老姨夫晚上歇工。老姨和郝结实他娘给他们腾地方在前院扯闲。郝结实娘说一会儿话，侧脸瞅一眼窗。

回家路上他娘问郝结实，这么长时间，我看有戏，你说咋样？他说了半天“不”。那屋里这半天说个啥？没……说话儿。没问你，我说那女子？他娘问完，这边是郝结实答，也也也没没没。他娘说着，热情退了。就……就……就……话也说着没劲，俩人一前一后撵着，一路也就没有再说别的。

羊拉屎掀盖头的那夜，瞪着女人葡萄大的眼睛看时也是纳闷的。他没明白过来女人怎么会同意。后来，女人跟他娘说起了那日的事，他娘还是觉得有点纳闷。

“你们当初真没说话？”

“可不！”

“没说话，我就不明白了。”

“我俩一个样儿。”

“一个样儿？”

女人捂着嘴，用另一只手一指炕席。

后来，女方老姨来串门，还说：“老嫂子，事儿真成笑话了。我可知道他们相亲不说话都干什么了。”原来是他们不说话，光低头拿手指抠炕席了。炕席东西一头一个大洞。

“你可得叫外甥赔我一块炕席啊！”

说完，俩人在屋里哈哈大笑。

女子的家在八里路。“八里路”这名在我们马州也有意思，一般是说到石榴河八里，还有说到镇上的。赶大车的特意丈量，到俩地方的距离都不止八里。往石榴河方向量，十里，八里的地方是一口枯井。向镇上去十二里，八里的地方是块空地，四下找也只有一个储粪坑而已。羊拉屎说话就是这样，想五句顶多说得出半句。那会儿，他爱把这些外面听来的话给自个儿女人说，慢慢腾腾地说，日夜都有话。

羊拉屎的女人是一个俊俏的女人。路边的汉子得机会爱看看，他就不高兴。一次，刚出门，女人下地，走在前。一个脑袋呵呵笑着，一边探出门看他女人。他从后面赶个正着，于是他没出声，凑上去，蹲下来，一块儿跟那人看。

“看看，那小屁股多圆！”那人继续看得出神。

“不算！”他说。

“这还叫扁？”那人蓦地想起啥，猛地把头往回缩。羊拉屎抱住他脑袋不放，脚踏在两边的门扇上，让门越阖越紧。直到那人喊救命，他才松手。

一个女人揪着汉子的耳朵往屋去：“让你看，看啊？你都看人家啥？一个不够你看？”羊拉屎一走，那家就吵了起来。

羊拉屎觉得不能丢了手艺，没过几年，看着形势挺好，在马州中街的西侧开了个打铁铺。赶上生意好做，没日没夜打铁。有一天，羊拉屎觉得这么干下去也不是个事儿，干脆关一天铺子，想回家歇歇。躺着躺着，要睡着似的。女人哄他起来，求他快打铁挣钱去吧。于是，他没歇够，又回到了铁匠铺。郝家的日子好过多了。他在铺子里打铁，火花乱蹦。一堆孩儿们围着看会蹦的星星。他看着他们想："可都好几年了……"回家把攒很久的话给女人说："孩儿——又来看打星星。"女人忙着数钱。女人数钱都是分堆儿，一堆儿代表着一个事儿。羊拉屎在跟前听，等女人摆好，看着他。他一把扑过去。一堆儿办一个事儿。某一堆儿在几个月后换了一个金镯子。女人戴给郝结实看，郝结实拿着她胳膊放油灯前仔仔细细地看。

"亮。真亮。"

女人看郝结实不学好，又要扑过来压她，就撑起胳膊。

"那个没来……"

郝结实还要扑。女人往后躲，手一下被抻了过去。郝结实拿在手里，往油灯旁边送。郝结实的女人也是一个虚荣的女人。

表妹来找郝结实的女人说事儿。第二天上午，女人戴上金镯子回了八里路娘家。临出门，给他说：“舅舅家树等着伐呢！”八里路周围的林子都是女人舅舅种的树。过了树林，进了村，往东走不多远就是一个澡堂，人人都知道那水引自后山温泉，水质清冽，温度宜人。平时引来很多人来泡澡。羊拉屎的女人从小在这里长大，不觉得有啥，这一嫁人，再回来就有些想了。给舅舅家做好饭菜，没事了，赶上天热，就招呼表妹去洗澡。往那里走时，郝结实的女人问：“那里人还多吗？”

表妹说：“知不道。”

“我好久没见到她们了。你说那个戴大金戒指的许花兰会在那里吗？”

表妹摇了摇头。

“你又知不道啊。”

她们走进澡堂。郝结实的女人站在池子边，没忘摸镯子。表妹脱得差不多了。一件粉碎花的短衫，红兜，轻轻解去红绳……光溜溜，拧开头上的水门儿。镯子在腕上怪别扭，洗到一半，脱下来放到了衣服上。接着冲水。一个人影从边上闪了一下，镯子不见了。郝结实的女人一回头正好没看见镯子，想追。表妹正拉着她不让她动，我的镯子。郝结实的女人喊着，一脚踹开了表妹。你拉着我做啥，还不给我追！郝结实的女人随着女贼直跑上了八里路的大街。

表妹追上她时，她才注意到街旁的人都愣住了。女贼在街口也不动了。整个街上的人都在斜眼四下瞧。偷了几个澡堂（其实该叫明抢），在八里路头一次失手。

晚上，郝结实到八里路接女人，回来一路人人见了他俩都扭头。“都、都、都给、给人看、看去啦？”女人坐在后座，自行车东拐西拐，把空场绕过去，月色就更浓。

转天清早上，女人发现郝结实不在炕上。从他们家到马州中街西侧的打铁铺有十五分钟的路，郝结实到铺子里的第一件事不是把几天前送来的铁块打成一口锅，而是在打一把刀。原来是给八里路伐树的舅舅打制的快刀。一边打，一边想，每天早上都坐下来，一边打，一边想，这就到了第三天。

刀在铺子的磨刀石上，这就到了第三天。一层水，看一眼。一层水，看一眼。村上人说，那是凌晨的事了，磨刀石溜溜响了一宿呢……他割断了自个儿脖子。郝结实的死像是在验刀，快不快。

三

马面说话不够人听。最早，跟大伙说话，大伙总说在他先头：“你嘴一鼓一鼓的，咋跟屁眼儿似的，羊拉屎啊你！”从此，他落下“羊拉屎”的外号。烟袋口里也有喜欢找羊拉屎说话的。很多女人在家使气，在口里，转圈找他。马面吃完饭，爱在口里转圈。从南往北转。那时的日头，在他不时西斜过去的眼里是斜的。

生气的女人撞上他也不是一回两回。

她喊：“哎！”

马面掉头往回走。

她吼：“哎！”

他还走，想着快走啊快走。马面知道女人拉住他，自个儿这嘴只有听的份儿。好多次，女人也不是不等他说话。人家等他那一会儿不够他攒出够说的话来。回回这样。

又一回，他见了她们的影儿就快走。快走啊快走。

“你说说——”

“他肯定不对，咋该要那狐狸精呢？”

“你说说——”

马面觉得她不是真让他说，是跟他客气。到他听完女人的怨气，天早黑了下来。肚里咕咕叫。自个儿回家，一路草花的香。啥花小小的。小小的牵牛在路旁，靠外墙上举着大喇叭。往下沟里也有。肚在叫咕咕。

“再香也吃不得！”他还在琢磨，还在气，“白听不管饭！”他气呼呼，在家吃自个儿一顿。

儿子嘴上不会说话。他娘觉得怪。后来，跟马面说，说着说着，一句顿挫好几次才说出来。她来了气。“我——我——”嘴一鼓一鼓的。等他，又是半天，没能说出个东西。小时，他在村里喊喇叭的爹说他：“这以后还不得给我上眼药？”他娘丢下俩字：“报应！”然后，看着烟袋口顶能说的他爹，他爹又看回马面。一家子常这样“瞅孤闷儿”（互相看着不说话）。最后，也不了了之。

说马面该找媳妇了。烟袋口里没人给他说。说他话都不会说，“我、我、我”半天，没个你。他娘也烦了他，逼他爹给说说去。他爹在四里八庄有头有脸，常被请去当账房先生，也能说会道。这样的老子有个那样的儿子，他爹才想不通。

“我不。”他爹说。

“你不？你不？谁不都没你不的份儿！”

俩人就开始吵。马面爹不动手（这在烟袋口是少见的）光拿嘴干仗。上嘴皮碰下嘴皮，光见嘴闪，声出。一宿，马面在耳房听得耳朵要炸开，尽是他爹说。不时，才有他娘个小小的音儿。第二天，他以为爹赢了。他娘却过来他屋跟他哭，泪水一抹再抹。

门响了一声。他爹走了。他娘撩起门帘，和他往门外看。他爹跟娘吵四宿，没白吵。一个一个……总共给他说了口外的仨姑娘。一个小眼睛的嫌他“羊拉屎”。原话这样：咋这样？都说了的。说羊拉屎。可不。没说这么拉。小眼睛姑娘就这么走了。马面对这人想好几天，他娘也劝他好几天。他说："没、没、没事。真、真、真没事。"

一个是他嫌人家"稀拉屁股"。"稀拉屁股"是说人话密，走哪说哪。成块成片地说。"那眼——像——像——"他跟几个一般大的说笑。像啥，一直听不到。人们着急就乱猜起来：龙眼？鼠子？狸猫？大枣？珍珠？马面动了动耳朵，缓缓地站了起来：

"像——那、那个——"

西去河岸的路上，"啪——"小牧童正摇着鞭子。

牛走远了。"哞——"

他还在嘴里"像啊像"的。

第三个，俩人刚开始都没看上。相亲当日是下午。在女方老姨家。炕东一个，炕西一个，席上是淡淡的晌后的阳光。坐到老姨夫歇工。老姨和马面他娘给他们腾地方，就在后院扯闲的。俩人在屋。马面娘说一会儿话，便侧脸瞅一瞅后窗。老姨打岔："这后窗帘可是一块哔叽！"

马面他娘顺岔头走："纹路真斜哇！"

这个下午，俩老太太扯着这些岔头。屋里的人儿似乎有戏。老姨夫不知道相亲这事。歇工回，光膀子一头扎进屋，愣把他们给冲开了。

回家路上，他娘问马面咋样。他说不不……咋……屋里说啥？

没……说话儿。没问你，我说人家女子？也也也没没没。他答。没说这久？他娘说着，一点儿热情退了大半。就……就……就……

这一路，一前一后撵着，再没言语。他娘气得肚里咕咕叫。他娘每次生气都骂：“报应！真报应啊！”

到末了，马面掀盖头那夜，瞪着女人葡萄大的眼睛里的自个儿还纳闷。他没明白咋有的戏。女人跟他娘说起那日的事来。

他娘问：“熊的，说你们没说话，真？”

女人说：“可不！那咋？我俩……真格的，一个样儿！”

“一个样儿？”他娘立刻想到嘴上去了。

“不。”女人晃着手，“我说，炕席。”

老太太笑了。这事让她莫名奇妙地赔出一块炕席（俩人还没办事前）。是他老姨火急火燎找来了他家。

“老嫂子，这事儿咱可得说说。”

相亲当日，他们一样，也都不说话。两边低头拿手指抠炕席。老姨夫进门，看他们，他俩在嘻嘻笑着，凑一块儿比谁的窟窿大。这成了一个笑谈。

跟了他的这个，家住八里路。离哪里八里？谁也说不清。一般是说到石榴河，还有说到烟袋口的。其实，听说赶大车的特意丈量过，到俩地方都不止八里。往石榴河方向量，十里，八里的地方是一口枯井。向烟袋口量是十二里，八里的地方是块空地，四下找，有个储粪的坑而已。说来怪有意思。马面在外面听来，跟自个儿女人说。女人钻他怀里拿巴掌拍他胸脯，啪啪地响。他很爱把听来的闲篇给女人说说。慢慢腾腾，一般人倒说不上他那味道。那会儿日夜想到有人给拍胸脯，他就笑着，想说话。嘴上毛病好转不少。

他爹他娘看着，都说日子要好了。

马面家的长得很俊。口里汉子常日得机会爱看看。马面不高兴。一次，刚出门。女人去下地，走前面。他煞后。一个脑袋呵呵笑着，探出门，看他女人。他从后面赶个正着，于是他没出声，而是凑了上去，蹲下来，一块儿跟那人看。

“看看，多圆？”那人看得出神。

“也不算……”他说。

“这能叫扁？”那人说完，蓦地想起啥。“嗖——”要缩进门。马面双手抱住他脑袋，不放手，脚踏在两边的门扇上。门越来越紧。吱吱作响。

直到那人家的喊：“出人命啦！出人命啦！”马面这才松手。他怕女人喊，他说炸耳朵。

他走了，院里开始叮叮咚咚响起来。

“让你看，看啊？你都看人家啥了？一个不够你看？”马面抠了抠耳朵，跳下高埂。自个儿女人在高高的玉米地里不见了影儿。

“哪儿呢？哪儿？”越喊越急。四周风声，沙沙沙。一会儿，女人噗嗤笑了。（开始几年，他们都在这地里藏猫猫，也称捉迷藏。）

“猫！”马面从叶后，舒出头来做鬼脸。

“不要脸！是你看的？”女人起身，系了系红绳。眉眼跟他笑。

过了几年。烟袋口的小买卖又好做起来。马面会打铁。他在口西，挨曲剃头开了个铁匠铺。没日没夜打铁，回家时候少了。他几天回一回，咚咚——月下敲门。给女人送银子。女人开始不习惯，嫌他不会歇着。后来，银子攒多了，马面关一天铺子，想回家歇歇。躺着躺着，要睡着似的。女人哄他起来，求他多挣钱。走路上，他咋、咋、咋地问自个儿，女人还是爱钱。爱得他高兴。家里的日子真的好了。

他在铺子里打铁，火花乱蹦。一堆孩儿们围着看会蹦的星星。他看着他们也想：“好几年了……”回家把攒很久的话跟女人说：“孩儿——来看打星星。”女人没懂他的话，忙着数银子，分堆儿。一堆儿代表着一个事儿。马面在跟前听着，等女人摆好，看着他，他才一把扑过去。

那夜，马面在女人的眼里也看见了星星。比他打得还亮。一堆儿办一个事儿。有一堆儿在几个月后换了一个金镯子。女人带给马面看，马面拿着她胳膊放油灯前仔仔细细地看。

“亮。真真真亮。”

女人看马面不学好，又要扑过来压她。撑起胳膊，笑呵呵挡着他。

“那个还没来……”

马面瞪着眼，愣是还要扑。

“那，那那。”

女人往后躲。她手一下被抻了过去。马面拿在手里，往油灯旁送。

“那，那，那——再看看。”

看一会儿镯子，抬头看一会儿自个儿的女人。

八里路来了亲戚找马面家的。那天，马面也在。见俩人亲亲的，他就让出屋，自个儿在院里摆弄铁片。女人扮得好俊，吓他一跳。上午，女人金光闪闪地回了八里路娘家。临出门，给他说：“舅家树等着伐呢！”马面点头，看着俩人走进一片沉沉的阳光里。

亲戚和她去了八里路新开的澡堂。澡堂人不多，水流引自后山，温温的，正合适冲凉。马面女人看了看周围，没忘摸摸镯子。人真不多。

“看啥的？”

“没啥。”说着，那亲戚已脱得差不多，自个儿便开始脱。一件粉碎花的短衫，红兜，轻轻解去红绳……光溜溜的，拧开头上的水门儿。镯子在腕上怪别扭，洗到一半，脱了去，放在衣服上。接着冲水。

蓦地，一个人影闪出门。那人拿走了镯子。没成想那亲戚拽也没拽住，马面女人“嗖”跟着女贼闪出了门，直跑到八里路的正街上。正晌午，街上歇工的人回家吃饭，满满登登的。人都给愣住了。女贼愣在日头下，汗不停流，斜眼四下瞧，四下更是静静的。刚才的人声已被淹没。她偷了几个澡堂（其实该叫明抢），在八里路，这是头一次下手。她傻了眼。前几次，一路不用咋跑。澡堂一时半会儿追不出人来的。

晚上，马面到八里路接上他女人。一路听人说这桩事。一言一语，说说笑笑。人人见了他俩都扭头（都不敢看他们）。

“都、都、都给、给人看、看去啦？”

女人捂着脸坐在后座，一路颠簸，东拐西拐，把空场绕过去，月色就很浓了。女人才抬手，摸着金镯子跟自个儿男人，羞红了脸。马面攒了一路的话。回家却没说，就睡下了。女人睡得可香！

第二天，女人起来，马面人早去铺子了。

马面在铺子里一边打刀，一边想，想了三天。给舅舅打的快刀才痛快。好好磨磨，啥见了都得给吓得抖索。他拿自个儿打的刀，在铺子里磨。一层水，看一眼。一层水，看一眼。磨刀石溜溜响一夜。

口里人说那都是凌晨的事啦。

马面死在了铺子里。一层皮，一层肉，一层肉，一层皮，愣是把自个儿脖子给抹断了。

铁匠铺后来关了。马面女人肚子不久便大了起来。儿子出生赶上店门前修路。（过去窄窄的路，下雨变成小河，要顺到口里大街的水槽里去。雨大的年景可是有过漂木盆串门子一说。这下好了。）

一天，羊群打门口过。他儿子已七八岁，人挤在一群孩子里寻着地上的羊屎疙瘩跑（烟袋口的羊都去石榴河边放的），就跑出了烟袋口去。马面家的那时还没改嫁，她追出门，拐上大路，手搭凉棚。街边扯闲的都看着她。这些年，她老得不再惹眼。可是扯起“抠凉席”那段闲，还有人愿意笑笑。

“马路宽——马路——宽——”

孩儿们是越跑越远，再远更听不见她喊什么了。

葡萄、美酒与月光

STORY. 12

一、疾病的故事

大的，小的，蓝色的，透明的，圆的，扁的，方的，壶形的，长得像各种小动物的，琉璃的，陶的，瓷的，木质的，拉丝的，磨砂的，钢的，铁的，铝的，菱形瓶口的，圆形瓶口的，他人送的，自己买的，国内的，国外的，高度的，烈性的，温纯的，浓香的，清香的，凤香的，浓香的，酱香的。

总是在黄昏时分苏醒过来的你看着她。

“先答应我。”她说。

你点了点头。

一阵强光在病房门口“哗”地亮了起来。苏醒过来的你，把视线从右边数第三个菱形瓶口的酒瓶，摇向了一个光头小孩。他看着你，走到了窗台。先是听到摆弄酒瓶的声音，叮叮咚咚，接着是一段失望的声音。

“听说这里有计算机，快说藏哪啦？要不我的网友会以为我死了。”

“他们找你都干啥呀？”你问。

“你们大人也不是什么都懂的。”这话说得你五味杂陈。

二、官场故事

我也是认道理的。听出来了？口气有点无奈呢。对我来说，不合道理的这件事是好事，也不是好事。你说我一个小职员，在报上为赚钱买酒给领导唱赞歌的事也不是秘密。妻子也说，原来好好的，好好的。大家都不认我的道理，这让我恼火。我不是没根据。那次，机关突然来了几个山东客，趁着部门头头出差，我正式出场了。酒桌上没人认识我，倒好，反正不会说官话，倒省下一张嘴多喝几口酒。我的第一次就这么给了领导。领导们说，我实在。事后有人总结，我能在重要场合把酒喝下去的事实，就是道理输给事实的因素之一。我听不懂这些，我只知道那次山东客人大概是厌恶了官场那套，而我初来乍到，机缘巧合应了他们的喜好。按道理讲，我和局长根本扯不上关系。可喝醉了，就不讲那么多了。领导也愿意带着我，出入几次大的会议之后，一些关于我升迁的风言风语就来了。风言风语就是风言风语，一说三四年。在这三四年里，我坐进了大办公室，我觉得我的好人生到头了。我认道理。你说我一个小职员，在报上为赚钱买酒专门给领导唱赞歌。原来好好的……又过了几年。大领导似乎把我这个一点危险性都没有的人当成了朋友。还是那句老话："从你喝酒就能看出你这人实在。"实在人不一定可以当官。而大领导非让我去做局长的事实让我明白，实在人也不一定不好。内部会议上宣布消息时，我晕了。晕了，晕了。妻子也是这个感觉。其实，我不是这个料。我是说，我不喜欢高级饭店，洗桑拿，做演讲这些，我喜欢别的……

三、自己的故事

在一种形势下，他势必要安排这样一个酒会。"我怎么当上局长的？"他没有忘。感谢酒。这辈子认的道理也都离不开酒。事实胜于雄辩，酒的一生也可以用来形容他。

这样一个酒会把局里中层干部以及县局的局长都聚到一起，他的意思是让大家看看。看什么？

看看他与酒的关系是不是还和以前一样。这次，他总算坚持住了，跟所有人和以前一样喝酒。大家看着他，其实什么也不用说。

他是高兴的。好容易回家，从卧室到客厅，又从客厅到卫生间，吐得一塌糊涂。他不愿意承认这些，偷偷也落过泪。擦干眼泪，还得赴宴。事不能不做下去，就像生活。

妻子默默地在他的兜里放了护肝药。现在，他放下电话，摸摸兜里的药才能出发。对于大部分宴席也没必要上心。这么一弄，倒有些不安。酒连着身体，身体连着生活。妻子说："身体是革命的本钱。"现在，早没有革命了。"现在，更残酷。"她补充。"你懂啥。"这么说，他是另有期盼的。同事马文武能懂他。他退二线前，聚会大概每周都有，轮流做东。退了之后，他单刀赴会的时候多了。见到他，马文武忘不了提退下来之后的冷清，每周聚会都说一次，他越来越烦。他们对面而坐，貌似在说一个话题，他却想着别的事。不知道他是不愿意想马文武说的事，还是不想这么想。

他有点不敢认道理。

四、酒的故事之一

父亲带上八岁的他参加婚宴。在桌上，他拿筷子蘸酒让儿子伸出舌头。他问，小和尚（关仁小时候家里没钱，所以不理发，基本都是光头），啥味？之后，是一个陌生的回答：葡萄味。那年头，农村还是比较少见葡萄酒的，听他说完，父亲赶紧舔了一舌头，分明是白酒。父亲就觉得有些奇怪，同桌人这时就笑了。他在镇上的一次聚会，第一次喝葡萄酒时，想起这一段往事。

五、疾病的故事

躺在病床上，天边淡淡的光线越来越浓，伸手触摸时，天又黑了。一个事放在一个月前，现在的病房里会挤满人。

时间变了，这里特别安静。

酒瓶在窗台最右边，靠近一株兰花，兰花窄小的叶片在他看向窗台的时候，有一根正插入了瓶口。看着它，心情也差了，看什么都觉得像自己的境况。

马文武是一面镜子。新任局长开始还来家里请教问题，开办公会的时候，习惯性地让办公室主任通知老领导一声。他问几个问题，也不是不懂那几个问题，而是这几个问题足以占据一个时段，组成一个过场。

这面镜子上慢慢地蒙上一层雾。新任局长每次都说得感人肺腑，尤其说到在西藏的生活。叫人看不清里面。

六、现实的故事

关局长的门口是全小区最干净的。

这一天，全小区最干净的一个门口出现了一包垃圾。关仁捡起那包垃圾。这不就是大家过的平静生活吗？是的，在平静生活开始的第一天，关仁拎着一包垃圾走到垃圾池边上把垃圾扔了进去。这一天过得很快。这一天快要过完的时候，关仁喝起了酒。人需要安慰。特别明确的安慰又不好，它成了提醒。钱一萍偷偷地看着关仁，想到住院以后……

“你少喝点吧。”她想说。

“你是谁？”关仁没等她说，已经先说了。

钱一萍立刻打电话给马文武。

“老马，老关又喝醉了。”

马文武拎着一瓶酒登门，进门几句话，就把关仁带出了家。他们下车后穿过两条巷子，拐过一个实验小学，踏过一片草地，进入另一条巷子，然后钻进一家酒馆。稀稀落落坐着几位正在喝酒。他们坐在靠窗的桌旁。从这里坐着，看得见远处的风井，以及零星的井下工人。关仁看着马文武陶醉的状态，难掩酸楚。他抹了抹眼睛。

“咱们喝这个。来。对了，还记得老胡吗？”马文武的手上翻着一本书，“以前捣了你不少乱。”

“早忘了，他现在……”

“上个月去世了。这是他给我留下的。我以为，我了解他……”

七、越来越重要的故事

“我是谁？”

“你能是谁？你是你啊。”

“你不是我，你怎么知道？”

话说到这里，就说不下去了。说不下去，一般都可以硬说，七弯八拐扯到别的事上去。以前，这两人也是这么做的，他们说了什么别的，第二天酒醒，基本上就全忘光了。最重要的事还是没说清楚。

“我们生活快四十年了，你了解我吗？”

“你什么意思？”

“你们都不了解我。”

“我们是谁？你真了解自己吗？”

话说到这里，也说不下去了。因为在家里，在深夜，夫妻二人，说不下去也不好硬说，别的事彼此都太清楚了。以前，这两人一般都是沉默一会儿，互相抱一抱，就算过去了。只有他们知道这件事越来越重要了，随着年龄的增长，没什么别的事显得这么重要了。

八、爱情故事

“没有诗就没有我就没有酒，就没有我夫人。”

语序有点乱了，事差不多你也听明白了。局里除了记得你“像夜一样深”的酒量，一定也记得，你在形容“像海一样深”的夫妻关系，钱一萍跟了你就是证据。那时，宣传队每天在批林批孔反苏修的圈子里循环。你出身不好，本来进不了宣传队。领导却在喝了一顿酒后说，小关还是有文采的，你看墙上那些他编的大字报嘛！机关宿舍的院子里的鸟鸣把钱一萍从昏睡中惊醒。她不知道为什么第一个拿着脸盆毛巾牙刷朝水房走。拐弯，一串清脆的水声，水房里有人。“春天的流水/把我们的爱情/送到高山上/结成思念的冰雪。”她走进水房与满脸水珠的你相遇：“待会儿，到我办公室来一趟！”钱一萍在办公室恢复了阶级斗争似的脸：“刚才嘀咕什么？”一个星期接受教育。你一言不发，钱一萍滔滔不绝。第二个星期，钱一萍又把你叫来办公室，你进门第一句说：“还能谈点别的吗？”

九、自己的故事

父亲带着疲倦的表情出现在梦里。一个黄昏，他摇摇晃晃地拎着一坛女儿红走着。矮坳的四周种植着一大片防风林。我们父子向着防风林的尽头走去。那里有一个小葡萄园，在黄昏的光线下很扎眼。之后，我们在一个石凳上坐下，开始喝酒，坛子里倒出来是浓稠深红色的酒。眼前忽然黑了，当我再次回到梦里，父亲不见了。我张开眼看到妻子匍匐在另一张白色的床上的背影。

“天还不黑？”

妻子看着我。

“我说，天还没有黑……”

我看着妻子。告诉她，我又梦见了他们。

十、道理的故事

“年轻时要是不喝酒，你能看上我吗？”

“我喜欢诗。”

“是连着的。喜欢诗，就是喜欢酒。”

“老马的这顿酒没把你病治好？”

“小钱同志，请认真回答！就是想知道。”

如果自己没当官会怎么样？

“你不当官会成为一个诗人，也许很有名。可活着不一定有人把你这么当回事。”

你想，是这么个事。

“黑天白日总得换着来，不知道夜的黑就不知道日的白。”

你又想，是这么个理。

十一、酒的故事之二

“葡萄酒越喝越好喝。”

马文武似乎和我这句话说的不一样，他看起来越喝越闷。闷也许与酒的好坏无关。刚退下来，单位头头并没把他扫地出门，还让他管着一摊子屁大的事。现在不是以前。他一摆错位置，全局上下一片拧巴。何况，马文武也就是一只壁虎。头头不动声色地把马文武的管理范围收紧。等于一根棍越来越细，平常能撑住几十人，现在很可能人一多就会断。马文武想过一些办法。最后就觉得，臭也要臭在碗里。一个电话可以解决的事，偏要亲自上门去办，为一件事上门五六次……人家怎么想？

“不堪回首？”

马文武怅然若失。新官上任时的那冲劲，多年后又上来了，我掏出药在桌上一拍：“先不管了，干杯。”

十二、死讯来临

所有人都在议论着一眼望不到边的纸花圈。马文武的儿子马彪的脸上挂着泪。关仁站在人群中，被陌生的人撞来撞去。直到，他听见一声“叔”。他没有说话，接过马彪递过来的一个信封。

“叔，我爸走前说你肯定没忘。”

信封很重，封口拆开，是一本书。

这个人的故事在虚假的怀念中以数百个花圈的焚毁为结束。马彪还没有弄懂父辈的心。他的怀念是平铺直叙的。

他说：“我爸到那世去当官了。”

关仁觉得，自己想得对，平铺直叙的怀念属于大部分人。

过完了马文武去世一周年，关仁又踏进了局机关大楼二楼那间会议厅。他的想法带领他，在别人都以为他不会出现的时候，出现在了局党组办公会的会议上。人在其位，关仁想法为在职的职工谋福利，而退休的干部福利完全公事公办，每年退休干部们联合向上面头头反映这个问题的情况都会出现。

在位时，它出现了就出现了。几个老同志找上门跟他说，他也没上心。马文武的死给他提了醒。当初那么做不能说不对，位置至少摆得有些不当。不是说，承认不当就可以被原谅。会议热烈。新局长之前的担心是多余的。关仁把退休干部的要求，提到台面上说，没想到竟然是新局长，说就说，还把自己在西藏的生活搬到这里来。两个事情交织在一起，一句老干部，一句新局长，一段现在的艰苦，一段西藏的艰辛，越说越亲近。

十三、官场故事

部长来电话时，关仁正在作报告。稿子是新秘书写的。读的时候，无意间瞟到新秘书正瞪圆了眼睛看着他。开会，读稿子，他总感觉有这么个人的存在，他高屋建瓴地俯视着这群人。还好，台上的他基本不会说错话。话和话不一样，两个人说的话，或者心里话，就和说给一群人听的话不一样。一样了，说明一群人变成了一个人。尤其是在局里，一个人都是一群人。台下那一群人，刚开始交头接耳，现在是昏昏欲睡。台上这一个人，越念嘴巴越跟不上。有时候，突然响起的几声掌声会吓关仁一跳。他故作平静地扶了扶快滑到鼻头的眼镜，透过眼镜片看看底下。

“谢谢大家！”

电话把大家吓了一跳。挂断电话，关仁平静地拿起稿子，平静地看了看大家。“咱们接着开会。”一名重要的援藏干部回城，需要安排。消息早传出来了。人家是三上西藏的重要人物，没功劳有苦劳。关仁想，所有部委办局的一把手，唯有他关仁到了退居二线的节骨眼。人人都有个算盘，大账小账都在上面。这个电话拨动了关仁的那个算盘，事是躲不开的。关仁在组织部里坐了不到半个钟头。

“老关，有意见可以提。”

换个时间地点，他对别人也这么说话。所以，他认这个道理。

从组织部回来，关仁没有多说话。不爱说话的人，有一部分不是不爱说，而是现实环境所迫，或性格上有一些对外界的不信任。他从抽屉里挑几个别致酒瓶，这些年出现在酒场，喝来喝去，醉了之后什么事情都可以不记得，只有拿一个酒瓶回来始终没忘。

关仁摸着这些酒瓶，从左到右，从上到下，他的手指也在突起的纹路上跳跃，想了半天，他拿着一个菱形的瓶子走到了窗台……小超市里的白酒装在和色拉油差不多的塑料瓶里。到家后他把买回来的酒倒进了菱形的酒瓶。他倒酒时的样子被进门的钱一萍看到了。

关仁抬头看了看，说："下午，部长找我谈话了。"

吃饭时，没喝几口，就上了头。他不记得自己说了什么话，慢慢地倒了下去。

十四、死讯再来临

钱一萍拿着电脑走进关仁说的那间病房时，护士告诉他，那孩子晚上病发了。她从医生手里拿到一个罐头大小的装满千纸鹤的瓶子。一棵高大的杨树立在医院后花园，那里有个长椅。这些天刮风，钱一萍想起关仁总让她看看长椅后面枯黄的葡萄架。

"看到了吗？"关仁说，"阳光是如何洒满大地，下雨的话，它又会是什么样子。如果是一瓶酒，那么有多少照顾过它们的人已经死去……”

现在，钱一萍哭了。

十五、自己的故事

尽量想些别的事。要是能把剩下的酒在这样一个早晨喝下去就好了。我现在难得清醒。据说我昏迷了三四天了。一个黄昏，妻子终于听见我的声音。我累死了。我脑袋里空空的，所有东西都不在了，记忆被窗台上的酒瓶反射的光刺痛。骨头吱吱响。我看到妻子弯下腰。我尽量想些别的事。妻子拿着一瓶医用消毒棉，用尖尖的食指蘸了下。也许，酒香与果香混合的气息里飘荡着酒鬼的魂吧。

十六、他人的故事

同一个下午，一个人幸福地合上嘴的前后，一群老干部正相约聚会，拖欠的钱总算下来了，值得喝两口，庆祝一下。清醒的人不会想到他。归根结底，关仁在他人的心中只是个酒鬼，死得其所。

第四堵墙

STORY. 13

少年将身体沿粗砺的皴石贴了上去，他在墙角磨蹭了一会儿，才狠狠把胯骨扭了那么几下手开始扒着砖头，力气就往手指上顶……假如，有风吹来。此刻，少年随风扬起的头发还会让他显得更神气一些。他站上了墙，手叉腰间，用那只好眼眺望着远方。他把那个小村看得真真的。他那只斜眼紧闭着。能听见，除了风声，墙下还有哗哗的水声飘上来。墙对面是一个孤零零的村子。一条小路就从墙边弯弯曲曲被风中窸窣响的草石引向了镇上。知道这条路的人很少。少年来时，就想到了，“天多好啊！”不然，一泡尿砸在地上咋迎得上这么扎眼的阳光哩！一串声音引得少年嘿嘿笑。少年挺了挺腰，晃着窄小的屁股蛋儿，嘿嘿笑。这都是为在墙上撒泡尿做的准备。问他为啥，他会说给你：“墙上撒尿好舒坦！”也许，你闹不懂他说的，但不影响他这么说。他这么说，已有段时间了。他神气得很。清晨，或到了黄昏，每听到尿砸下墙去的声音，他就是这副神气而兴奋的笑模样。要不是墙下忽然传来“哎呀”的一串惊叫，少年就不会捋捋身体，使劲探出身体来看的。虽然，啥也没看见，只听人喊——“哪个混蛋！”他手提着裤子，撒腿便跑。没出去多远，裤子脱了手，死死地，结在脚踝。上面人喊了一声：“啊。”紧接就听到“咚”的一声。

这是马娟第一次在马州出现时的情景。

“摔死你个小混蛋！”咬了咬嘴唇，她就这么咬着嘴唇，下了一道墚。不远就是个村。当它整个泡在炊烟里时，她大概就该进村了。村靠墚岭。这俊女子是穿过几层墚岭到这里来的。你可以试想村里人会把这新鲜物传成个啥模样！那些天，村人互相说：“外面的俊女子来寻羊山啦！”

羊山的爹娘死得早。他在山上给人雇去放羊。有一天，他在墙下蹴着抽烟，不时看看漫白了山坳子的羊群。闹不清为个啥。后来，他就把鞭子一折，人消失了。回来时，羊山把那家的羊全买了下来。自个儿在山上，放自个儿的羊。其他，还是那样。也没人闹明白他买羊的钱咋来的。有人说是羊山（或许就是因为他放羊落下的外号）在镇上打架打来的！也就是这时起，常有镇上人来山里寻他。羊山短短几年被公安叫去多次，还蹲过大狱。大家这才闹清原来他在外面打伤过不少人。后来，羊卖掉，当药费赔给了人。最后，走时，他又是一无所有。他抡起包袱，头也不回地去了镇上。

前些日子，羊山忽然就回来了。那天是个透亮的清早，他没进村就看见了斜眼少年。他手一撑，翻到墙上，跟少年说：“在这做啥？”少年看着他：“是哦！”他拍了下少年的肩膀，把少年的脸扭过来：“是哥。”他是让少年拿那只好眼看个仔细。叫哥，其实他们不是亲戚。少年一直这么叫他。他们在学校就认识。那时，羊山被老师轰出教室，他连书钱都交不起。斜眼少年比他低好几个年级，直到那之后很久，羊山躲在水塔后面来听课。他说：“我喜欢这，喜欢着哩……”少年没忘这些。

“哥，有俊女子寻你来！”

羊山笑。少年笑。

羊山回来后就和马娟住进了墙正对面的一个院子。羊山在镇上寻了个看管市场的事由。马娟看家做饭。这么个女子为啥个要来这破地方生活？大家无聊了，就会想想，就会又闹不清了。

“闹不清啊！”有人说。

她走到哪，村里人的眼就会长到哪。

有人说：“谁不探头看几眼？”

还有人往马娟身上瞄着，佩服得不行，直说：“羊山真可以。看那屁股圆哩！”

几次还因为看她打起了仗。

女人问：“她比白面白？”

“嗯。”汉子低头。

女人瞪了他一眼：“你嗯。能不饿？”

汉子还是：“嗯。”

打仗归打仗。村里的女人，也常望着马娟议论。

一个说：“人家那脸是面！”

“是？”另一个问。

“你稻壳！”

然后，笑。刁嘴的，看人不注意拿手偷拍了拍自个儿黑糙的皮肤，说：“稻壳？”她不想突然来一句：“哪如稻壳！我羞你呢！”有胆说这话的人，只有二婶。她不敢回话。

二婶说：“羊山有福气啊。”

她还说：“这俊女子可是生娃的料！”

村里汉子对马娟不过是看看说说。羊山可打死过人，谁敢惹他女人？二婶的话对是不对？几年后，就知道了。她说对一半。马娟抱着两个白胖的娃靠坐在村边的墙根待着。她待着，也不时要抬头看看天。天下面就是那堵墙。同一片天下，羊山这时正追打了一个庄。对方是当地大户，家里有钱，泼皮无赖般。那人在镇上打赌输给了羊山，死活不认账，才把羊山气急了，一路追打过去。后来，看热闹的人都说：“不值当！”羊山不那么觉得。

雪停了，斜眼少年站到墙上去，刚巧看见羊山从一棵树上，摸下来一包东西，而后夹着，跑向了镇子。

他们打赌看谁先炸完一条街的雪。对方准备的是土鞭炮，炸东面的积雪。镇上下了一场雪。好大一场，茫茫一片白。镇子捂在雪下是软绵绵的。

初晴的镇子，街道旁净得明晃晃的。太阳挂在蓝得扎眼的空中，照耀着粉嘟嘟的小镇。羊山站在街尽头，斜了一眼街道。他早看不惯这少爷的德行。他想："有钱咋！也让你输一只手！"羊山炸雪用的是雷管，闹不清他从哪里寻的。听说那是用来引爆炸弹的。他炸得很快。这条街两旁咚咚炸开了花。东一声，西一声，此起彼伏。两旁的人家也都捂着鼻子跑出来，看见是这两个人在炸雪，有人便骂起了街。那时，他们已走远，积雪好像还悬在空中正四散开来，落到街边小沟。这条街在他们脚下曾有那么一会儿，真真的抖了起来。说来当人们从冬夜进入属于这样日子独有的几分明媚时，真是这样的。几乎没来得及呼吸一口清新的空气，这条消息就已经沿着大街小巷的墙沿纷纷炸了。那一刻，空气凝住，周围唯一晃动的是大家神秘而又恐惧的表情。炸完，羊山走过来，逼得那人往后退："你自个儿来？"

对方开始也是想灭了这愣头青，不料现在这样。

"你犯规！"

“炸雪的规矩，你不如直说，我要你羊山的手呢！手你留下，人我可以当个屁放了你。”说着，放了个屁。

当天的事情在镇上传了很久。看过热闹的人，模拟着当时光景——羊山给自个儿的兄弟说：“谁也别上手。”

人向东面又迈三步。

“快点！”他说，“那几个先滚！”

对方看自个儿兄弟们跑了，也想跑。他想往自个儿庄里跑。羊山脑袋一热就跟着他跑。对方咋求都不行，听看热闹的人说好像还下跪了。咋都不行。后来，恁谁都还记得，整个庄的人拿锹站成一片的壮观景象。

羊山死于乱锹之中。一声声叫喊交织着血液飞溅的声音，弯曲着飘远。最奇怪的一声是打在他脑袋上的那一锹，听上去似乎有肉丝伴着迸裂，而不是脆响。大家停止了之后，就互相看，看着他的血不再流，而是挂在他头发里明亮的白骨茬上。那几块白黄色的血块在午后阳光的照耀下，让人眼直发晕。

这时的村庄从雪里裸露出来。看热闹的人说，锹铺满了地。放下锹的庄人在一串铁器声中，朝这家人靠过去。羊山蜷在地上，身体的轮廓按在雪里。弯曲的叫声没有了，那幅身体从外面看过去几乎是个表面沾油的饼。风声从上面掠去，呼呼的，吹得带血的衣襟响了起来。

“咋办，您老说？”大家看着那家人问。

“寻吴老三来！”好几个人听完，就跑去寻吴老三。

他的尸体是被赤脚医生吴老三拾掇完以后叫板车给推回来的。这个消息是斜眼少年最先知道的。当时，他在庄口淘沙。听到消息放下活，跑过去看。他看得有点发蒙。

板车是三个人换推，到后来几乎是跑起来。山里的路，天一黑就不好走了。再说那家主事人说：

“天擦黑，给我送到！拿上。”

三人互相看，说好。

喊完话，老爷子眼睛一闪，狠狠一巴掌抡了下去。当那少爷从雪地上爬起来，脸上已紫了一片。他瞪圆眼，看着爷爷在门洞里消失的身影。

拉死人的板车过沙坑时，斜眼少年便跟上了。拉车人互相看看，也没说话。阳光这时有点斜。走？三个人其中之一，嘎巴了下嘴。站在沙坑这面的人，有的笑了。

“那娃报信去了。”

“还不跑！”

旁人都说，娃认识羊山，跟他叫哥。羊山过去在庄里打人时，娃常跟着起哄，在倒地的人脸上啐口痰的事也干过不少。他就像很多娃一样到这时还都把羊山当偶像。他只知道羊山像被打得很惨，下意识地就跑起来。三个推车人换着班，跑进山里的土坳，转眼也没了。

少年在土坡上和他们并列前行。

呦——呵——又换了一个人，拉上车跑。刚才还在他身旁。一会儿，看到闷头跑的少年已落在后面。

呦——呵——像是赶马车一般，三人回头笑。整个过程都较上了劲，一路前前后后的。直到阳光暗下来。他们的后影在迭着，离着，混着这冬月山间特有的凛冽。坡很多，雪色染着，是斑斑点点的。这时远处人看不见了，就搭着肩膀走下岗，又开始扒雪，淘沙了。不用看，也知道斜眼少年跑不过他们的。咋跑，两条腿也比不上六条腿。

斜眼少年在路边喘气时，忽然来了一股尿。突然，就想起见嫂子（也就是马娟）那次。随口“啊”了一声，吓得不远处的三人停住车。他们看到少年往回跑时，嘿嘿笑。

“这不扯淡嘛！”他们中的一个说。

“喂，娃你不报信去了？”

“娃就是娃！”

他们说着，哪闹得清少年是寻那条小路去了。

跑上小路。风还是很冷，他跑得浑身燥热，近路可不好走。满是湿滑的石头，又刚下过雪，他几乎是从石头上蹦跳着前行的。这一滑，那一摔，十几里雪路。少年早推车人捎回了羊山死的消息。马娟很久都不敢相信。之后，这消息像马娟的大屁股似的，又在村里给传开了。

羊山的丧事是由村人操办的。马娟娘家没来人。这时，她才给村里叔叔说，哥哥把自个儿带大，哥哥在镇上结了婚。跟羊山也认识。那次过年，我俩在我哥家遇上。羊山和我哥喝酒，喝很多，他非想要我。然后，当着哥嫂把我按在了桌上。我哥打他几拳，一摸流了血，他眼就红了起来。跳下桌，一脚踢得我哥眼里淌出了一股水……嫂子吓得直喊。后来，羊山来看过我哥几次，跪地上说自个儿的不是。这不挺好？有人插嘴，喝多了俩！我说，也是，要不是就不会闹成现在这样：我哥眼瞎了以后就恨上他了。死活不行。羊山的小指头也是那时剁下的。后来，他们突然谈到我。

“还想着要？”

……

“那土匪，知道不！”

……

“反正是个死。”

……

“你别再来！娟子，滚屋去！”

……

上午是这样的。我扭着头进了屋，他走了，谁知道下午再进门，他就扔了一句话，土匪，要定你妹啦！然后，拿出一把斧头。嫂子搀住了我哥满口说，别说话你，别说。大家听得仔细。有的叹息，有的大口地抽烟。老人们说，就这么，你来的？马娟说，嫂子跟她哭了三次，她下决心来了马州。

羊山的尸体被村人雇的一匹枣红马驮着，沿雪后的墚，边走边撒掉了三筐纸钱。送葬的队伍闹不清为啥个几乎来了大半庄的人。雪开始化了，山湿答答的。人们走在上面脚上都是泥。马娟在最头抱着娃，双眼直愣愣地看着纸幡上的字。斜眼少年在队尾着，一会儿看看身后的山，一会儿扔出一个用纸钱折叠的飞机，再甩甩脚上的泥巴。唢呐声浮在行进的队伍上空，飞机飞呀飞的。大家都往前使劲地迈，也没人管他当时好像气鼓鼓的。他的那只好眼，在那天射出了无人注意的晶莹。

村子的沸腾是以女人们对马娟偷偷的关心开始的。她们就像观看一个豆芽，看着马娟和她的娃们，她们有时见了娃就问，你妈晚上干个啥？娃说，哭。她们就给块糖，再问，还是说，哭。然后，就把娃给轰走了。去，去，去。女人抬头放下手里的活，气冲冲走过去。

“看啥！”

“没啥。”

汉子被拽的弯下了腰，一边点头，一边看了看刚才看的地方。其实，这村想把马娟风韵的身子看进眼里的人，不仅他。村里的汉子很多是同情她的，说她得走。他们眼里的马娟，还是三年前那个身子晃着风韵的女子。她抱着娃在墙根一坐，散着股熟透的味。他们没注意到少年在墙头撒尿不到半月，村子就平息了下来。马娟看样子是不想走了。她每天的事是去地里喂猪。猪圈在林子里，去那的路上总是有几个在村里的汉子，隔着门就叫住她：“这有点儿昨剩的！”她就站在那里等门开，里面不管谁，马娟都“嗯”一声，要不就点点头。把积下的剩饭往她桶里一倒，她转身就走（娃还在家里睡着，她得喂完猪快回去）。有时笑笑，末了汉子们还说：“明儿来！”见马娟笑，一些男人的心都能翻腾起来。

少年站在墙上把这些看得真真的。他每天都来这里尿尿，再抄小路去镇上淘沙。

“流氓！”他说。那天，他把消息告诉马娟就跑去寻村主任。村主任无奈地给他说：“好好葬了吧！”

“就完啦？”

村主任说完就要走。少年拉住他，给他描述了一遍羊山被整村人拿锹拍的场面，中间还添油加醋地说了很多有关于马州村的坏话。村主任“嗯”了一声，问：“你想咋？”他知道羊山过去打过村主任的儿子，就说，“寻你是问你咋想！”

村主任走了，也没说出是咋想。其实，村主任走出了院就在想，自个儿从这娃心里再当一回老混蛋也无妨。

以后，少年就再没寻过村主任。但他很不满。不满的表现是狠狠地打了村主任的孙子。在学校，他们以前是同学。他叫住马俊。少年斜着眼走过去时正是课间。乡村校园里放着一首那时羊山最爱听的歌曲。节奏越听越好听。他手背在后面，两个手指间套着皮筋。嗯？你没淘沙去？说话发觉不对劲，周围人喊起来。马俊就开始跑。少年跑得神速。过去，上体育，他老不及格。马俊却一直是运动员。于是，两人在不大的操场上拉开了距离。一会儿近（小小少年，很少烦恼，眼望四周阳光照），一会儿远（小小少年，很少烦恼，但愿永远这样好）。近了，他就骂街：操你妈，马俊！远了，他看见马俊回头，他就嘿嘿笑。（一年一年时间飞跑，小小少年在长高。）

事实上，两条腿跑得过六条腿。好几圈后，当这首歌唱到“随着年岁由小变大，他的烦恼增加了”，马俊被追上，一拳打倒在地。他躺在地上问：“你为啥——”少年吐了口痰，骂：“是不是小混蛋！说话！”

他不得不说：“我是。我是。是，是，是。”

娃们之间不用拳头说话。打开拇指和食指，然后，套在皮筋上，这就是“枪”。子弹是用纸折起来的。小而结实，硬起来像泥球。然后，向后拉去，拉——放——斜眼少年的皮筋还不是一根，有五六根并在一起。这一打，脸能肿。少年看他哭了，人就舒坦了，人舒坦了，就想起了那墙。他站起来，挥了挥手，远处并看不到有人。可他一直挥舞，眼炯炯放光。打架后都跟身后的娃们挥手。这是一个老师经过，看见了，说的。“这斜眼将来也没好下场。”同一个人这么说他。吐这口痰的确让少年恍惚回到了羊山活着时。听见羊山趁打架还没开始唱起的沙哑的《小小少年》。后来，少年就朝那堵墙走去了。

村里的平静被新媳妇花叶又一次打乱。她那天上午刚起来，就被汉子在被窝里打得鼻青脸肿的。当天下午，斜眼少年出工去，人还没出村，就在路上看见胖胖的花叶跑向了马娟家。她在门口，站了一会儿，攒了攒力气。然后，才骂：“不要脸！”后来，骂半天才骂到，“滚出来。”

人越围越多。花叶就跟人演说一样，非说：“不要脸的勾引了我家汉子。”门一直没开。斜眼少年知道马娟这时应该正抱着娃坐屋里喂奶（他偷看过）。大伙在门外听动静，里面没吭声。花叶站在门外，歌唱似的骂着。一会儿不骂了。她嘟着嘴往机井边走。看样子，没解气，她喝口水，又走回来，接着骂。她骂啊骂。这个稍阴的下午很快就被骂声给填满了，就被各种各样的眼光给看遍了。

骂起来个个是津津有味的。听的人有时都觉得喉咙要冒烟了，可她们还在骂；听的人觉得词快用尽了，可她们还在骂；听的人觉得骂得不能再毒再脏了，可她们还在骂。花叶和马娟骂起来，完全是另一个样儿。

花叶是认定马娟勾引她家汉子了。后来，大家有的，来劝她。她看了看天——时候晚了。她眼睛滴溜一转，才拖着疲惫的步子走了。她一边走一边朝围观的人说，到点钟了，饿了，我要回家做饭吃……花叶回到家，其实没做饭，气都给她气饱了。她说饿是骗自个儿的话。她知道信不得。她看到汉子在门坎上坐着。汉子也看着她。她感到汉子说对她一辈子好的话，也骗了自个儿。越想越气，越气越浸在想里，自个儿拔不出来。她在屋里转了好几圈，找来了碗筷脸盆，她想，赶着气头，干这些事。她想着，一使劲，一个震碎声，地上都是亮晶晶的碎碴。汉子终于坐不住，走近了她。俩人抱得紧紧的。她家汉子这是服软了。一宿也是没落清净。

阳光照在墙上，花花白白的。花叶正拉着汉子，慢慢来到少年眼皮底下。他们吵着办离婚。汉子在墙下把花叶的手甩开。他不走了。他喊："有完没？说几遍。真没那事。"

"得啦！"花叶咋也不信，问，"半夜三更，到骚货那能做啥？"

他说："可我没。"

"在家做那事，你就没个完！"

听得汉子傻乎乎地，只看着她，只听她说。

少年就躲在墙后嘿嘿笑。

花叶离婚的事情闹几次，最后愣也没闹成。这却给村里女人提了个醒。大家开始警觉起来。平日见面，给马娟摆的笑容也消失了。她们都把自家汉子像拴蚂蚱一样拴住。村里女人见到自家汉子行动诡秘，常是连哭带闹。最后，连上工下地的自由也给抹了。汉子一动，就说："想那事？来！"往炕上一躺。汉子就傻了眼。他说："真没想。"

"闲着，天上掉钱？"他趴在女人身上说。

汉子提上裤子，叹着气，走了出去。在门口，回头给一身大汗的女人说："这是做啥！"

"女人啊，我闭个眼，一个样儿……"

女人们在那段时间都是严肃的。说完，自个儿又笑。

"你知道镇上的人都说马州村现在咋样？没了汉子！放个屁，都得自家女人管着声大声小。"

汉子们也埋怨。

半月后的一天。这一天，好秀从娘家回来。她晚上回来一般是不走小路的。这次的月亮很大，树林间几乎通透着一片幽光。她走过墙时，远远的，就望见了一个黑影。这条路从她的角度看正对着马娟的院子。那人要不是回头发出几声笑，事可能就过去了，像这一路树叶上的月光，风一吹就过去了。而好秀看着他蹴在那儿，最黑的地方，点上烟。

“安子！”她忽然想喊一下。

没想到的是，烟上的亮星灭了。人撒腿就跑，好秀忽然也跑动起来。

“让你跑，让你跑！”

“啪——”夜里，这一声响是脆生生的。响亮过后，一个闪光从暗暗的路上一个跳跃。汉子摔倒了，好秀撵上：“混蛋！”

说话，眼泪唰唰地落。汉子慌慌张张从马娟家门口出来的事，在羊山死后成了最热闹的新闻。马州人纷纷说咱庄快成窑子馆啦。斜眼少年听了当没听，他不理他们，他还是高高兴兴地，在清晨爬上墙舒坦舒坦。

“老混蛋！”他只想这些。

好秀寻上门，村主任躲了几次。她说要离婚，让他给开条子。村主任说：“尽添乱。逮着人再说！”好秀再寻，村主任再躲。堵住了，就给她说：“不是给你说啦？”

“说啥了？”

“再说。”他说。

后来，好秀没再去寻。

汉子问她："咋？"

她就学村主任说："再说。"

他们的方法是村里几个上年岁的人商量出来的。第二天清早，少年从红脸儿那儿得来消息，给一些人说谁要逮着给谁赏钱！

"多少？"他扛着锹走出门。红脸儿他们是邻居。

他说："村主任说给，反正！"

少年问："你喊是多少钱？"

"我不管钱，"他说，"就告诉你了，反正。"

"我走啦，你反正吧！"少年就去上工了。红脸儿就敲着他的小锣走向了村子的主街。他还是喊："开大会！开大会！"

会前，马娟被几个人给盯了起来。斜眼少年到时，村头岗子上满是人。村主任双手摆在身后，低头，周围干部在说："静静。"大家都在说话。干部们又说："静静。"大家说得止不住。"静静。"干部们说三遍，不如村主任一咳。

咳！大家静了下来。村主任就给大家说："你们都知道啥事！下次再出现这种事，老规矩处理。"少年站在人群后面，他看得又是真真的。村人唏嘘。他能猜到整个身子捆上大石头沉湖的感觉，肯定难熬。

村主任说："逮住奖钱。"

“真？”

会计也在，他站出来说：“五十元。”

“是哦。”

大家又热闹了起来。直到，上面有人喊：“散了，散了。”人群涌下岗，才流水一样灌进了街巷。

“五十元？”

“是哦。”

斜眼少年有时到学校转，他想再揍小混蛋一顿。每每想起，他都会哼起那首歌。小混蛋躲着他。这是村里出得最多的一次钱。斜眼少年在外面淘沙，一星期几毛钱。白天里，马娟走那条路去喂猪，还是有人给她倒剩饭。她笑时，汉子们还是高兴。大家嘴上不说，有的人也开始和她打招呼。在暗地，却争起来。有时，少年晚上回得晚，大黑了，他就蹴在墙头看着村里的一举一动。你和他一样在墙头看，多晚都是能在马娟家门前看见闪动的人影的。少年的堂哥打从那次开会回来，就一心要逮住“那汉子”。可他说最多的是：“五十元啊！”说着，还看了一眼窗外。此刻，马娟家有人吗？想着，想着，堂哥笑了。“爱有没有！”堂哥家新生的娃正缺钱，总想把握机会捞些钱。五十元的事情他跟女人说了，女人就问：“你说真？”他就“是哦，是哦”回声一样说了很多遍。

他守了有三个月了，没动静，每天早中晚各四趟。搞得他跟自个儿生气：“就不信！就不信啦！”有时，少年看得很清楚，他在马娟门口躲着，吃馒头。至于其他人，少年就闹不懂是个啥规律。反正，那一阵的目光都落在马娟的院里。

“几趟啦？”斜眼少年在堂哥家吃饭。嫂劝他别去了，早歇吧。堂哥倒好，看少年一眼，“你也不信我能逮到？”边说，边勒了勒裤带，抬头时，又瞪一眼自个儿女人：“睡，睡，就知道睡，不睡能再弄出娃？没这崽子，我指那钱？”

女人没了话说，红了脸，低头给少年盛了一碗饭过去。

她说：“来，吃。”

斜眼少年当时拿那只好眼正看着堂哥，堂哥急匆匆出了院。在他快吃完时，堂哥碎步到了马娟家后房檐下。他差点叫出声，扭头就往黑处跑。跑很远。街道里黑，差点撞墙才意识到方向错了。他站在村口的墙下，满头大汗地抬头看见椭圆形的月亮上一片云正经过。接着是一股呻吟声透过窗棂飘出来，他感觉，那几乎是在房后那棵椿树上绕上几圈才缓缓灌入他耳朵的。跑时，他甚至扭着头，盯着紧闭的窗户。窗外是黑夜，天空里是一种说不上来的气息与那声音缠绕，饶半天再从树上落下来。天太黑了。堂哥呼哧呼哧，趔趄几次，才摸回了家。他叫少年：“快走！”然后，少年跟在他身后，俩人往村主任家跑。他跟村主任说，村主任一听：“了得她！”说着，顺手没忘揣上手电，跟他俩气喘吁吁跑出门。赶到那里时，淡淡的月光里飘荡的团雾一样的呻吟声，仍在树上串来串去。堂哥看了看村主任。村主任看了看堂哥，又把眼光移开，移到斜眼少年这，他跟斜眼少年点了点头——是少年踹开了门。

门里的马娟正坐在盆里洗澡，娃们围在她身边。一瓢水淋在头上。盆里的水汽蒸腾，一屋子热气。大人倒没啥，几个娃看见生人，哇哇哭了起来。村主任看不妙，转过身去。他背着身，傻了眼，想说也说不出啥。他重复着：“咋这？咋这？”堂哥也愣了。想起回头看时，少年早寻不见了。这时，少年早已把所有准备工作做完，人站在了墙上。他在墙上撒尿。他看得真真的，远处的月光哗哗地从女人的肩胛骨上打着转，接着是在凹下去的第三个肋骨那停留一小会儿，再滑下来，一缕渗进了脊沟，有的则消失了。消失时，并不是夜晚一样无声，而是带着几声水的低吟。很多个夜晚，他都闭着眼，站在墙上，鼻翼翕动着，往马娟屋里看。今天，他鼻翼翕动得格外厉害，嘴角露笑。“在这里，啥都看得真真的。”他想，“舒坦啊，舒坦。”

他远远地看见，堂哥和村主任抹着汗从马娟屋出来。他听不到他们嘴上说了啥。不过，他们走路时，嘴吧都是一鼓一鼓的。

“这女人是狐狸变的。”

“惹一身骚。”

“那钱？”

“还要钱？快走！”

拐进了街，街里幽暗。慢慢就看不清他们了。

马娟洗完澡，穿好衣服，人坐上了炕头。娃们睡了。透过窗，她终于看向远处的墙。她看见了，仿佛羊山也正注视着她的那个轮廓。看着，看着，倒把自个儿看笑了。她的笑脸通过距离传递到墙头时，竟蒙上了一层意味深长的忧伤。前两次，她是如何面对花叶和好秀家汉子的呢？斜眼少年都知道，可没人知道。他听的最多的还是，别人说的：“事不好说。”

不好说的，咱不说。我们来说说少年十八岁生日那天的故事吧。清早，堂哥就拿给他两个煮好的蛋。按乡间的规矩，是要剥了皮在他放枕头的地方滚上那么几下的。然后，让他吃！

他说：“不吃！”

堂哥又说：“吃！”

“别不吃！”

他有点气：“听你嫂的！”

少年吃是吃了，但没都吃掉。他偷偷把一个塞在了小外甥女手心，小声给娃说：“吃哦！”娃是堂哥的第三个闺女了。堂哥抱着她，直愣地，看着那张小圆脸，心事重重地说：“你不会也是狐狸变的吧？”

塔诺是一个乐园

STORY. 14

走在山里的人，坐在石上的人

爬在树上的人，蹲在河边的人

快快回到洞里来，太阳已经落山了……

我正在呼唤你们。

——傣族民谣

过了夏天，走过河边便会见到马州人围坐在蔓草丛生的坝上，一面惋惜着每年被吃的孩子，一面对着河水指指点点。这年受害者的母亲是一个傣家姑娘。就是这女人使我无门的忏悔一下子遇见了佛主“帕召”。我开始安妥。总而言之，今夏回到马州。我们的青春在这里度过的。从寨子里出来的人，共四五家。得到回城消息后，听阿妈回忆寨里知青沸腾了。尤其阿爸，这几户人家没几天便带上妻儿迁到河边。我们在那儿等着进城的门打开。河边有座被傣家人称作“塔诺”的旧式水塔，当年上面坐过一群又一群喜欢玩水的孩子。他们在石榴河边上沿滩上去三里的地方找到了玉罕的尸体。她阿妈说，世事早有定数！比如，她的出生赶上了傣寨间的动乱。众人忙于其他，就没给她按规矩“过秤”，要不，她该叫玉章的。这一直让她阿妈心里不安。按我们傣家人的说法，女孩出生后为防生病，要取盐巴和她过秤，重量和她的体重相同的盐巴被拿去祭鬼。盐巴换来的女孩在以后会少病少灾。“玉章”就意为“过了秤的女孩”。兴许是天意吧，我们被迫安插到这村的时候，也是她第一个喊出了“塔诺”！找到玉罕是意外发生后的第二日。她弱小的身体已经浮肿不堪，尤其是那张白色脸上钻满了水蛭，以至于呈现给众人的是画满了灰色的线条，短促有力，感觉上似乎这些线条还在蜷动着。感谢岸边不远的一团蓬勃的水草，是它留住了她消逝的轮廓。可能是水流急，冲到这里时，她被这团草缠住，层层的浪将她推上了石榴河边最荒凉的一片田野里。她的故事没有结束，在这次意外的漂流中。而是多年以后，被故事中的另一个人把它写成了故事。我不想回忆：晾在阳光下，她浑身散发的淤泥的腥味。都说：紧要的是玉罕得快些埋掉。因为浮肿的身体看来多少有点恶心。枯竭的头发裹着大头，耷拉在微隆的前胸。皮肤铁青，肚子也是胀得像个气球。要不是他们曾与这个美丽的姑娘一同玩耍过的话，没人会认出，那是玉罕。明亮的是那颗痣。在嘴角已经眯眯地睡去。之前，他们团团围住过我，疯狂地摇动我的肩膀，吼：岩罗，见到玉罕啦，你？说啊，啥时候！见到她啥时候？你们不是老在一起玩儿吗？我都没回答。就算我不说，事儿也不会一直没人知道的。就像我再次坐到石榴河边的一扇窗户后，动笔写这个故事的时候，还是穿着这件刚刚被玉罕的阿妈抱着哭湿了的衬衫。我们为什么相见？如今来看，“塔诺”又是什么？多年以来我一直深受折磨。傣族的礼节里的确有这种事儿。不容你不相信。

玉罕阿妈犯了原来在寨子里落下的羊角风。三年前他们合婚，大家燃起火把，在河边跳了三天。笙歌在竹楼上飘扬。年轻的下放大学生，娶了个痨病的傣家姑娘玉月，大家都跟她阿爸说，玉月的病可能没法生养。她阿爸也没说什么。是水灵灵的玉罕姑娘让她重新走下竹楼……那场村寨之争正值高潮。羊角风是那年月子里被吓的。玉罕阿爸如今在外面，除了朝夕诵经以外就是给人打工，年尾回来。家里这回出了事儿，人们就惦着她这病，这不，还是犯了。平常一样坐在院子里，她在给玉罕纳鞋。人们涌进门口都停在那里，直勾勾看着她。她看了一会儿大家，匆匆站起来，朝人群这边跑来，仿佛很遥远的传来了声：我闺女……话没完就淹没在了送信的人群中，剩下的话呢卡在喉咙里，随着满口白沫一同流出了嘴角。都怔住时，人又站起来，大家嚯地散开，我闺女人又去河边了？在捞在捞。划拉开人，她拉着长腔，披头散发向石榴河奔去时，村里孩子们都爱在河边玩的那个地方，已经聚集满了议论的人。塔诺好像很远。很远。他们惋惜地说：每年到这时候啊，石榴河都会吃几个人。

蹲在河边，野鸭在我们头上转圈，等你看它时，又没了，盘旋去了远处的苇丛。玉罕也喜欢坐在我们当中，到塔诺上面看水。那时候的水里还能见到大量的蝌蚪，看着它们在水里随着水流打滚，我们都可以笑半天。夏天的石榴河，总气派的。哗哗地洒着水雾，离远远的看来，岸边的塔诺忽隐忽现。雾蒙蒙的大概到了村口才清楚些。孩子们都说这里是神仙待的地儿，愿意来。最近几年的河水都是泥沙了，来自上游的建筑工地。清澈的河水变成土黄色。流动的声音也很大，几近咆哮。不远处大大小小的漩涡在上面打着转。

此刻，昏黄的水上流的，却是宁静而安祥的风。

玉罕问：岩罗，我想不通，不说上面不是山吗？我听我阿爸说那的水干净。这水脏，那些干净的水上哪里去了？

我不知道怎么回答她，只是看着她嗯了半天。

十四岁的清晨。我躺在床上，采取个还算舒服的睡姿，等着日头跳过东边的窗棂。那时是暑假的第几天，我很想睡个懒觉。岩炳的阿妈可以让他在假期睡到日头照屁股呢。为什么我就不行？我没福气的。我的早晨从喊声中开始，每天都是打草归来的阿妈拍打房门，用整个街的人都能听到的声音叫：“岩罗，起床！”懒觉就这样结束了。第一次醒来，发现我的鸡鸡立了起来，那大概是关于玉罕的第一个秘密。

马州位于冀东平原上石榴河下游的一片湿地旁，世代居住着马姓朴实无华，却富有神秘色彩的农民。回城潮中间的那几年，这里是城市接待回城知青的“暂留地”。好多人对此印象深刻。当然那时候它是荒凉的。这小批傣族人称之为“塔诺”的小水塔，就与之遥遥相对，好像很远很远。

我们开始都住不习惯，村寨的竹楼都是悬起来的，这里却接着地，很潮湿。阿妈安慰我们说等进城，住不了多久的。阿爸死于我上面提到的那场村寨战争。大人们都说回城生活就好了。到这挨着石榴河的地方来完全是下下策，是在等待政府的号召。这里周围是野地，地上覆盖着茫茫的草，草低头了，我们住的这个庄就露了出来。一条公路与外界粘连着，路的半截儿就是一条长长的石榴河。我们从小就在河边，从村寨出来也没有离开过水，傣家人好像有种天生亲水的性格。

这条河的岸边，每到春暖时节便开满花，到了石榴的季节，最美的就是一树的红牙。亮晶晶的，如宝石垂坠。河水上流淌着清亮，站在我们经常玩的那个塔诺上看，似乎是很浅的，小鱼飞在其中，尾巴在阳光下扯出晃眼的光。玉罕说过，她喜欢这里的水。事实上，几乎所有刚搬来马州的小孩都喜欢。我们常到河边，赶上石榴熟了就吃个滚瓜圆。平常也去，到那个塔诺上看水和鱼。周围滩涂上，雨后积满小坑，就会多出很多摸鱼的小脑袋。水退了，岩石也围出大大小小的塘。偶尔，孩子们会捡到上游漂来的木头，拿回去的一般情况，就会受到大人的表扬，暂时饶了他们去河边的事儿。庄里的大人都不准孩子去河边，因为他们每年都会在大家的口中，得知那个石榴河的传说。可那个年代的人见木头还是忘了那些。毕竟孩子提前懂得了“持家”的小道理。

如果没捡回东西，去塔诺那，玩回来就要为了不挨打而说谎。这点所有去过塔诺的孩子都会同心协力。当然，结果却屡屡露馅。为什么是我们？这次，为什么是我们！是玉罕、岩炳和我？

岩炳活脱是一只猴子。他家门口那时候长着一棵老大的桑树，大得挡住了他家窄小的院落，记忆中那有种说不出的古怪。每次找他，一到那里，就会感到头上是阴暗的，风声沙哑。我可以证明，岩炳的童年几乎是坐在树杈上过的，尤喜和我比爬那棵古怪的树。我记得是赢过他两年，到第三年就没能爬得上去。也奇怪，树到了结果的时节，我们要摘，果实越结越高，后来感觉到：树上凡结过果的地方，都没再长过叶子，而是往上拔。岩炳家的树上结着高高的紫色的桑葚，比墙高一垛。岩炳不用梯子爬上去，站在左数第三根树杈上，得意地摘到桑葚，再冲地上笑。桑葚的事儿上，我和玉罕只能在树下等着吃，看着他甩着屁股蛋儿往上蹭，就那么顺着那道阴影一直上去。

我和玉罕那时候就已经是懒得动的人了。除了蹲在地上等岩炳扔下大大的桑葚，就要说她曾早晨起来练习跑步的事，一个早上之后就停了，我们那天都埋伏在路旁，要看跑步，远处路上摇摇摆摆地过来一个影子，近了大家才哈哈大笑，说那像个鹅！鹅！鹅！也可能是因为这个，总而言之玉罕从此放弃了这个过早的改变。

我们三个爬上石榴河边的塔诺，一同朝拜过西去的村寨。

现在回忆起来，还是弄不明白这种多少带有浪漫意味的组合，或者是虔诚从何开始的，还是同为傣家人？又是马州的邻居？我们迁过来之后，的确住得很近，一排上东西向，共五户人家。我家过一家就是岩炳。他正中，左边是玉罕家，右边住着一个五十多岁的孤寡老头儿。我们叫他老嘎。

村上大概没人喜欢这个老家伙，可能是大家骂他打女儿。因为，有段日子常听见午夜乍起的尖锐的哭声，起初很大，慢慢地低下来，像越来越远，有到塔诺那么远了吧。阿妈讨厌老嘎我看得出来。有一次偷听到河边那些人也说起了他，还说“那操性”！我记得好像问过阿妈，汉人说的“操性”是啥？玉罕跟我们也说过：得躲着那个汉人点儿！为啥？我问。她说他们都说他不好呢。哦。

是岩炳“哦”了一声。他是三个人中年纪大的，先上学。等我小学一年级，他却还是和我做了同学，也和我一样背不出乘法口诀，算不出最简单的题。老师考我题目的时候，岩炳就在不远，正默写老师罚的三百遍口诀表。看了一圈周围，大家都低头。只有咬着笔头的玉罕，反而头抬得高高的看着我，一眨不眨地看着我写。她表情如果严肃了，那颗痣就显得很呆板。溜溜的眼随我的橡皮转来转去。

老师喊：“不会？还不会吗？抄三百遍去！”

就在这个最不合时宜的时候，也是我多年以来，一直梦见也说不清的情景：一颗痣飞进了我结巴的嘴。后来有点文化的小姨来帮我搞好学习，也是问问题。

“二八多少？嗯？”她怒视着我，我却不会。扭头却看见了小姨怀里的玉罕，“十六嘛”。突然冒出的这句话，让我一阵脸红。刚进门的阿妈也愣在那儿。

那年玉罕六岁，没上过学。这是她第一次在智力方面赢得我妈的心。从此以后，她总是在各种比赛背诗做算术背乘法口诀表上让大家赞不绝口。表扬人家聪明的孩子时，我和岩炳的阿妈，于是就总不约而同地忽然想起了我们俩，然后说：“我家那笨蛋！”

玉罕很快成为全马州村人眼里，最聪明最听话的傣家小孩。只有我和岩炳知道，她更喜欢和我们一起去偷塔诺边上老嘎的西瓜。

老嘎那儿有块地，夏天我们玩累了，就去偷西瓜。有时，老嘎不在，有时在，玉罕就出主意调虎离山。虽然忘记了那东西甜不甜，但现在依然可以体验当时的心跳。

石榴河边上满是野花。从前每年春天都会按时开放，而那年，花开得是从来没有的繁华。它们稀奇古怪地开放，有点儿让我想起那棵越长越高的树，也是那种说不出的古怪。

我们都坐在塔诺上，野花在我们下面，水里有时候会映出花的影子，玉罕看着水说：花睡醒了。大概聪明的孩子都那样，她总是用我们很难理解的奇怪言语，来描绘东西，比如那只叫黄蓉的猫，在我们眼里，那是一只成天发春的猫，平常就在屋顶的麻袋上打呼噜，好像老气管炎一样，整个喉咙里都塞满了痰。我们上去往那一摸总是热的。而它却不见了。我一直感觉它就在我们附近盯着我们，这种东西我和岩炳都讨厌。

有次我们问玉罕猫哪儿去了，她说猫掉炉坑里了。多笨的猫。火烧焦了它大部分的毛就更难看了，终于看见它走在墙上也不那么悠闲的样子了。岩炳趁着玉罕不在，就把它捉来往天上抛，然后它喵一声，飞快地窜开，我们就笑，得意劲儿不亚于玉罕背了一首诗在班上又得了一朵红花。

玉罕的这只猫是宝贝。因为黄色的绒毛被叫作黄蓉，记得她给它缝了一个小褂。我们就都笑倒了，棉袄布乱七八糟地拼一起，猫穿上别扭，从树上到屋顶到墙上蹭来蹭去的，口里不停地叫。说实话，我一看见那只猫就想起玉罕。

放学我们不偷着去塔诺，就是在村里转圈。我看见过玉罕无数次地干一件蠢事：很开心地抱着那只猫叽哩咕噜地说话。更可笑的是，她一度为这样的行为感到自豪。

岩炳说：这是傻子干的事儿！

他很了不起。他是我们当中最早使用这种马州大人们很流行的话的人。尤其是还能上最高的树，并且能够站在上面撒一泡最长时间的尿。当然也包括发现那一年的野花开得如此好。是岩炳带我们去采花的。我们捧回大把的花，然后玉罕在自己的头上戴了很多花，她梳两个小辫子，在辫梢上，发夹里，都插上花。那次，我们追着她，唱着《打靶归来》一路向塔诺奔跑而去，塔诺好像很远很远。到塔诺，好像费了好半天时间。

当我们气喘吁吁地坐上塔诺，石榴河缓缓地流去，玉罕头上的花也蔫了一大半。岩炳撇嘴说她臭美大辣椒！你说谁！你。你。你。他们总是在这时候吵架。我和岩炳其实在暗地里一致认为玉罕很“妖精”。

为此我们吵架的时候，都会骂她妖精。她一点也不觉得自己妖。每次，穿着阿妈给她织的彩毛衣，戴着满头的花得意扬扬地沿着下河的路走下去，穿过那条路，一路走很远到家。有时候塔诺真的很远。她要带一株花种院里。玉罕家的院是我们那排房里最漂亮的院落。她也是穿得最好看的姑娘。绕过小街道，那里是个花园。玉罕的阿妈在园里种满了各种各样的花，尤其是花开的季节，远远地，站在塔诺上面就能看见深色的村庄上有个明亮的地方，像一个痣。到夜里，她家的花香就会夜奔，像我们撒欢地跑，我们离得近就会很刺鼻，相信远处的人家也会闻到。我不太喜欢那种香味，过于浓郁，让人发闷。童年时却习惯了那种味道。

是我们三个一起，把那棵从野地上拿回来的花，小心翼翼地种在园里的。阿妈给我们吃了西瓜，那年的西瓜青瓤。岩炳刚巧换牙，那天神奇的被西瓜肉咯掉了一颗。他一边捂着嘴，一边无意中说，老嘎家的甜！说这话的时候，大家还都沉浸在张嘴闭嘴把西瓜肉顺进嗓子的欢乐中。

突然，飞过来一块西瓜，岩炳“啊”地涂了一把脸。他这才看了看我，我又看了看玉罕。她狠狠地吃第二块。岩炳挨他阿妈打是后来的事。活该他倒霉又是不会背诗，巧了玉罕坐旁边，每次都是玉罕低声告诉他，这次没有。岩炳妈从玉罕那里验证到确切的答案后，痛打他一顿，说所有的小孩都该向人家玉罕学着点。之后是岩炳气乎乎地说：再也不理她了。

我们很快融入了汉人小孩玩的“谁是木头人”的游戏里。那大约是1984年最流行的。记忆里的几个朋友，有的维持到现在，有的匆匆隔断，都是在那个游戏中开始的。至今我都不能明确说出“谁是木头人”的明确意义。有次和朋友坐到一块说起了当年的游戏。他说起了几个，比如风筝，比如水枪，比如沙包、毛人、玻璃球……唯独没有木头人的游戏。那是我们当年这些小孩最喜欢的游戏：一个孩子在墙上拍，时不时地转头，一堆孩子在后面，以不同的速度向拍墙的孩子移动，手拍到了那个人，他就还要再拍一次。若拍墙的牛头看见谁动了，就轮到他拍。大概就是这样，到墙边，我说，人少不好玩，还是叫玉罕吧。岩炳非说不，很坚决的样子，不再理那个人精了。我说：傻子，不会报复吗？我妈还老是给她吃苹果呢。我看不惯她……

他答：我看行！我的这个很没创意的说法，反而引起了岩炳的兴趣。我们躲在塔诺上，先后谈论了几条做法：比如绑到猪圈里让她闻屎味，哄到河的上游就跑，让她一个人回不了家。

我说：不行，大人找着了，肯定挨打。我们是不讨喜欢的。要不你把那事说了吧！刚出口，岩炳就变了脸，操的！日本鬼子过来，你第一个叛变！那事能说？不能？我当时还是没想明白，他说我可不是——叛徒——

接着想别的。岩炳说，怎么办？怎么办？最好让马蜂蛰她，让她臭美。

河边的不是有马蜂窝吗？我们哄她去那儿。

塔诺边上的确有一棵树，下面长着一片各种颜色的野花。树上的蜂巢，也是上次去采花时见到的，只是不知在不在了。

这段时间又没下雨，是不轻易搬家的。他说的时候，我们已经上玉罕家走去。

玉罕的气消得比谁都快。见我们来，还嘿嘿说：欠砸吧你，岩炳？我们没说话，就说，去塔诺，去不去你？她说，去呢！去呢！出庄，过去一片小林子。玉罕一只辫子，辫尾上跳跃着一只硕大无比的结儿。一路走一路看着云。

“好看哦。”

岩炳横她一眼，倏地把鼻涕一吸，那团黄色缩回去，不一会儿又探出脑袋。据岩炳说他感冒就是砸西瓜那天下午开始的，他非说是看看有鬼吧。我倒觉得是我们上塔诺，商量报复玉罕那天，风很冷，他光着膀子惹的。他说我胡说！还说：我他妈感冒你比我都清楚？这么一问，我就没话了。所以，我们走在路上，他鼻子与嘴巴中间那道小沟里永远都窝着一团水，或者是来自于鬼，或者是来自于着凉。

玉罕会说岩炳是条鼻涕虫的。我偷偷地想。岩炳也不会等着，会说她是个臭美大辣椒。我从策划就知道这一路会是这样，这不。“鼻涕虫！”“臭美大辣椒！”果然是洒了一路。

再往上去就是塔诺了，往旁边走不远就是那棵树。还没往上去，人就停住，玉罕又哭了，满口："你敢骂我！你个鼻涕虫。"

"真麻烦。"岩炳看了我一眼说，"你干吗又哭！"

他没看玉罕的时候，我看见了那种我们从来没有过的得意跳上了她眉头，嘴角的小痣似乎也开始跃动。就像那天我恍惚中看见它飞似的。继续往上走，岩炳已经牵着玉罕的手。

塔诺好像很远很远。终于见到那棵树。在岸的不远处，红的花已经被风吹得东倒西歪。因为离村庄远，树上还能挂些半青的果，还没开败的花朵，白色的，在风中晃荡，几只蜜蜂就嗡嗡其间，一会儿东，一会儿西的。

玉罕说："岩罗，那条枝上有一个果呢。"

并指给了我。

我说："嗯，见了，摘下来，可归我。"

"我见的！"

岩炳说："真没用。我去摘，你可别再来一场。"说完抱着树往上爬去。

我在树下，又回到几年前，爬树比赛时就这样。一切好像都过去了，树上的岩炳完全改变了我们塔诺上的计划。树上传来一声叫喊。我一惊，玉罕也愣了。

那个此刻已经烟消云散的阴谋，好像又抓着我们不放。岩炳喊着：马蜂来了！从树上滚下来。我们往回跑，从声音上分辨是整整一大群马蜂在那儿盘旋。我狂奔，忽然听见后面玉罕叫。没等我停下来，马蜂已经密布过来了。我是一直听不见嗡嗡声为止，才停下的。只是我一个人，站在塔诺下。

等我们坐上塔诺，看着石榴河的水罩上一层黄昏的雾气的时候，岩炳的脸已经肿了，玉罕趴在他身上哭。是我们跑的时候，玉罕让石头绊倒了，岩炳扑在她身上，一直等马蜂大军撤退。

他看着我叫了声：叛徒！

我就笑了，玉罕给了我一拳，你笑啥？比你俊。

是是是。我没那么好看。

说着我下了塔诺，回去吧！我怎么越看越觉得到家很远啊。

玉罕问：回了说啥？

我不管你们了，说玩藏猫猫了，岩炳猫到马蜂窝去了！哈哈。岩炳一使劲，可能是想打我，却没有够到，我就咚地着地了。

塔诺好像很远很远。水皮上的那层雾气散了以后，我们就到家了。我和玉罕挨了大人的臭骂，岩炳左脸已肿成了馒头，只是右边仍黑瘦如初，他就躲在家里怕人笑话。我们那段也给关在家里，但有机会了，还是溜他家去。岩炳那年，第一次老实在家写了作业。我们一起做的。为此，岩炳妈特别欢迎玉罕，说是她起了带头作用。

我们很久没到塔诺去了。

玉罕的阿妈不知何故，紧紧地看着她，仿佛踏到岸就会咕噜到水里去。我和岩炳挨打的理由，会是衣服蹭个洞，不做作业之类的，玉罕挨打只有一个原因：去了河边。

黄昏来到我们村，从马州东部吹来的风让一切反而更平静。夏天的晚上，大家都喜欢坐在她家的院子里乘凉，闻着小花园的清香。

我们在黑夜，则最喜欢玩藏猫猫。岩炳总是藏到他家猪圈上，很容易把他找了出来。玉罕那天躲到哪里去了？我转来转去好几圈，没见她影子。岩炳偷偷告诉我，准是躲老嘎那去了！算了！原地等一会儿，我很快失去了耐心。这时我妈过来说老舅来了，还带了一只能吹出声音的葫芦。嗯？葫芦还能吹出声？

游戏就这样散了，我随妈回家，这个老是带来奇怪故事或者东西的小老舅，每年都会过来我家一次。这次是报喜，说是娶了一个馋懒的女人，生活的压力大了，到这里来找点零工，希望赚点钱回去……看上去阿妈和他一下子都陷入了忧愁。

老舅的那些沉重生活和我毫无关联，我总是为他带我去河边地里捉蛐蛐的那年夏天陶醉不已。我破例第一次带大人去了我们的塔诺，我向他炫耀这块我们总觉得神秘无比的领地，他没理我，而是摸出个破旧的口琴吹给我听，样子和现在完全不一样。他越吹越起劲，石榴河水好像懂人事似的，浪花翻得富有节奏，一层退去，一层撵上来，一层层地附和着。

这个结了婚的老舅，还和捉蛐蛐那年一样，拽着我讲些稀奇古怪的故事，因为他家在石榴河的上游，对于我们这些下游的孩子来讲，上游往往不只是河，仿佛上面除了散不尽的水雾，也罩了层神秘。

常听说从上游冲来了一个人啥的。玉罕问过上游有鬼不？岩炳每次都心不在焉，他都说问你呢！然后拍拍我。我？等我老舅来了问问。人们说那些都是河的事。老舅说有个老乡在外打工干建筑，晚上梦见死去的亲人趟过河水，上庄里找他。还有名有姓地问了很多人，哪去了？说是去打工。问啥时回来？答每年春节回来。有事儿？那人无奈地说，我们盖屋子，要问他有没有大钉子，打房梁小的钉不进去……你猜怎么？他死了。下午绑脚手架，他们在一块儿呵呵。突然，人就死了。“咚”的一声响，奔下楼就看见这个老乡凿钉子一样，把自己钉在了一截竖直的钢筋上，刚巧是屁眼进去，后背露出了鲜红的钢筋头儿。这个钉子大啊。后来，还是他们集体趟着河水把尸首送回了村里。

老舅不管我爱不爱听，顾自吹起那个奇特的葫芦，葫芦的声音不是很尖。那年的夏天，是刺痒痒的，声音上了院墙，直到了那棵桑树上去，然后，一片叶子落下。玉罕、岩炳不知在不在院外听。过后，岩炳在塔诺上，宣布我有个很牛的老舅，那葫芦吹得——

现在回忆，老舅讲了很多真假难辨的事。现在故事大半忘却了，唯独讲故事时低沉的声音，一直没有消散。在耳边说话一般，这些神秘为什么老从那里漂过来？我一直回忆。和老舅待在家，到他启程回家那天。他前脚走，后脚岩炳就神秘地把我拽到他家屋后，说，玉罕呢？我说这两天一直在陪老舅，不知道哇。

他急了："藏猫猫那次，还记得吗？你老舅来那天！我去老嘎家柴房里找玉罕，结果老嘎把玉罕堵到墙角嘿嘿笑。他扭头看见了我，露出很凶的样子，说要是我跟别人说就变鬼把我吃掉……我想了好几天了。"

"鬼，你信？"岩炳问。

"老舅也说有。"没转弯，一下想起老舅讲的那些传说。鬼？说不清。我有点想起了那些睡不着的夜晚。

"阿妈也给我说，我不怕。要不是玉罕叫我别说出去，就告诉阿妈了。她就会哭。"岩炳轻蔑地说，"陪了她好久，还把弹弓给了她。"

我问："见她啦？"

岩炳好像很无趣地说："没。"

她没有出门。这好像是我们以前都没有碰见过的事情。说真的，我觉得这是件顶不好的事情，多不好，又想不到。岩炳建议当天下午去看她。到玉罕家里时，她阿爸阿妈去下地了，只她一个人在。见我们进门，她没跟我们说话，在脸上轻轻地挂上了那种奇怪的表情。我们辨不出是高兴，还是不高兴。那天，我们玩起了很多游戏，玉罕的阿爸阿妈回来时，我们都很累了。在炕上不知为什么而发呆。阿妈让带玉罕出去玩，丫头这两天老在家里。岩炳你大，懂事，看着她，别去河边……

时至今日，我也不知道大人们为什么那么在意一条河。我们没去塔诺玩。我们在村口。当时夕阳落下，爬到高处，塔诺好像很远，到了天早就给黑死了，晚上谁去那里呢？据说，塔诺上可以听见过去那些孩子玩耍的声音。他们死的时候，模样都很好的，个个笑容明媚。他们消逝于石榴河边的某年夏季，时间匆匆流逝，他们没死的话，塔诺应该没我们的份儿。孩子们喜欢它。

剩下的日子里，我们俩常蹲上墙头，河畔上飘起来一片烟尘。从烟尘里冲出一辆车，岩炳和他阿妈就坐着它沿石榴河，路过远处的那个塔诺进了城去。村里人羡慕岩炳的阿爸当时在城里机械厂已经当上车工，夏天他们一家三口都会到比塔诺还远的地方相聚。

岩炳进城后，玉罕也很少出门了。她阿妈对我阿妈说：玉罕自己待在家里看书写字呢，一点也不要操心。真是姑娘大啦。阿妈回来自然就把我臭骂一顿，我也被关了起来。暑假作业我就在那几天写完的。

天气热得人在哪儿都流汗。岩炳家有一棵树，因遮了大片的荫凉，院里挤满纳凉的人。岩炳他们刚回来，谈笑间，他阿妈脸上还闪耀着幸福的疲惫，说是就快进城啦，那边给安排呢。岩炳也给我拿了些大糖块很好吃，嘱咐我说，给玉罕的，你别吃。这是你的！给她送去时，玉罕正抱着那只黄色的猫，在花园旁边看着当初种野花的地方出神。

“喂！臭美大辣椒！”岩炳去捂她的眼睛，没捂住，玉罕用了很大力气把岩炳甩了出去。我当时笑了，玉罕可以啊！等岩炳爬起来才生气，大辣椒……对了，给你带了糖，岩罗。

我把糖双手捧出去时，玉罕很高兴，还说：“你——我就不摔了。”

我们坐在小凳上，像隔壁的大人一样开始说些事。岩炳从城里给我们带来了高楼大厦上的趣事，我讲了暑假作业上很多的小笑话，玉罕那时应该是说它的猫了……每年这个时候，我们都会把那些事情重复一遍，仿佛重复可以让它更精彩似的。

玉罕今年有些奇怪，说的是我们还不明白的事，忽然冒一句：“知道小孩是从哪儿来的吗？”

岩炳比我们大，他说：“男的和女的睡觉睡出来的！”

“睡觉小孩子就会长出来？”

她好像很害怕，看了我，我说，才不是。我老舅说那个了，女的就有小孩了。

“哪个？脱衣服？”玉罕的目光，谁也没注意，就在我们一问一答之中随着话头迅速地转移。

我挠挠头："知不道。不过，阿妈说我是从河上漂过来的。老舅的话都很神，你们知道的……"

"我也是从石榴河上漂来的。阿妈说的。你呢？"

玉罕愣愣："我知不道。我们都是河里生的，像鱼似的？"记得玉罕最后说，今天问过阿妈了，还差点被骂一顿。然后，1984年的我们就开始被这问题困扰。

才清早，知了就疯了。岩炳到我家说，去黏知了。不要浪费好天气啦！

他说："听——多少啊，我都做好面筋了。有竹竿吧？"

我们拿着竹竿出门。往那片河边的林子走去。塔诺很远。去河边？好久没去啦。我们每次去塔诺都会是三个人。

岩炳问："叫玉罕？"

"叫，叫吧。"

"她阿妈知道，我们会挨骂。"

我们还是叫了，悄悄从房子后面的窗里，叫的玉罕，窗口很小，挂着发白的小窗帘，不会想到里面是她，玉罕从昨晚就趴在窗户前发呆了。我们一叫，她就撩开窗帘，我吓了一跳，在小窗户里我们看见了对方，去塔诺吗？

玉罕说着从后门和我们一块儿跑出了庄。穿过那片飘浮着知了叫声的林子，从那里下一个斜坡上去，眼前就是那河，河水流动得平静。是涌水季，水面漂着上游下来的杂物，还有就是乳白的泡沫，岸上有些地方已经给没过去了，那些野花败了，凌乱地趴在阳光下。夏天使它们异常平静，静得像河水。

还是，岩炳眼最好使，很快发现塔诺底下也是水，已成了个水塘，塘里沤着流沙。那些笨蛋的鱼儿在水里面，晾着闪光的鳍背。我跳到水里，鱼儿像蛇似的四处乱钻，痒得嘿嘿笑了。

玉罕说："你笑啥！看你的裤子。"说话也走进一个塘。

"谁像你们女孩子那么怕事。"岩炳跳下去。玉罕也许是没听见，一个人站在那里看着脚下的沙子，你知道河沙在脚趾缝间蛇一样滑过去的感觉是多么让她兴奋啊。等我们俩人回头看到玉罕的时候，她的脚已经被埋入稍稍有些硌肉的黄沙，而她是目不转睛看着的，之后是脚踝、小腿肚、膝盖上沾了沙，我们才晃过神来大喊，你傻了？

玉罕低低地说，也不知道是谁傻！

你们知道这就是可以埋人的流沙吗？

话毕，一个人往塔诺上爬，很久也没有动静。我们上去，她在那儿眼睛红红地看着，很近的苍黄的河，变着不同的节奏流淌。

"漩涡！"玉罕说。顺她指去，水上有很多大大小小的漩涡。鸟在上面飞。

"阿妈说前两天，有人看见从上游冲下来个人，好像是抱着很大的木头才没被吃掉，不知那个人后来给救上来没……”

岩炳说好像也听说了：“死啦！这么大的水，肯定救上不来。”

“不咋嘛！”

我们都没有反应过来她指的是什么，就又说每年这里都会死人的。所以不准我到这里玩。他们都说有水鬼。我才不信。岩炳和我当时突然又都不信了，但我说：可我阿妈也这么说。

“听说前年淹死了俩，两个玩得很好，站在这岸边，有个开玩笑，推了另一个小孩下，结果那个孩子就死了。是鬼吗？”

“才不信你。”玉罕不相信。

岩炳说：“真的。人家说另一个小孩去年也莫名其妙死了呢。有两年——对——这里都没有人敢来。”

现在想，马州的荒凉，这条带有传说的河，多多少少是其中一个因素。玉罕看着我们，没有说话。岩炳说迁到这里的事。不是阿妈想从寨子里出来，和阿爸一起，没名额进不了城里，才不来这鬼地方呢！

我们没吭声。马州的大部分知青，也许都是这个原因暂时在这里等待进城的。城市的门还关着，人们却来得太早。

“另一个也死了？”玉罕扭头问岩炳，他说是那个先掉河里的小孩叫他去的。嘿嘿。就是这样：“玉罕，玉罕。”

岩炳嗓门真的很亮，在风里传得很远，很远。

“水真臭啦。上游的人都在干什么？”玉罕嘟囔，“水鬼挺好玩的。”

我说：“那是大人拿来吓小孩的。我问过老舅，他给我讲的很多鬼故事都是哄我玩的，有些是自己骗自己的。岩炳，你真够笨的让老嘎给吓得够呛。”

“那天问你，不是也说有鬼？”

“什么？岩炳，你……你……给岩罗说了？”

岩炳这会儿才有点慌神：

“我就问岩罗有没有鬼。”

“老嘎是坏人。”我说完，玉罕迅速退了退，又看着我和岩炳。眼里的泪水慢慢汹涌起来。

我从没见过玉罕这样。她站起来瞪着岩炳说：“恨死你啦！你们都是坏人啦！”她最后的一句话。

我目瞪口呆地看着她从塔诺上跳到风中，然后被风送到河里最大的一个漩涡里。没有再喊出一个字来。就像块石子一样被馋嘴的河给吃了。岩炳脸色煞白地看向我，我想我正不知所措地看着水面。再往水中望，人已经完全消失在水中。我们坐在塔诺上面傻掉了。几只乌鸦从我们头顶飞过。

人们都说玉罕的死是因为生得好。明年这时，水鬼再来，也许那就是玉罕。你们再也不能去塔诺了。当时故事的情形是：我们清醒的时候，岩炳正大口喘气一脸潮红地看着我。

我们是这样说：

“这事，绝不能让大人们知道。”

岩炳看着我，不再说话。

“他们知道了我们就会挨打的，是我们带她来的。说不定还会说我们把她推下去的呢。”

“那你说怎么办？”

“知不道。”岩炳说。

“我……”

岩炳说：“你害死她。你提起的老嘎。”

“这是你告诉我的。”

那天上午，我们在塔诺上真正地打了一仗。我鼻子流着血回到家里。岩炳在那片林子里飞快地从我的身边跑过去，头也没回。我们默不出声地，结束了这个上午。

听见玉罕的阿妈呼唤她的声音时，已是中午。先是在院里叫几声，然后挨家挨户地问：

“见玉罕了吗？见玉罕了吗？”

问到我的时候，我说没见。傍晚时，呼唤的声音已经听上去很可怕了。玉罕！玉罕！玉罕！我在屋透过窗纸，看见了大人们在那里集合，一队人奔去塔诺。

“夏天啦。”他们说，“万一玉罕去了河边，会被拿替死的。”

下游一台抽水机边的人们在两天后发现了一具尸体。我想说的是后来，当年秋天，我过早知道了现在困扰我的失眠的原因，吃过很多药都无济于事。是佛主“帕召”的惩戒令我在故事结束多年后，回到这里，面对河水，面对笔下的人物。刚进村，玉罕阿妈就认出了我，并朝我扑来，问现在城里好不好时，我还在那次事件的惊悸中，写下了故事的开头：走在山里的人、坐在石上的人、爬在树上的人、蹲在河边的人，快快回到洞里来，太阳已经落山了……直至现在躺在床上闭眼，从玉罕家院里窜过来的气味，即使蒙上被子，仍从被面里渗进来。河水流过，耳畔仿佛一个小女孩的嘤嘤哭泣。我幻想西去的村寨笙歌弥漫。

马州人都说玉罕阿妈可怜。“回城潮”终于开始，我见过她几次，都是在去石榴河的路上。我坐车从河旁的公路经过去城里建房子。听说玉罕的事后，她每天坐在那个塔诺下面发呆。不定在哪天你就看不见她了。很多人说她整天想去见闺女。大家还说，看玉罕阿妈瘦得那个样子也活不了多久。花园残落下去，我们一块儿种的那株野花，本来已要开花，现在却枯萎了。我听说，岩炳更喜欢去到河边，他不是去玩耍，而是一个人坐在那里沉默。而我——再也没走近过塔诺，不管到塔诺到底有多远。

这次，我回来特意去那时住的房子。从前的房子在，也只剩老嘎的家时有炊烟飘起。他的女儿们都没嫁出去。偶尔，听我阿妈遮遮掩掩地说起他的两个女儿如何跟错爹，要是当初跟阿妈走了，不至于如此结局。

读者朋友啊，这忏悔对你们没有意义。你们关心我的罪孽。阿妈一天突然问我还记得小时候，常在塔诺上玩的那个岩炳吗？前年，淹死了。她说起这些时，表情平淡。事隔十二年。哦。你知道的。石榴河水从不在乎多一个小鬼儿。玉罕死时十二岁。宽恕我吧，帕召。

小南方的话题

STORY. 15

一、你

小操场衔接着庄稼地，陈庄小学藏在这片哗哗响的庄稼地外的一片树林后面。走近路过去的话，你走啊走，不一会儿眼前抖动的一片绿色中就会跳出几排灰旧的屋子——教室在靠东的位置，颀高的玉米秆互相碰撞。老旧的窗口把从沙沙响中逃逸而出的热气紧紧密封。有风吹来了，总是在那里扭一下身子，走掉了。窗户上滑落的热气在教室里流动着。一切都闷在炎炎空气中。考试对很多同伴来说简直是一种滑稽的猜测。比如预测天空是什么颜色，猜测颜色与字母的关系，再从字母导出考试题目的答案：蓝天是甲，灰天是乙等。还有些半大小子们蹲在操场边的草窠，托下巴做着另一件事。例如大多数的女孩会穿长裤上学的时候，只有一个人穿上了裙子……你像只蝴蝶，玲珑的身材在校园里飞舞。走在校园里的时候，男生的视线黏在你身上。这一天，你又迟到了。阳光从你的身后铺了进来，强烈的逆光照透你的裙子。你的轮廓的确比天空的颜色和字母更有吸引力。你脖子还扭向一边。老师问你这个月第几次迟到？看你，学校只准穿平底鞋。你没回答他。之后，他气冲冲地把手指向操场。当我们拧着脖子目送你从窗口走过的时候，老师把书摔在讲台上。你是我们以为会持续很久的一个话题。他们曾无数次议论你的胸罩颜色。我也参与了关于粉红和米黄的艰难选择。那天，见你坐在外校男生的自行车上，你妈又打你了吧。出于很多原因，参与关于你的议论的人令我越来越讨厌。包括我自己。可能没有人知道，我喜欢你，他们并想不到我这个老师喜欢的三好学生会对你产生感情。有一天放学，我在学校操场边看书。日头西斜，我收起书到车棚推自行车。走出来时，你站在车棚对面。我推车从面前过去，不知走多远，才回头问跟上来的你：有事？你说，不如送我回家吧！然后，坐上后座，我们向林子移动。夕阳照在河面，水声嘹亮，一群小孩在河边玩耍，妇女们捡路边的清凉絮闲话。一条狗从一个人家出来。自行车穿过长长的林荫，你家就在前面，街边几个妇女见我送你回来都那样地笑，你知道吗？你妈抬眼见我，二话不说地就把你拽下去打。到现在才回来，还跟个男的，干啥去了？我差点摔下来，赶紧骑上车子逃了。身后的打骂声越来越远了，我始终没回头，一头扎进林子。第二天，我心绪不安。第一节是老师的课。他又让你把头发给扎起来！你没扎，老师道：不扎起来，你妈就得带你回家！你掏出手绢轻轻地把头发扎成一束。我倒吸一口气，你脖子后面的伤肿了。老师通知你妈到学校来一趟。你妈在办公室跟老师说好久，我去送作业给另一个老师的时候，偷听见他们的谈话：我闺女漂亮，好多男孩跟在后面撵。她爸当年和她一样。那天有个班干部同学送她回家，天快黑了。哪个同学？邻居说是同班的。瘦高个头，我见了能认得出。我不敢吭声，老师忽然叫住了我，让我把其他班干部也叫来。你妈回头道：就他。老师诧异，嘴唇抖动着：怎么可能？是他。跑得比兔子还快。她说着朝我走过来，老师不信，说去叫马丫来说咋回事！你来了，老师问你是不是我送的。你说是。又问我咋回事，送她回家？我脸红红的。你抬起头抢着说，是我抢他书，他要不送我回家，我都给他扔了。怎么天快黑了才回？那天，我忘了带钥匙在操场上看书。和她一起看书？我说不是。车棚碰见的。我等他，你们不都知道我这样？我趁他开车锁时抢了他书，缠着他送我回家。

那也是最后一次在学校里见到你。听说，你跟父亲在秋后到了不远的某个镇上。此后，你的消息还是能顺着石榴河漂来，河畔的树林愈发茂盛。有人说你跟某个老大好上了，关于你的这些事情，我都写在了日记本里。关于你的这个话题逐渐沉入内心。无数个夜晚，人们睡去，我蹲在路灯下为你写这些，不辨真假，与你有关，就是好的。后来在林子尽头的火车站里，我和同学去接他的那次，看见了你坐在男的车后“唰”地从我们身边经过。男的嘴里含着烟，后面跟着好几个自行车。

乡村之夜适合一种暧昧而明亮的背景。我和主人公躺在一张被光线切分成若干块的床上发呆。那女的好骚啊！我看看床上晃动的影子，心里一酸。那是几天之后，我在沿石榴河去二舅家的路上遇见你。那个坝子上只有我和你，你记得你说的话吗？你说话时，红嘴唇为什么会让我想起他的笑容？

二、我

我在北方城市度过了大学时期。一晃，我在这里毕业娶了一个当地女人。女人如花的笑容在第五年的时候悄然凋谢。坐上火车，回到这里。我和她在一处偏僻的车站分别。那才是天该热的时候。她穿着一身薄纱裙走到我们的结局里。她对我说，就这么走了？我摸了摸口袋，那还能怎样？这个你拿好。她指的是我分到的钱。隆隆声未响起。是她把我叫到车站边的一个小园子。来，来，来。趁火车的鸣叫撂在远处，一把拿住我的生殖器，我听着一种呜咽，闭上眼。其实，我被吓住了。对于新婚之夜的记忆也是如此。最后一次，更加干净利索。她说，前后呼应。我坐上南下的火车时对第一个话题开始了残缺的回忆。

咚——她在车窗上敲，这张脸是这夏天里最沉闷的花。大部分的比喻空洞无聊。所以，漫漫归途，某些话题直接涉及寂寞。离开北方，直至火车驶入南方的雨季。我背着行李一边走一边想，那个小站与这个小站之间，多少世事如烟挥散。我的夏天淤积在潮湿里，当它从时空的暗角漂上来，又是一个雾蒙蒙的早晨来临了。吵吵闹闹的孩子的声音。潮湿对于我这个在北方待久了的南方人已算煎熬。尤其这种每天很准时的叫声，更是搞得我几近失控。失眠使人松松垮垮。重要的是还有个孩子每天经过时总要敲响我的窗户。我能分辨出是中指弯曲后使劲弹出的那种声音。只一下。沉静的一天，我在南方的那段岁月是这样开始每一天的。几次想爬起床，气势汹汹地跑出去，吓唬吓唬那个家伙。设计过很多话，如在露出瞪眼状时，冲他吼：小兔崽子！等不雅的话，可是，后来都没用上。小孩开始敲两下窗户的第三天，我开始行动了。一个阳光有些晦暗的清晨。窗户又响了，我等着第一声响起。石榴河朝西悠缓地淌着，几只乌篷船晃荡在那儿，看得见慢慢远去，拐入了尽头的河道里。水里倒着两爿旧屋，波起了，屋的影子也就斜了。我把那群孩子称为“小南方”，他们一点影踪都没有。第二天，我坐在窗户对面的椅子上等他们。他们的行为唤起了我残存的斗志。我非瞧瞧是哪个小兔崽子和我的窗户过不去。我承认自己被敲窗户的声音，搞得心力憔悴。前晚，我已早早睡下。我要坐在这里，仔细看他是用哪只手的中指敲响的窗户，如果是左手，就废掉他左手，是右手，就砍掉他右手。我很快觉察到自己的残忍。老婆跟我离婚后，我觉得作为一个男人不应该再那样。我的温柔，一年四季无休无止。却被一个把她在床上伺候个半死的男人，轻易置换。我是不是该在那孩子出现以后，一拳击倒他？我看看表，孩子上学的时间已到。

窗外水声听起来像小手拍动。站起来，我向窗外看，船两三条靠着经过，唯独不见他们走来。房东在我坐下时走了过来，挥手招呼我：哟，星期天也起这么早？我恍然大悟，只说：我都是这个时候起。星期天。我尽量消融掉此刻布满脸孔的气恼。你可以想象，这将是种什么样的表情！我知道跟妈妈不辞而别是不对，可你曾想过那种一躺在家里就想吐的感觉？在身底下，这张妈妈送我们的大床上，是另一个男人和我的老婆。妈的，我又一次坐在了老地方。对着窗户，心里有些焦急。这是第二天，是星期一。孩子们来了。并且传来简单的对话：还去？嘘！你去！可今天轮到你了。这帮人的语言在清脆的脚步声中渐渐靠近。我听不清他们说话的内容。今天，我要捉住敲我窗户的。孩子们笑着经过我的屋子，这时天空来了云。我低头看，其中一个小男孩走近了我对面的窗户，习惯性地举起手，弯曲中指，娴熟地敲响了我的窗户：咚、咚——我站在门口，孩子们眼睛慌乱地看着我四周梭巡。你小子天天敲我窗户？敲窗孩子点头，毫不掩饰地告诉我：是，我每天都敲。知不知道有人在睡觉？小孩又点头。你点什么头！我提高了声，知道睡觉，还敲？敲窗的小孩好像有点惊。伸出小手指向门口，我看去，是房东养的狗在门前转悠，已是盛夏，狗舌头垂在外面，接着小孩告诉我：每天过你这儿都见它快渴死了，每次敲你窗户只是提醒你这一点。

敲窗小孩和一帮孩子沿着河道旁的小径走入了一片小林子。他们要在林子中走大约一刻钟的路程，林子外是个学校。多年前我也走过这条路。当年，我驮着一个女孩。林子尽头是个小火车站。我离婚的第二天就从那里，穿越林子走到了这户人家，住下。我站在那里看着孩子们消失，而后，木然地看着狗。我忽略了它，但不代表所有的人都能忽略了我。我进屋摊开纸，在上面写了这句话。从那以后，我的窗户就没有再响过。我也习惯了在清晨醒来，收拾衣装，洗漱完毕之后，正是这群孩子经过我屋子的时候，我提着一个小桶出去，边喊：大米——大米——迎上稀薄的阳光和孩子们挥手。后来时间一长，我猛地一抬头，就觉得那敲窗的孩子长得颇像一个朋友。

三、他

再次得知你的消息在一个雨天。他浑身湿漉漉地跑到我当时的家。入秋的第三场雨结束，那时的他已在附近的部队当了步兵。据我所知，他不停违纪，和上级闹不合。你知道他四岁被人从这条路上捡走。十六年后的他回到这里。养父不能白捡是吧？于是，要把他训练成一个武警，以接替他经过多年磨难，换来的那个职位。他想上学，想和那个美丽的姑娘结婚，一切只是使他热泪盈眶，他想了很多，那次失败的私奔他没和你说过吧？她已经两个月没来月经了。进门头一句话，他就是这样跟我说的，听到这个消息，我张着嘴看着他，怎么回事？他看着院里此刻正瓢泼的大雨。他说你不是来找他的。而是我！我收到重点高中通知书的日子，你在林子里等我回家，他也是第二次见到你。当时，你穿着那件老师不允许穿的漂亮裙子，站在忧郁的月光下面，远远地，他穿过林子，骑车过去。他停住，问你什么话了？你怎么回答的他？为什么之后会是那个样子：他轻轻推到一个树下，吻着你的唇。我读不懂你想的什么。他更不想懂。如今，他什么也回忆不出来了。你说那时的林子真美。他“嗯”了一声。你还希望以后可以在林子旁边有一个幸福的家庭。身边有个给你讲北方故事的人。早已说过，你属于北方。你虽然不愿说出那个被你爸甩了的女人的故事，但是我可以猜测到你们都来自北方，你爸至今还在那里。他为什么离开你们？你不知道自己怎么了，觉得今天很奇怪。她一点没想过回家，就是这样他把你顶在树旁，喘不过气来。他不是我。接着，他说你们做了个游戏：她闭上眼睛，什么也不看。她真听话，乖乖闭眼，你他妈的干了什么？他说看见你笑了。游戏的结果是疼。你不能想到那天他找到我，恐惧地看着我，问我怎么办。怎么办？他给过你钱？你把衣服穿上回家的时候，他说过，今天的游戏你可以挣到十块钱。她为什么接过去？大约是两个月过去了，你妈发现了你月经的事，当时冲进厕所，没骂出话，人已晕倒。你妈醒后说自己也是这样被你爸知道扔了。逃跑之夜，我把你送到林外的车站，你跟我说，当时想起我。火车慢慢驶出我的视野。

四、我们

我们的事让我老婆知道了。那是我们在那个北方城市意外撞见的第三天。这么多年，你不显老，也许是注定的，我们躺床上时，我不敢相信，穿粉色胸罩的是你。你走后，我一直沉浸在你在车站说的那句话里。那天，她出差回来似乎已嗅到了以后的变故。她叫白雪，敏感而聪明。在把皮箱塞到床底下时，顺便扫过一眼。床下干干净净，摆着两双拖鞋。除此外，床底下空荡荡的。然后，一边擦手一边把屋子打量一遍，伸出指头捅了捅办公桌上一个憨态可掬的不倒翁。我们大学时认识，直到现在过着平稳的日子。毕业后，我到医院当大夫，她熬到了经理助理，出差回来，我们俩亲热一次。这次我和先前一样，把门关上把她卷在怀里，手上下游移，嘴巴跟着就咻咻地拱上来。我得说，也许是后来的事情隐隐地发生了。那次感觉很特别。她整个身体展现出的陌生感，让我觉得这个女人变了。我们住的是她公司租的房。这幢楼四处漏风，阴暗，一个小房间是办公室又是宿舍的那种。她扛不住我渐渐粗重的呼吸，连连后退，嘴里娇嗔：嗳，人家都听到了。

人家听到你的声音，也听到了他的声音。

他是白雪的上司，北方人，我见过一次，没想竟然会在那张床上见到第二次。她只说你的事我知道，我的事你也该知道了。听上去相当划算。她指的是我们的事。后来，问她你们什么时候开始的？说你和你那个老乡开始的前一天。我承认她的确很敏感。我们的事情和他们的事情都被墙后的人，一夜互换。这样一来，我不至于感到太多自责。我无法承受那种来自北方的压力。太多的人指责我，太多人骂我：小南方缺不缺德！小南方在他们那里是一种很奇怪的发音，我和她被迅速瓦解成了三个字。并且，里面蕴含了鄙视与羞辱。我没敢告诉我妈这一切事，只说我有了更喜欢的人。

五、你们

咱们在南方过日子。我在那片林边先住下等你，我把房子买下，再养条狗。林旁是石榴河，我们小时候每天上学经过的那条河。它是如此灿烂。阳光径直立在上面，风声围着它旋转。我等啊等，就像你在车棚等我。而你们在以后不久，在北方城市扎根。你嫁了如意郎君，他当兵当成了大官，每个月往家乡寄五百块钱。从来不曾回来。因为，思想上进，在流行出作风问题的年月，洁身自好，官衔逐年上升。最后，当上了我们相遇的那个城市的部长。

六、他们

我无数次被敲窗声吵醒。有一天，我也逮住了那个小孩。听说我老婆他们也结了婚，公司搬出了那个破楼房，至于去了哪里，我不想知道。在这里，我祝他们小北方，幸福美满。我对南方逐渐恢复感觉。窗外的雨在下，夏天漂在水上，一个雾蒙蒙的早晨来了。一群孩子经过我住的这所房子。不用再次敲响我的窗户，我都会早早地起身。孩子们扭头看我院子的时候，我一定要提着水桶走出去，精神百倍，面带笑容地来到狗窝边，轻轻地，给它倒满水。人不能总是松松垮垮的。孩子们不能老是欢天喜地的吧？想着想着，抬头也看见孩子们眼角挂出了南方人特有的悒郁。

满洲里来的人

STORY. 16

开始的声音是零碎的。

——凌乱的脚步声，或者还有跺脚声，偶尔大作的风声，间歇的呼吸声，很低的咳嗽声都极其细微，感觉上声音离我们还很遥远。经过一段远距离的传送，风中的噪音显出了空旷的质地。也就是说，除了时间分秒撵进，我们对黑暗背景中的任何细节一无所知。

一个冬天。我们从越来越明显起来的风声，和脚步轻踏雪片的吱呀声可以判断，这是在旷野之中。混响声由强变弱，感觉上好像有什么一点点靠近了我们。眼前的这个人可能也是这么想的。在一声划火柴的声音后是一团淡红色的火，然后，一张失焦的脸看向远处，当他扭回头面对镜头，眼睛没有完全睁开，蒙了一层雾气，眼皮怕光，不够润滑，双鬓紧皱，皮肤被冻得泛起奇怪的红润，僵硬造成了一道道细细的皱纹，我们仔细看的话，才透过向后移动的镜头看得清他的睫毛、头发上和衣服的褶皱上都积满雪迹。还有，那团火伸向黏在嘴角的香烟，点烟的两根手指，微颤着。

看样子，他在这里站了不短时间，随着他向右延伸而去的视野，看到了一片巨大的冰湖之上，微颤着的还有他整个人，他在我们看到他的脸庞时，整个人的神态有点不知所措，企图逃避。他的身后，还有更远的地方充满异域情调，周边隐约可见的建筑物，俄罗斯特色。离他较近的地方，枯树和零星的木屋布满了宽阔、绵长的湖岸。

几声稍大的咳嗽引来了一阵局促的紧张感，他神情大变，强睁了几下眼睛，让光线从眼睛的边角送进去一些，又把随手准备的面具戴在了脸上——虽然，他都知道，这些伪装无济于事。

远处，在枯树和小木屋的东侧，走来一个人。那个人来自满洲里，曾在一个塔上制伏过他，又放了他。真希望暴力可以结束这场逃亡，可那个人又放了他。

那个人朝他走近了，手上提着一包食物，他也许看见了他，也许没有。总之，距离在缩短——五百米二十米——四百三十二米——四百一十米——三百五十四米——两百米——一百九十八米——

一个戴面具的人几乎看见了“自己”（衣服是他最后在木塔上被抢走的）。最忘不了的那一幕就发生在那里——那个人在塔上脱下了他的裤子，然后……然后，他发誓杀了那个人。那个人趴在他的身上，动一下问他一句："你喜欢吗？"一下，两下，三下，四下。他的嘴角还露出笑容，与受害女性痛苦的脸交相辉映，组成嘲笑。他在杀死他们时，手上的力度的确越来越弱。正是因为如此，他这次跑上去，出击毫不拖泥带水。左脚击中那个人的后背时，那个人几乎要倒下了。还是没有回答，那个人在旁边稳了一会儿，突然扑向他。那个和自己一样穿着的人扑过来，两人僵持很短时间便一块儿倒地，砸在冰雪上，冰面传来遥远的闷声。安静的旷野没有受到任何影响，打斗声点缀着午后的雪天。混响再次变强，一切都让人感觉是发生在远方，事实上他们就在眼前。

没有任何交代，一拳一式，两人扭打，动作僵硬，不连贯，不是一种安排好的动作呈现，除了时间分秒撵进，我们对一场突袭也一无所知。

后来，一个人离开前，还往躺在地上的人头上，狠狠地踹了一脚。然后，拿起丢在一旁的食物袋子，戴上面具。

由上至下，黑白雪地画面被一层红色的血液一块一块淹没，伴随摇滚乐节奏，当我们的眼前变作艳红一片，鼓点敲击，一个字，一个字，泼墨般撒出片名。

片名停留一段时间，背景音乐渐渐被人声取代（有男有女）。

——这样行吗？

——算了吧。

——你快接电话。

——箱子里装的是什么？

——我知道，你逃不掉的。

——要不，我们一块儿死？

——你是谁？我是谁？

几股声音拧在一起，时大时小，混响时强时弱，血柱从片名上流过，留下血痕。纠错卡碟的声音出现在每句话之间。

一个夏天，从两个重要人物身上开始。

两个人出现在画面中，平均分割画面。他们的对话似乎发生在两个空间里，他拿着电话自顾自地说话，她拿着电话不耐烦地接听。时间回到他们还在一起生活的那个地方，那个噩梦开始的地方。值得注意的是每句话都像另一个人所说，从他的表情上，既看不出心理变化，也看不出他与对话人的关系，几近一个局外人面对虚无。

他的话里有一个秘密，这个秘密关于：看见和看不见。

“从前有一个小和尚整天在寺院里念经。有一天，他问他的师父：师父啊，您所说的那个世界我真的看不到，怎么可以相信呢？师父笑了笑，带着他来到寺院角落的一间禅房门口，屋子很黑，里面传来微微的《心经》的声音。站在门口，师父对小和尚说：那里有一个人。小和尚朝屋里看去，漆黑一片，什么也看不到。于是，就说，什么也没有啊。这时，师父从身后拿着一支点燃的蜡烛，已经走了过来，烛光越来越靠近黑屋时，一个人便从角落显露出来。”

这个女人被称为A。她认为他们的感情就是不被看见的。画面右边的男人，我们指认他为犯罪者，说话声继续，也就是他嘴上的“那个小故事”渗入了我们看到的这个女性所在的空间——照镜子、上厕所、点烟、接电话，动作有序。忽然，犯罪者的电话被挂断，他有点气愤地，离开床。画面右边出现一个发出昏黄光线的台灯（暂时失去关注点）。镜头离开台灯后，又经过墙壁上模糊的照片，我们会发现它，尾随来到客厅走廊的犯罪者，推开了——厕所的门。

原来，他们两人处于一个空间。当犯罪者遇上A，一个多么法国电影的主题，当男孩遇上女孩，我的意思是从这个空间错位开始，疑惑也将开始。假如，之前的突袭只是一个暂时搁浅的剧情。

推门声把A吓了一跳，她赶紧提上内裤站起来。她看犯罪者的眼神中透露出一种暧昧，看着他，有些恐惧地，看着他，有些热爱地，看着他。总之，她看着他时，犯罪者的态度令人难以捉摸。两人交换空间了，A走出厕所，脖颈上的伤还清晰可见。这个镜头的角度取自俯拍，在两者之外，还有一个视角看着他。犯罪者方便过后，离开厕所前，始终在发笑。最后，面对镜子露出的恐怖笑容成为他的特征。镜头在他身后，刚开始镜头在厕所上方俯视，一双偷窥者的眼睛无处不在。

同一双眼睛看到了什么？

刀、绳子，毒打，昏暗的台灯光，红地毯、房间里供奉的佛像，及暴力过后自己的状态——无法面对自己，不晓得为什么生活会变得充满这些不可以对别人倾诉的内容。犯罪者从厕所出来后没有找到A。他在一间黑屋门口，停下脚步，打开灯的一刹那，A随着佛教的音乐浮现。

一个秋天，她游荡时偶然看到文身店里有个“苍蝇”图案。于是，她走上狭窄的楼梯，文身店在二层的尽头，一片狼藉的建筑垃圾边上。声音刺耳像苍蝇嗡嗡作响。这个图案就是她，犯罪者在晚上抚摸这只肩膀上的苍蝇时，内心有些波动。他是一个绝望的人，以至于刺激带来快乐，让他一步步走入了目前的局面。无法说清最后自己为什么决定去往满洲里。踏上满洲里这片土地，他真的觉得自己来对了。初到满洲里，犯罪者出没在夜晚的街头，他选择租住在一片湖的附近，每到冬天会来滑冰。那是一个老式的宿舍楼。

街上充满令人诱惑又叫人不安的味道。有几次，他挣扎着面对昔日的影子发泄欲望，镜子里的那张脸上的神情都是凝重的。他有点厌烦“不安”，所以和A最后一次做爱，摸着她肩膀上的苍蝇，没有说话，也是不知道说什么。最后的一场暴力使A绝望了。

一个冬天，与B相遇。B有家有丈夫，既然和他躺在一张床上，不是孤独还有什么原因？他们做爱时，犯罪者几乎像和A做爱，他们分开的时间越来越长。但是他能从B的身上体会到A。B不太说话，倒是在做爱这件事上异常热情。有时，他收敛一些，B就猛烈一些。他们偷情三个月后，忽然有一天他们正在做爱，忽然电话响了。

那个人：“你在哪里？不要骗我。”

B：“我在朋友这里，你不认识。”

那个人：“是吗？”

B等一会儿，没有说话，对方转移了话题：“晚上早点回来。”

B冷冷地说：“好。”

他们继续做爱，B发狂地骑在他身上，好像眼前是一片空场。

“他叫你晚上早点回去干什么？”

B的头发披散在脸上，挡住一只眼睛，另一只眼睛异常明亮：“干我。”

“啊？”犯罪者以为听错了，“你说……”

“我说，干我，干我。”

这句话有两个意思，她更加用力，直至昏死床头。

有一天，犯罪者行凶归来，在屋里洗脸，然后坐在桌前摆弄一架老式牡丹相机。（他曾与A在唐山用这个相机拍了很多照片，不过一直没有洗出来。）

一个电话来了："你不用管我是谁，你知道你会死吗？"

他有点奇怪，以为打错了。

"不要以为骗得了我。"对方继续说，"你知道，我是干什么的。"

这通电话之后，有段时间，他们没有再见面。没必要搭进性命。B似乎平静下来，也很少跟他联络了。这给他们更强烈的再次相会制造了可能。

一个夏天，他们的相遇被A形容成一次"几乎被杀死"的谋杀。很久之前一次满洲里之旅，A的弟弟在满洲里居住、工作。于是，她经常来弟弟家看父母。他们在通往满洲里的火车上相遇。他们站在车门前吸烟，车窗上有一只苍蝇艰难地爬行。

A："去满洲里干什么？"

犯罪者："逃亡。"

A："你干了什么事？"

犯罪者："杀了一个想杀人。"

A：“至少，你做了想做的事。”

犯罪者：“我是想杀一个人。”

A：“一个女人？”

犯罪者：“我们互相杀。”

A：“我还没有遇上过我想杀的人。”

……

杀机就是爱的机会。只有这样的爱情才叫爱情——不是你杀了我，就是我杀了你，最好是死于平淡之前。

犯罪者和A回到唐山后便搬到一起同居，住在一个老小区的房子里。很多争吵、很多甜蜜，也许这就是生活，至少A曾如此想象。

“你为什么喜欢看电影？”犯罪者忽然说。A大吃一惊，因为自己从未说过这件事。有段时间，自己心情不好，天天去电影院外徘徊。有一次比较晚了，电影没看成。随便什么电影都可以。去时电影院关门了，她在电影院门口的台阶上抽烟，这个时间没什么人……犯罪者说，自己做过一个梦，他说自己去接当时的女友，从同一个电影院门口路过，看到A走下台阶，上了一个人的摩托车。

是你吗？是我吗？

他们的对话开始伴随梦境交叉——又是雷声滚滚，透过一扇小窗口看出去，空地上风雨大作，远处有一列火车轰隆而过，一辆出租车闪着橘色的大灯等着一个人。雨水落在玻璃上，从镜头前滑落，车移动的痕迹模糊了。

一个夏天，雨水丰沛的那一年，犯罪者抵达了边境小城。

同样是雨水丰沛这一年，他犯下罪案，潜逃回北方小城。半路上，下了出租车，他拉着旅行箱走在雨夜。

一个陌生女人，这个女人在雨中的模样让他想起B，那个死于自己之手的B几乎是在极度兴奋中死去的。

……

不断有死者送去医院的汽车从身边经过，在犯罪者坐上夜晚的汽车在满洲里的街上奔驰时，救护车的声音总是会猛地响起，这样的话，他就扭过头去，望向窗外。

电视新闻报导：“内蒙古自治区满洲里市发生一起特大杀人案，犯罪嫌疑人在杀死三人重伤两人后逃离了作案现场。”

作案现场划定在一座老厂区空楼二层靠东的房间里。据拆迁单位的目击者称，曾在现场分别看到过拉着箱子的A和一个手持相机的犯罪者，他们一前一后进入犯罪现场，至于何时离开便没有注意了。

事实上，A一直关注着满洲里的新闻，几年未断，直到这一天来到。她在网上看到这个消息时异常的冷静。身在异地的A想了一会儿，拨了电话，对方电话关机了。电话镜头在厕所，同时可以听见水声，是刷洗声，整个局促的小地方都是血迹，窗外的雨洗掉一切，他点燃一根烟，这是他潜回故乡后的第一夜。

一个秋天，A坐在长途大巴车里，窗外的树木由绿及灰，一种神秘的音乐伴有刺耳的鸣声。声音渐渐升起，汽车前行，时而出现静音效果，眼前熟悉的街道，行人纷纷闪过，声音中的嘈杂越来越大，最后湮灭了汽车开动时响起的音乐。接着，一个红色的大巴车停下又开动。

车站周围是一些神情慌张的人，他们的视线停留在刚停下又开动的大巴车上，随着大巴车的开动，他们扭动脖子。在他们视线的另一头走入一个女人——A。她从风衣兜里拿出手机，电话那头依然没有回音，她的表情上写满了焦灼。此行的目的，对她来说更是对昔日感情的一次回溯。她的步伐在电话的忙音中失去节奏。在路上走了一会儿，坐上出租车，天空下起小雨，后视镜中的她形容憔悴之极。

出租车来到一处老小区。小区周围拉起防护网和各种各样的广告，好容易找到了小区入口，大部分楼已拆光，有的拆到半截，有的毫无踪迹。他们曾居住的那栋楼房还在。整个小区只剩一座孤楼。A独自走上楼，曾经的住处人去楼空。她推开门走进去，狼藉如记忆。还有雨声，雨声之外，还有整个城市颓败的轮廓。慢慢地，走上阳台。

巨大的一座空楼，一个人影，我们看到她在哭泣、茫然，脚下踩到玻璃的声音越来越清脆。是的，我们看不清脸，但我们透过那个背影得知她的生死选择。

“你觉得你为什么回来？”

“我觉得他回来了。”

“你为什么觉得他回来了？”

“他肯定会回来。”

一个烟气升腾的镜头。无名的男女对话之后，阳台上空无一人。雨声加重，整个混响带动起一种嘈杂声响。然后我们随着镜头来到布满尘土的卫生间——犯罪者面对镜子排泄欲望，然后走出门，他每天都会深夜才回来，与此同时每天这个城市中都会发生案件——这些都是A知道的，但他似乎还是每天回到家里装作什么也不知道。

一个夏天，犯罪者被从满洲里来的人一直逼入绝境。就算被打死也没什么，他总想发笑，面对拳头时，也觉得流下来的血是甜的。没想到一路以为甩掉的人一直躲在暗处，一举一动都没有逃出那个人的窥视。当他感到一阵麻酥，睁开沾满鲜血的眼睛，对方正在他面前脱裤子：“转过去！”不知道接下来会发生什么，好像又知道。他觉得，接下来自己还会被杀死，因为从满洲里坐上火车之前的那个晚上，那个人在电话里跟他说：

“你可以逃出满洲里，但逃不过满洲里来的人。”

那个人接着还强调：“记住，对你这种人的惩罚，刚开始。”

满洲里火车站的天桥，透过玻璃可以看见一侧漫长的边境线。本来，他想逃往俄罗斯，他甚至制造了一个假象（通过购买很多俄罗斯图册，也买好了一些俄罗斯词典），这样的混淆对于那个人来说一点作用都没起，那个人在他走后的第一时间赶到那间精液味道浓烈的小屋，检查一遍，然后把物证摆在一张桌子上，在半明半暗的房间，这张桌子上的一切向他暗示了一个事实。

“队长，我们该怎么办？”

对这个事实，小警员判断对了一半：罪犯逃跑了。

那个人的判断集中在后一半：犯罪者去了哪里？

即使在缱绻之时，类似对话也经常发生，伴随奇妙的夜晚的光影。惊恐一般的眼睛紧紧地扫视草色尽处，一个人倒地的影子，一个人追逐的影子，一把刀刺穿身体的影子，一个男人压住一个女人的影子，还有挣扎的影子、凶狠的影子……狗的狂吠声打乱了这些影子的顺序，他们重新组合成一段对话的背景——女人紧抱住男人的画面叠映出来。

B：“我还不想你死。”

犯罪者：“说实在话，我觉得我这样就是死。你觉得，我会怎么死？”

B：“医院比我清楚。”

从窗口向里看去，两人躺在床上（B在窗口的左边，犯罪者在右边）。

犯罪者：“我下午的时候，去了……”

B立刻堵住他的嘴，翻过身来，紧抱住他。

一个秋天，这场波及两个小城的跨省追踪从火车站开始了。对那个人来说，仅仅有法律是不够的。从犯罪者租住的房间查案出来第二天，他就下落不明了。警队没人知道他去了哪里。他的视角变作这场即将开始的厮杀的主角的视角，随犯罪者登上火车，满洲里至唐山。

他们在一个小车站下车（犯罪者故意选了一个小车站），犯罪者机警地躲过了很多侦查，他没想到即将松一口气了却看到了不该看到的人。然后，他提上旅行箱拼命地跑下车站里古旧的天桥。这次虽然逃过了，可他觉得背后有一双眼睛嘲笑般地看着他，见到那个满洲里来的人时，犯罪者才相信自己的判断。

“你他妈到底想干什么？”犯罪者有点歇斯底里。

而身后始终没有任何回答，除了紧追不舍的脚步声，奇怪的是有时只追一会儿，就消失了。幽灵一样，无声无息。犯罪者觉得没有危险了，就停下来愣在街头。在犯罪者实施犯罪时，站在暗处注视着，从不阻拦。他越来越恐惧的是假如有一天，那个人冲出黑暗……

现在是2007年初春，有雪飘散。涉及案子的主要几个当事人都失踪了。整个案件陷入困境，警方最后获取的有效物证如下：

一个老式牡丹牌双反相机（120胶卷上残留的图像隐约可以看出有一片水景和犯罪者妻子的照片）；

一件透明雨衣（经化验上面有多名女性的DNA);

一把假瑞士军刀（由群众在湖边发现，有血迹，残存女性体液）；

火车票一张（残破，K1301次，时间为2007年10月13日）；

麻烟52.8克（在犯罪现场和厕所均有发现）；

大量女性内衣的灰烬（部分沾有男性精液）；

佛珠（已断，15.4厘米左右）；

一把摩托车钥匙（车在异地被发现）。

其中，不包括目击者口述中，多次提及的灰色旅行箱。

附：

一、这个人的死和路上无数女人的死，没有成为故事的结局。所以，这个故事讲的不是犯罪，而是犯罪的延续；讲的不是爱情，而是爱情的质变，讲的看上去是恐惧，其实是焦虑，是狂欢，是焦虑的狂欢。

二、这个故事需要的夜晚是光线稀薄的夜晚，灰色的调子是现实主义的。是身边的生活。而人物是神秘主义的，是梦里的梦。

三、“没有无法接受的事实，或许除了生活本身，至少我们不能接受生活，才会天天重塑生活。”（布莱斯·桑德拉尔《滑翔机》）——犯罪者的生活。

"Grimy,grim and possessing a nasty undereurrent of viciousness!"
-THE HOLLYWOOD REPORTER
A man from manchuria
Script&Director&Cinematography by Tang-Di
Individual
"A new noise in chinese film!"
-SCREEN DAILY
POETIC FILM
CREATIVE GROUP

附录

站在人物这边

——电影《满洲里来的人》创作日记

▽　2010年8月10日

拍电影对我来说是一次意外。我在写作中寻找对方，却不知对方在哪。电影也处在这样一种状态。2007年开始拍摄短片，主要是记录面对故乡的心情。2010年冬，村子拆迁，在拆迁响动开始在村庄喧嚣起来前，我顶着2009年最后一场雪拍了“故乡三部曲”最后一部，可以跟自己说，到此为止了。《抵达》的意义在这里。我找不到再拍点什么的理由。

▽　2010年12月2日

一个婚礼场景，我看到朋友和他貌美的妻子。不过，这个朋友在几个星期后忽然给我打了一个电话，可能喝醉了，一改长久以来的开心，进门一脸严肃。然后，我坐在沙发上听他郑重其事地跟我说了一个秘密。这个事一句话概括就是他的妻子漫无边际的性索取搞得他几乎崩溃。后来还是离婚了，朋友圈中流传的离婚原因，照顾大多数人的对婚姻关系的认知，也就是“性格不合”。

▽　2010年12月15日

“假如没有野兽，那么，人甚至就更加无法被理解了。”乔治-路易·布封[1]的这句话，是不是可以把主人公的某种兽性夸大了？

▽　2012年1月15日

新闻说满洲里的一个中年男人因不满妻子的性索取而将其杀害，并在逃亡途中不断奸杀女性。记不清罪犯最后被捕，还是仍在逃亡。也许，这样的案件每天都会有。当时，我产生了几个疑问：什么样的性索求会让一个男人发疯？什么样的心理会让一个恐惧性的人以奸杀为乐？于是，我把2010年朋友发生的事情和这个联系了

1　布封（Buffon，1707—1788），原名乔治-路易·勒克莱尔（George-Louis Leclerc），因继承关系，改姓德·布封。18世纪法国作家、博物学家，著有《自然史》36卷。

起来。在叙事上安排了一个男人与妻子分开，原因是男子对女子施暴。然后，男子因压抑产生病态的性需求，杀人逃亡——这是我对新闻里那部分消息的改编。如果可以的话，我希望给自己，也给电影里的人物一个爆发的出口，一个神秘的追捕者，从开始就埋伏在镜头背后，很多角度也都是从窥视者的角度拍的，他在电影最后一章冲入画面，以惩治者的身份对待犯罪者。

▽　2012年3月

出门看景，因为住在郊区，要提早两个小时出门，中午阳光好。路上的风景使我觉得陌生。这种在两个城区之间穿梭的模式，虽然不是很远，但风貌确实有变化，仔细看才看得出来。我今天要去老火车站，那里是我小时候去过的地方，很久没去了，天桥已经不再通行。火车也都是货车。坐在那里，很多想法。

▽　2012年4月7日

约人在万达广场的茶餐厅，心里带着一个想法来。见面，觉得不满意。对方介绍我和他认识，说我在找男演员，我没说什么。此人穿着时尚，我在观察，他和同桌的女性友人的交流，顺畅、时有幽默，眼神清亮。唯一一点，就是我发觉他对女性有种奇怪的热情。奇怪虽然很小，但我可以体会到。这点是我的电影需要的那一部分。最后，大家散了，我心里觉得很难找到那个人。而今天，见到的这个人好像不是。

▽ 2012年4月8日

东边的天空上出现了一阵大规模的红色流云，十多分钟，天空满满的红色。我记得自己站在租住的房子里，拿着很久没用的摄影机，对着窗外，陷入了一种莫名低落的情绪中——后来，这个自然现象也用在了我的电影里。我隐约看到了正常与非正常之间的一片灰色区域。“拍一部电影意味着讲述关于某人自己的真相以及此人现实中的状态。”2012年初，我开始在生活里寻找角色，我要找到的是有热情的人物，见了几个人都不合适。我不要表演，我要生活气息，残酷的生活给了他们隐秘的绝望。

▽ 2012年4月13日

再约，我们两个人在公园。我拿着相机试拍一些特写和空镜。他问我，这个片子要什么时候开始拍，他先要去外地旅行。我说，等你回来再说，然后补充一句，你在路上可以拍回来一些风光和有趣的东西。后来，我们又聊了一些电影，正好因为同龄很多经历相似，他表演的热情比上次见面增长很多。他从外地旅行回来，状态已经低沉了许多。我和他去了一些曾看过的场景，不拍摄，边走边聊。他说，这次去玩拍了很多风景，导游看到他到一个景点就拿出三四个DV觉得很奇怪。其实，我这边还没有觉得他很像那个凶手。但我觉得，他可以用那种热情去接近那个形象，关键在于我要判断他对女人、爱情、生活、绝望的一些基本看法。

▽ 2012年4月15—20日

连续拍摄，我内心觉得没有进入状态，但我在期待从这个演员身上发现一些地方，是我没有想到的，并且让电影闪光的地方。我们每天下午开始拍摄，有时到凌晨，我住在他租住的房子里。有时，下雨，我们就凌晨跑去拍一些镜头回来接着睡。

▽ 2012年5月

他变成了我想要拍摄的那个人，当然没事我们在一块儿聊天，我从他那里得知了很多关于女人的故事，他的经历其实与我看到的那个新闻完全无关。隐秘的联系是，一种变异的情感。他和初恋女友的关系——故事中男主人公对妻子的暴力——也可以看成是对他记忆的一个回应。

▽　2012年5月10日

想的很多。影片中的“满洲里”作为一个边境小城，不放大地域性，男主角与这个地方的关系若隐若现。电影叫这个名字，我只用了很少的实景镜头点清一个逃亡的起点。电影的重心在离开之后如何走入深渊，如何不能自拔——男子逃回故乡，前妻回到两人曾居住的房子企图找到男子，发现楼房被拆迁，往日情境再现。她企图阻止犯罪，却陷入了受虐的回忆。这是一部关于回忆的电影。

▽　2012年5—6月

拍摄，无状态。但一直在继续，一直在发现彼此，他在我这里发现他要扮演的这个人的基本状况，我在他身上发现人性中一部分恶的展现。这时，还没有女主角。

▽ 2012年7月28日

拍摄的故事是虚构的，但对人物的纪录基于大部分真实。要忠实于“心理”，而非故事。我觉得他不能理解我要展示的生活，或者说我有点怀疑他的勇气。我就带着他四处乱拍，其实是为了让我们熟悉起来和消除他的镜头感。我把这段拍摄称为“游荡的踪迹”。我庆幸得到了信任，拍到了几个性心理的变化过程。可以说，我们在这个故事中最后变成了一个对性瘾的探讨者。

▽ 2012年9月5日

女主角是男演员推荐的。在火车站试一些镜头。其实，我在取景器中看到了那张脸就觉得很生活。但是我没有表达我的高兴，而是继续严肃地试镜头。男演员就在一旁不断地问我，行吗，行吗？很多人会相信这个角色。我觉得我能在她身上感到一种我这部电影之外的绝望。我信任她。镜头就跟着她，我没有对她过多要求。我只是告诉男演员在肢体上带动一下她。她像一个废弃的机器似的，连她本人都以为自己无法融入我们这个看似胡闹的拍摄流程，然而我觉得我找到了她的开关，展现了她的疯狂运转。

▽　2012年11月2日

出门拍摄，日晒风吹，拍累就歇几天。我跟演员约定随时等我电话，天气越不好，我越想借助这种天然的风景来拍摄。很多氛围是我想用到电影里的，我要和最早拍摄到的一组红色的流云镜头呼应，在每段都要有呼应……晚上也失眠，于是在本子上记下了这样的话："我们想要的是让我们的生活处于危险之中的东西。"危险、性、死亡、神圣等等词汇，在一段时间内使我有了拍摄的欲望；还有萨德的话："你必须坦白你的性，我就能判断出你的道德和人性。"这就是一个导演在挑战面前，继续着他个人对"道德与人性"的坦白。对了，这天下起了雪，我们在雪地里拍了电影开头的打斗戏。

▽　2012年11—12月

面对大量素材，陷入无状态。

▽　2013年12月20日

对我来说，一方面是把本来处于黑暗中的想法曝光；另一方面是通过注视它，而获得勇气与真诚。众所周知，这个话题是禁忌的。而我们为这故事的合理性寻找着一种可贵的表达——我觉得我完成了自己的计划。我将会和大部分观众一样面临挑战。首先是意识上的不遮掩，纪录片般的粗野。最近，有了闲工夫，看一些所谓人针对纪录片渲染故事引来的质疑。从观众的角度，我有同样的疑问。是被事件感动了，还是纪录片的主体本身？性瘾像一列欲望火车，它出发了。对于我来说，它的增减，和我在拍摄中与这些日常人物对这件事的看法组成了判断这个心理，及这部电影的踪迹。

▽　2014年5月

与策划人亚璇女士联系，彼时她在比利时，打不开国内网址，只能另外传到一个邮箱。时差关系，我们总是半夜简单沟通。此时，我正处于茫然状态，片子在手上，观众却看不到。一个月后，再次与她邮件，她说好像我很着急，自己还有很多事，就把一个电影节选片人的邮件转给我，亚璇说，刚给对方回复，他们讨论着我的电影。我用在线翻译译成中文，大意是："这部电影非常令人不安……但很好，还有几部电影有破坏的力量呢？"其中，"从未见过的中国电影"来自温哥华电影节选片人谢枫先生邮件所写。

▽　2014年10月

第一个回音："真的有人这样拍了一部电影。"回复陆续来了。一个人深夜问我，在如此晃动的光影中到底想提示什么？这个词使我觉得必须严肃面对。我感兴趣人物，从犯罪到逃跑再到犯罪的内心转变。换句话说就是观众因此而想到的那部分，而不是看到的那部分。所以，镜头里出现了一些令人不舒服的东西，大家对故事的依赖遭到破坏——灰暗的天空、突然的追击、男性的暴躁，及女性回故乡后面对家被拆掉时的那种情绪……这在我的眼前和生活中都是真实的。还有人说，片子太冷漠了。冷漠来自我看到的人物，那种生活中随处可见，只不过没有这么集中的冷漠，让我产生了一种以前在写作中才有的欲望。

▽　2014年12月

这部电影迎来了"年度十大高逼格电影"的标签，与戈达尔并列。我想，这又会让很多人对电影多了一点恶意，当然还有期待。我和这个影评人因为这部电影结识。他觉得，这部电影将来会被骂得很惨。我没有影响影评人的判断，我们足够宽容，我们期待一些改变。感谢朋友们。

▽ 2015年3月23日

凌晨五点的飞机。一夜无眠，过海关，换港币时，窗口里的小姐给了我一张“外币兑换水单”，并说一年内再换港币就不收手续费了。困倦，飞机起飞，我还想不出几个小时后香港的样子。中午到了，休息一下，窗外就是一片海，下楼看地标牌子叫“维多利亚港”。进入地铁叫“尖沙咀东”，两元的地铁，从尖沙咀东到中环。会展中心举办电影节开幕，到时有人陆续进场，记者很多。我在找我们之前约定香港见的朋友，一个也没找到。候场时，我想到的不是接下来多么风光，而是待会没有任何摄影师拍照该如何收场。当主持人念到我们电影的名字，我什么也没想，紧张地走了上去。红毯之行是在丝毫不亚于明星式的闪光灯的照耀下收场的，走过人群，我松了一口气。这是香港观众对这部无名小片巨大的礼貌。一夜安静，以为会失眠，却没有；以为会起来看看窗外的维多利亚港，也没有。

▽ 2015年3月24日

电影节主办方安排我住在香港的一家酒店，后面就是有名的维多利亚港，星光大道有很多雕像，我记得由西向东，第一个是李小龙，第二个是梅艳芳。中午约在星光大道，这条路是我最熟悉的。与开幕式上未见过面的朋友约见，我说在梅艳芳雕像对面。为什么不是李小龙对面？因为李小龙对面的椅子上正好坐满了人。因为有采访任务，简单聊天，约定明日再见。他问去逛了吗？我说坐了地铁。他笑说，你在北京没坐够地铁吗？然后，才知道码头就在维多利亚港旁边。下午，走庙街、重庆大厦、廉政公署、百老汇书店、铜锣湾、旺角、尖沙咀、油麻地、皇后大道……每天都在这些地方穿梭。晚上独自出行，不敢走太远，从星光大道开始，经自由女神像到尽头的渡轮码头。3月底的香港很冷。晚上和演员约在庙街吃大排档，店家收人民币。回酒店路上见一些服饰清凉的小姐站在街头，用奇怪的手势对过客摆手。深夜时分，独自去看夜晚的维多利亚港，据说这是它最漂亮的时候。看了，就满足了一种说法。回酒店路上再见一些服饰清凉的小姐披着大衣，匆匆穿过街头。

▽　2015年3月25日

香港太空馆是一个怪异的球型建筑，在我看来怪异的形状符合我的电影，我在电影里发现，而不是制造出来的那个世界，就很像太空，空旷而孤独的空间。中午，从天空馆走过，在熟悉的那个广场上遇上很多对结婚的新人。以为拍电影，上电梯时才发觉电影节办公室楼下就是婚姻登记处。吃完饭，电影节策划王庆锵老师和总监李焯桃老师，跟我走出了饭店，我以为他们送我，怕耽误他们时间，连说几次“你们忙别的去吧”。媒体拍照，记者约谈，观众来了，人一多，等我再想找他们时，他们已经不见了。下午，又坐上天星小轮，我喜欢这个交通方式，多过我要去的地方。到中环，吃了晚饭，与友人分开，他们去看老电影修复，我好像对电影的兴趣一下变小，听说兰桂坊近，就非要去看看，然后去找《重庆森林》里梁朝伟每天上班要坐的那个扶梯，两侧都是人家，我以为还有一个精灵般的女子藏在某间房子里对茫然的自己喊话。

▽　2015年3月26日

　　醒了，这次站在窗前看了好久窗外的海，那年春天，宁静的海。下楼吃饭，在与友人自助餐时，见到蔡明亮导演，上前说了几句，他都是祝贺，加油。离开时，跟他道别，远远地，又见到朝我比划加油打手势。到大厅，退房，退押金，等演员来。有人把他抓去维多利亚港采访去了。大巴车上问他，他没告诉我记者问了什么。香港之行内心的不安，不是时间短促造成的。我想，即使待再久，这种不安不会消减——当然这种不安已经不是电影中的那种了。我始终会记得从北京登上飞机到见到香港的海，带着我的电影，我黑暗的想法来到了我未曾期待过的地方，还有在首映式上，第一次听到了以前在报道里说的导演电影结束后的掌声。

▽　2015年4月3日

回到老家，继续写作，一路好累，想暂时离开电影了。又是朋友告诉我，电影节期间看过片的人对电影的反馈，很多话令人无奈。这些都是提前想到的。

▽　2015年4月13日

给电影节的艺术总监写邮件时，内心温暖，因为很多人在网上批评电影会说香港电影节的选片有问题。打开邮件看到了那句话：“谢谢你能来。”这句重复的话很像我对他的印象，他的特点是把同一个词、同一句话在你面前，认真地念很多遍。好像生怕你没听到一样，说完后他会看着你。

▽　2015年5月10日

《南方周末》编辑约写一文。内容从电影风格开始——“很多时候等光调好，摄影机焦点对好，人物已完全不在那个状态了。镜头里的光好好的，焦点实实的，而他们特别别扭，一副不知所以的茫然。对画面的要求从拍摄中期开始已从光线和构图，下降到了抓到多少是多少，一点也不要让他们离开镜头的注视。在‘合格的光影形式’和‘人物’这两点上，虽然两者很明显并不对立，但对于这部具体而意外的电影来说，对于那时那刻，对于没有时间等待的我，宁愿选择站在人物这边……”这篇文章是电影首映后首次企图与观众交流，最终没有发表出来，这是它的命运。

后记

小说的皮囊，小丑的天真

我从2003年开始写作。坚持一件事很难，同样难的是写作带给我的兴奋与失落也都记不起来了。自己这些年就是写啊写。现在，觉得不过是披上了小说的皮囊，装模作样地享受一下另一种人生而已。其实，我骨子里没什么志向，干一行爱一行吧，不敢愧对热爱。后来，被某些朋友们曲解成藏有某种“文学野心”都是意外收获。

我有一个习惯，吃饭时拿筷子，手指在筷子最下方，这导致经常无法夹取食物，动作也显得呆板而可笑。我们老家这边，称这种人走不远，按“大丈夫志在四方”的理论，很快即得出此人并无什么出息的结论。有趣的是，我小说里的每个人物都过着极其丰富的生活，足迹遍布世界各地无数奇妙的角落——这是解决无聊的方法，也是感受奇妙的方式。

当初，有人说我既没有学历，又没有阅历，写作是走不远的，我还很生气。这也是我一直写到现在的一个原因，没有别的，写下去总会有的。那时，我的生活只有写作，于是只能买书乱翻，在村里外面乱转。阅历的贫乏逼得想象力不得不撒欢儿野跑，眼下的这些文字就是烟尘散去，落定的尘土。

2008年，我和我的小说被有些人言中了。我跑得精疲力尽。为了摆脱坏心情，我开始自己鼓捣短片，八年又过去了。

现在，小说和电影看样子组合起了我的人生。它们互为避难所，让我有机会从一处逃至另一处，由彼时潜回此刻。一边是写作，一边是拍摄。有时，它们不一样，有时它们又是一样的。这几年的自己有点像跳来跳去的小丑，好就好在自己终于可以掩饰内心的尴尬了。

这本书所选的作品都是从一个个画面萌生的。对于这些文字的成篇，我所做的就是闭上眼，大胆地让这些画面在脑子里跑马灯。记录它们的过程是写作，也是“拍摄”。我为了省事，把它们称之为“电影小说”，只是概括一种表面的联系。我觉得，更深的关系我还不懂，但它的确吸引着我去写去拍。

最后，我想感谢那些给予我帮助的人，尤其是对我在电影路上多有知遇的周铁东老师，以及那些给予我冷眼的人。这种话还是有机会说就说一下，免得又被批评不懂事。很多时候，我就担心被太多“懂事的人”赞美，超过“不懂事的人”非议，可见本人有点矫情。只有赞美，使人害羞。对很多事，我一定心存感激，作为一个作者，能做什么？唯有继续感受。

2016年7月于北京